I0747998

Und jetzt?

JG Foster

Escape and Discover Publishing

Andere Bücher von JG Foster

Jessie Grean – ein moderner Roman für junge Erwachsene

Autorin: JG Foster

Titel: Und jetzt?

Original Titel: Say What Now?

Verlag: Escape and Discover Publishing

Textgestaltung: JG Foster

Innenillustrationen: JG Foster

Covergestaltung: Coverboutique

Übersetzung: Michael Krug

ISBN-13: 978-1-7365806-8-4

Noch drei Monate!

Ein erstes Mal für alles

OKTOBER

M	D	M	D	F	S	S
				1	2	③
4	5	6	7	8	9	10
11	12	13	14	15	16	17
18	19	20	21	22	23	24
25	26	27	28	29	30	㉛

- ~~Kühlschrank sauber machen~~
- ~~Koffer mit U.~~
- ~~Pflanzen zu~~
- ~~Hans Günter~~
- ~~Gepäck prüfen~~

MONDAY 11
Letzter Arbeitstag

tracker

M T W T F S S

wall
water
clean

TUESDAY 12
Abschiedsparty

WEDNESDAY 13
10:45 Abflug
16:05 Ankunft

THURSDAY 14
- Frauenarzttermin
- E-mail Mama

FRIDAY 15
Somerville
erkunden

SATURDAY 16
Boston erkunden

SUNDAY 17

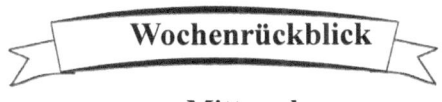

Wochenrückblick

Mittwoch

Das Flugzeug landete am Flughafen Logan. Erleichterung breitete sich in mir aus. Nachdem ich monatelang gewartet hatte, geplant hatte und – gewissermaßen – allein gewesen war, stieg ich aus dem Metallvogel aus. Meine Glieder schmerzten von dem neunstündigen Flug. Eigentlich von der gesamten Reise.

Ich hatte meine Haustür in Potsdam um etwa sieben Uhr morgens verriegelt, als die Sonne noch nicht mal aufgegangen war. Bei der Landung hier jedoch würde sie zu Hause schon wieder untergegangen sein. In Boston zeigte die Uhr erst vier Uhr nachmittags. Meine Augen, mein Kopf, meine Arme, meine Beine, sie alle sehnten sich nur noch nach einem weichen Bett mit einer kuschligen Decke.

Im Gepäckabholbereich hatte sich bereits eine Menschentraube gebildet. Aber wie kann das sein? Wie konnten diese Leute so viel schneller eingetroffen sein als ich? Meine watschelnden Schritte verlangsamten sich, jedoch nicht auf Schneckentempo. Das Gepäckkarussell drehte sich noch leer. Ich unterdrückte ein Stöhnen. Fast eine halbe Stunde lang trat ich rastlos von einem Bein aufs andere.

»Bitte öffnen Sie Ihre Tasche«, verlangte eine kehlige Stimme hinter mir.

Der schroffe Tonfall der Frau ließ mich aufschauen. Mein Blick folgte einer dunkelblauen, zwei Zentimeter breiten Leine aus geflochtenem Nylon, die sie in der linken Hand hielt. Am Ende der Leine wartete ein Beagle vor meinem Rucksack auf seine nächste Anweisung. Verblüfft von dem Hund schnappte ich mir mein Handgepäck vom Boden. Mein Blick heftete sich auf die Beamtin.

»Haben Sie vom Abflugort irgendwelche Lebensmittel mit ins Land gebracht?« Die Beamtin legte die Stirn in Falten.

»Lebensmittel?«, stieß ich hervor, als wäre es ein Fremdwort für mich. Genaugenommen stellte Englisch auch eine Fremdsprache für mich dar. Meine Muttersprache war Deutsch. Aber was dieses Wort bedeutete, hatte ich schon in der dritten Klasse gelernt. Ich verstand durchaus, was die uniformierte Frau meinte.

Als mein Gehirn ansprang, ging mir der Inhalt meiner Tasche durch den Kopf: Handy, Ladegerät, Computer, ein Buch, eine Wasserflasche, Kopfhörer, Portemonnaie, Reisepass, ein Löffel, mein Bullet Journal, eine Federtasche mit Finelinern, einem Füller und Washi Tape.

»Nein«, antwortete ich vehement. Immer noch hatte der Hund den Blick auf mich gerichtet.

»Bitte öffnen Sie Ihr Gepäck«, forderte die Frau mich auf.

Verdattert wollte ich mich weigern. Nur weil es jemand verlangte, musste ich noch lange nicht blind gehorchen. Was, wenn die Frau ungeachtet der Uniform eine Betrugsmasche abziehen wollte? Flughäfen boten zahlreiche Möglichkeiten, ausgeraubt zu werden. Die Menschen wollten immer so schnell wie möglich von A nach B. Deshalb fügten sich Reisende oft Autoritätspersonen, ohne etwas zu hinterfragen, um keine Verzögerungen zu riskieren.

Ich überspielte mein Zögern mit einem Gähnen. Wenn die Frau eine echte Beamtin war, könnte man mich dafür festhalten, dass ich mich nicht an ihre Anweisungen hielt. Beschäftigen sie hier Dolmetscher? Ein Verhör in einer Fremdsprache traute ich mir nicht zu. Zweifellos würde ich einem Verhör auch in meiner Muttersprache nicht standhalten. Mehr als ja und nein würde ich nicht herausbekommen. So oder so hatte eine solche Konfrontation unmittelbar nach meiner ersten Atlantiküberquerung nicht auf meiner To-do-Liste gestanden.

Mein Rücken schmerzte, hinter meiner Stirn pochte es, meine Lider standen auf halbmast. Ich wollte nur in mein vorübergehendes neues Zuhause und mir den langen Flug vom Körper duschen. Mit zittrigen Händen öffnete ich den Reißverschluss des Rucksacks. Dabei hoffte ich auf das Beste, rechnete jedoch mit dem Schlimmsten.

Die Frau durchwühlte meine Habseligkeiten. Verärgert biss ich mir auf die Unterlippe. Zwar hatte ich nichts zu verbergen, aber ich fürchtete, mein Portemonnaie könnte direkt vor meiner Nase verschwinden. Wäre das nicht ein fantastischer Einstand?

Die Uniformierte holte eine wiederverschließbare Plastiktüte aus meinem Handgepäck.

»Oh, ich hatte Joghurt.« Kaum hatte ich die Worte ausgesprochen, verlagerte der Hund die Aufmerksamkeit von meinem Rucksack auf die Hand der Frau. Ein Löffel baumelte von ihren Fingern.

Sie gab ihn mir zurück. »Schönen Urlaub.«

»Danke«, murmelte ich und schwang mir den Rucksack über die Schulter.

Ein metallisches Kreischen dröhnte durch die Halle. Mein Wanderrucksack kam zuallererst heraus.

Nachdem ich mein gesamtes Gepäck eingesammelt hatte, folgte ich einem Strom von Leuten zum letzten Kontrollpunkt. »Willkommen in den USA«, grüßte eine weibliche Stimme, die von fünf Flachbildschirmen an den Wänden der Passkontrolle ausging. Der Mount Rushmore erschien auf den Monitoren. Wenige Sekunden später ersetzte ein Strand mit einer glücklichen Familie die Steinskulpturen. Nach den Niagarafällen folgte das berühmte Las-Vegas-Schild, bevor Mount Rushmore wieder erschien.

Hinter mir reihten sich weitere Reisende in die Warteschlangen für die Passkontrolle zur Einreise in die USA ein. Sieben Schalter hätten die Menschen vor dem Überqueren der Grenze überprüfen können. Nur drei waren besetzt. Aus Minuten wurden Stunden.

Ich sorgte mich um Guido, meinen Ehemann. Ich konnte ihn weder anrufen noch ihm texten, um ihn wissen zu lassen, dass ich mich nur wenige Meter von ihm entfernt befand, aber in der quälend langsamen Schlange kaum vorwärtskam.

Zwei Stunden später

»Ihren Pass bitte«, forderte mich eine andere Uniformierte hinter einer durchsichtigen Plastikscheibe auf. Ich reichte der Grenzbeamtin mit dem Doppelkinn mein burgunderrotes Reisedokument.

»Von wo kommen Sie?«

»Berlin.«

»Wie lange haben Sie vor zu bleiben?«

»Sechs Monate.«

Die Beamtin blätterte durch die grünen Seiten des offiziellen Dokuments. Als sie mein J1-Visum erreichte, hielt sie inne.

»Bei wem haben Sie vor zu wohnen?«

»Bei meinem Ehemann.«

»Legen Sie die rechte Hand auf die Maschine vor Ihnen.«

Ich kam der Aufforderung nach.

Sie drückte einen Stempel halb auf das Visum, halb auf das Papier und sagte: »Willkommen in den USA.«

»Mareike, Mareike!« Guidos Stimme dröhnte durch die Menge der Wartenden. Ich bahnte mir im Zickzack einen Weg zwischen den Reisenden hindurch, bis ich mich in die Arme meines Ehemanns werfen konnte.

Als wir uns umarmten, stieg mir das überwältigende Aroma von Guidos Rasierwasser explosionsartig in die Nase. Der Duft erinnerte mich an meine Kindheit. Meine Großmutter hatte früher ein Parfüm, das dem Aftershave meines Mannes geähnelt hatte. Als Teenager hatte ich den Geruch geliebt. Leider stieß er mich als mittlerweile schwangere Erwachsene ab wie der eines Mückensprays.

Ich biss mir auf die Zunge. Nach fast drei Monaten Trennung wollte sich Guido wahrscheinlich von seiner besten Seite präsentieren.

»Was war denn da drin los? Ich warte seit drei Stunden«, sagte mein Mann stöhnend.

»Ich weiß nicht. Wahrscheinlich bin ich einen Kilometer durch den Flughafen gewatschelt, habe endlos auf meinen Rucksack gewartet und bin dann eine Ewigkeit in der Schlange vor der Passkontrolle gestanden.«

»Na egal, jetzt hast du's ja geschafft«, meinte Guido, bevor er mein Gepäck schulterte.

Meine neue Heimat zog an den Fenstern des Taxis an mir vorbei. Die Häuser, die Menschen und die Straßen kamen mir zugleich allzu vertraut und doch auch seltsam fremd vor. Ich wusste nicht recht, was ich mir vorgestellt hatte. Eigentlich hatte ich Filme und Dokumentationen gesehen, um zu wissen, dass sich die USA nicht groß von Deutschland unterschieden. Trotzdem hatte ich mir alles sauberer und glänzender vorgestellt, vielleicht sogar futuristisch.

26. Woche · Ein erstes Mal für alles

Aber in mir erwachte Vorfreude auf die kommenden Festlichkeiten, während wir durch unser Wohnviertel fuhren. Aufblasbare Figuren aus kinderfreundlichen Gruselfilmen posierten vor mehreren Häusern. Spinnen und Skelette zierten zahlreiche Außenmauern. Mein Verstand ging alle möglichen Anlässe für solche Dekoration durch.

Mir fiel auf, dass es nicht nur welche für Kinder gab, sondern auch für Erwachsene. Vereinzelt entdeckte ich das Wort Oktoberfest. Ich hatte so viele Gedanken und so viele Fragen. Beim Oktoberfest in München war ich nur einmal gewesen. Die Atmosphäre dort war überhaupt nicht mein Ding. Da ging ich lieber mit Freunden in die Kneipe um die Ecke.

Guido drückte meine Hand. »Ich bin so froh, dass du hier bist.«

»Bin ich auch«, erwiderte ich.

»Freust du dich, dass du im Mutterschutz bist?«

»Obwohl ich streng genommen vorerst im normalen Urlaub bin. Und ich fürchte fast, dass ich bei vielen E-Mails bei der Arbeit noch im Verteiler stehe.« Ich hatte drei Wochen ungenutzten Urlaub angesammelt. Den nahm ich in Anspruch, bevor mein offizieller Mutterschaftsurlaub beginnen würde.

»Ich bin sicher, die Limonaden werden auch ohne dich hergestellt«, zog Guido mich auf.

»Natürlich werden sie das. Mit der Produktion hab ich ja nichts zu tun.«

Guido grinste mich an. Er wusste genau, dass es bei meiner Stelle als Controllerin bei einem Limonadenhersteller nur um Zahlen ging.

»Ich kann nicht glauben, dass ich hier bin«, sagte ich und küsste meinen Ehemann auf die Wange. Schon vor geraumer Zeit hatte er mich davon überzeugt, dass sein Auslandsaufenthalt nur ein paar Monate dauern würde. Ein paar Monate, hallte es in meinem Kopf wider. Ich rieb mir den Bauch. Damals war er flach und straff gewesen.

Als wir das erste Mal über Guidos Einsatz in Boston gesprochen hatten, waren mir die Haare zu Berge gestanden. Am Timing bestand kein Zweifel – wäre ich zu Hause geblieben, würde Guido die Geburt seines Kinds verpassen.

»Warum kann das nicht jemand anders machen?«, hatte ich

ihn angeschrien.

»Du weißt, warum. Ich bin der leitende Softwareentwickler. Ich muss die Leute darin schulen, die Kassensoftware zu installieren, zu implementieren und zu debuggen«, argumentierte Guido.

Aufgebracht warf ich die Hände hoch. »Aber warum kannst du nicht jemanden ausbilden, der dann die Leute in Boston ausbildet?«

»Dafür reicht die Zeit nicht. Weißt du was? Wir besprechen die Optionen, nachdem ich mit meinem Chef geredet habe«, beschwichtigte Guido mich damals.

Plötzlich hockte ich allein und schwanger in meiner Wohnung und musste entscheiden, was am besten für uns wäre. Entweder würde ich das Baby mit Guido bekommen oder nicht. Über Wochen schrieb ich Argumente dafür und dagegen auf eine Liste.

Meine Schwester Ulrike, die Weltreisende, gab bei meiner Entscheidungsfindung den Ausschlag. Wahrscheinlich hoffte sie, in Boston bei mir vorbeischauen zu können. Aber kurz vor meiner Abreise erzählte uns unsere Cousine Annette, eine frischgebackene Mutter, alles über ihr neues Leben. Ulrike hörte dabei nur, dass Babys nachts weinten, niemand schlafen konnte, es ständig Essen zuzubereiten galt und niemand Zeit hatte, das Badezimmer gründlich zu reinigen. Was ihre Vorfreude auf einen Besuch bei uns drastisch dämpfte. Ich hingegen hörte dabei heraus, dass Ulrike mir mit dem Baby helfen, kochen und mir Gesellschaft leisten könnte.

Das Taxi hielt vor einem dreigeschossigen grauen Haus. Guido holte meinen Wanderrucksack aus dem Kofferraum und trug mein Gepäck zum Haupteingang hinauf. Er zog eine dünne, mit einem Gitternetz bespannte Tür auf. Eine Feder oben am Rahmen zog sie wieder zu. Guido blockierte sie mit dem Körper und steckte den Schlüssel ins Schloss der eigentlichen Tür.

»Eine Tür vor der Tür?«, fragte ich nachdenklich.

»Ja«, bestätigte Guido. »Man nennt sie wohl Sturmtüren. Frag mich nicht, warum.«

Ich hatte so viele Fragen, aber ich schluckte sie vorerst runter, als wir ein schmales Treppenhaus hinaufstiegen. Ich fragte mich, wie jemand große oder schwere Gegenstände über solche Stufen hinaufschleppen konnte. Natürlich hatte mein Mann eine Wohnung in der obersten Etage gemietet. Mein Rücken brachte mich förmlich um, als Guido die Tür zu unserem Nest aufschloss.

26. Woche ❀ Ein erstes Mal für alles

Dann überkam mich ein surreales Gefühl. Endlich stand ich in seiner Wohnung. Bisher hatte ich davon nur flüchtige Eindrücke über den Bildschirm meines Computers erhascht. Ein schwarzes Bodenkissen zierte das ansonsten leere Wohnzimmer. Sofort vermisste ich unser gemütliches Zuhause.

In den letzten Monaten hatte ich Guido immer wieder darauf angesprochen, wie leer es bei ihm aussah. Leider war das Wohnzimmer immer noch nicht einladender geworden. Flecken und Kratzer auf der nicht ganz weißen Farbe, wohl von einer langen Reihe von Vorbewohnern, waren auch nicht gerade hilfreich. Dennoch verspürte ich beim Anblick der kahlen Wände eine gewisse Erleichterung.

Als wir in unsere derzeitige Wohnung eingezogen waren, hatte es uns ein ganzes Wochenende gekostet, die Tapeten herunterzureißen. An einem anderen hatten wir die Wände zu zweit in einer cremefarbigen Schattierung gestrichen. Hier erwies sich die Hälfte der Arbeit als bereits getan.

Das schwerere Problem stellte das Apartment selbst dar. Die Leere in jedem Zimmer wirkte bedrückend auf mich. Wenigstens hatte Guido eine richtige Matratze mit einem Bettgestell besorgt – das aufblasbare Modell schien verschwunden zu sein.

Aus Guidos Sicht konnte ich nachvollziehen, warum er sich nicht um Einrichtung scherte. Im Grunde schlief er nur in diesen vier Wänden. Andererseits hatten wir meinen Aufenthalt weit im Voraus geplant. Enttäuschung breitete sich in mir aus. Guido hatte sich nicht die Mühe gemacht, es für uns wohnlicher zu gestalten. Also würde es an mir hängen bleiben. Wenigstens konnte ich beim Einkaufen der Sachen, mit denen ich mich umgeben wollte, meine »neue« Heimatstadt erkunden.

Meine Schwester hatte gemeint: »Nur wenn man sich verläuft, entdeckt man neue Gegenden richtig.«

So optisch unattraktiv ich Guidos Wohnung fand, es lag ein köstlicher Duft in der Luft. »Was hast du gekocht?«

»Gulasch.«

»Lecker.« Ich zog die Schuhe aus, um die Küche zu inspizieren. Zwei leere blaue Schüsseln, unterschiedliche Löffel und zwei nicht zusammenpassende Stühle erwarteten uns. Irgendwie hatte er sich eine richtige Küchenausstattung organisiert. Sieh mal einer an.

»Woher hast du die?« Ich zeigte auf das Geschirr.

»Die Schüsseln hab ich in einem Karton auf dem Bürgersteig gefunden«, verkündete Guido. Ich hatte damit gerechnet, dass er als Strohwitwer von Papptellern essen würde.

Das Lächeln verschwand aus meinem Gesicht. Ich konnte nicht fassen, dass er auf der Straße unbeschädigtes, astreines Geschirr gefunden hatte.

»Der Küchentisch und die Stühle sind auch vom Bürgersteig«, gestand mein Ehemann. Kein Wunder, dass sie nicht zueinanderpassten. Aber Guido war noch nicht fertig. »Neulich bin ich außerdem über ein Bügelbrett gestolpert.«

Statt ihn zu fragen, ob zu dem Brett auch ein Bügeleisen gehört hatte, sagte ich: »Und liegt dieser Wunschbürgersteig auf deinem Weg zur Arbeit?«

»Manchmal. Andere Male auf dem Weg zum Mittagessen oder wenn ich mir was zum Abendessen hole«, teilte Guido mir mit.

»Ha«, schnaubte ich. Mir wurde es unheimlich. »Was ist mit dem Bett und dem Bettzeug?«, erkundigte ich mich. Ich stellte mir versteckte Wanzen im Stoff vor, die nachts über uns krabbeln würden, während wir schliefen.

»Nein, nein«, versicherte er mir. »Das hab ich auf Craigslist gekauft.«

»Craigslist?«

»Ja. Ist wie eBay Kleinanzeigen.« Guido schöpfte die heiße Suppe in meine Schüssel.

»Kaum zu glauben, dass ich endlich hier bin«, meinte ich seufzend.

»Geht mir genauso«, erwiderte Guido.

Ich verschlang das heiße Essen geradezu. Ein Gefühl von Heimat überkam mich. »Ich muss meine Mutter anrufen und ihr sagen, dass ich heil angekommen bin.«

Mein Mann warf mir einen schiefen Blick zu. »Bei deinen Eltern ist es jetzt 23:30 Uhr.«

»Oh. Hatte ich vergessen.«

»Schick ihr einfach eine E-Mail. Ich kann die Routerdaten in deinen Computer eingeben, während du duschst«, schlug Guido vor. Mir rutschte ein Gähnen heraus. »Wenn du willst, können wir heute früh ins Bett gehen. Ich bin auch müde.« Lächelnd beendete

Guido seine Mahlzeit.

»Klingt nach einer guten Idee«, stimmte ich zu. Ich stellte mein Geschirr nach Guido ins Spülbecken und fand mein Gepäck im Schlafzimmer.

Mein Mann wusch unser Geschirr ab. »Ich hab für dich Platz im Schrank gemacht.«

Zwei leere Fächer über seinen ordentlich gestapelten Hemden, Sweatshirts, Socken und Unterhosen boten genug Platz für meine Kleidung.

»Unser Termin ist morgen um zehn.«

»Ich bin schon ganz aufgeregt.« Ich öffnete meinen Rucksack und holte meinen Schlafanzug, meine Strickjacke und meinen Kulturbeutel heraus.

»Ich auch. Ich hab schon so viel verpasst.«

»Ja und nein. Aber manchmal war es schon hart ohne dich«, gestand ich.

»Jetzt bist du ja hier.« Guido umarmte mich. Ich drückte meinen Körper an seinen. Unter seinem neuen Eau de Cologne drang sein natürlicher Duft zu mir durch. Ein erleichtertes Seufzen entspannte meine Schultern.

Wir waren endlich wieder zusammen. Leider störte ein anderer Geruch unsere Wiedervereinigung. Schweiß. Von mir. Ich schnüffelte unter meinen Armen. »Ich muss duschen.«

»Ich hab ein frisches Handtuch für dich rausgelegt.«

»Danke.«

Ich watschelte ins Badezimmer. Unmittelbar vor mir befand sich die Toilette, daneben das Waschbecken. Über dem Waschtisch hing ein Spiegelschrank, darunter entdeckte ich weiteren Stauraum. In der Ecke beherbergte das Badezimmer auch eine Dusche und eine Wanne – der gesamte Raum war kaum breiter als meine ausgestreckten Armen.

Ich schälte mich aus den Klamotten und drehte das Wasser auf. Aus einem kurzen, stummeligen, birnengroßen Duschkopf rieselte es warm auf meinen Kopf und meine Schultern. Mein Kreuz entspannte sich. Das Wasser spülte die Strapazen der Reise von mir ab. Nachdem ich mich abgetrocknet hatte, begann ein neues Kapitel in meinem Leben.

Aronal und Elmex ragten durch den Reißverschluss meines

Kulturbeutels. Darunter befand sich meine blau-weiße Florena-Creme. In der Luft hing ein schwacher Geruch von Guidos Aftershave. Plötzlich tauchte eine Erinnerung in meinem Kopf auf: Kölnisch Wasser.

Ich würde mir etwas einfallen lassen müssen, um meinem Mann schonend beizubringen, dass ich mich durch diesen speziellen Artikel seines Körperpflegeprogramms beinah übergeben musste.

Nachdem ich meine Haut gründlich getrocknet hatte, cremte ich den Körper mit Lotion ein und rieb mir eine Extraportion Vaseline auf den Bauch. Dann schlüpfte ich in meine weiche, bequeme königsblaue Hose und in das orangefarbene T-Shirt mit einem grünen Ampelmännchen, das ich von meiner Schwester bekommen hatte.

Das Kabel des Föhns baumelte auf den Boden, während ich nach einer Steckdose suchte. Nur offenbarte sich mir keine. Ich wickelte mir die beige Jacke um den Rücken, die meine Mutter für mich gestrickt hatte. Ihr handwerkliches Geschick und ihre Geduld hatte ich immer bewundert. Die flauschige Strickjacke erfüllte alles, was ich mir von einem gestrickten Kleidungsstück erhoffte. Ich liebte die großen Taschen an den Seiten und den Gürtel statt Knöpfen.

Suchend tastete ich mich die Wände des Schlafzimmers entlang. Unter Guidos Nachttisch entdeckte ich schließlich einen beigen Plastikrahmen. Ich schob den Stecker des Föhns hinein. Etwas blockierte die Metallzinken. Ich kauerte mich hin, um einen genaueren Blick darauf zu werfen.

»Oh nein«, heulte ich auf.

»Was ist passiert?«, fragte Guido.

»Mein Föhn passt nicht in die Steckdose.«

»Wirklich.« Sarkasmus schwang in dem Wort meines Ehemanns mit.

Ich warf ihm einen finsteren Blick zu. »Dafür bin ich nicht in der Stimmung.«

»Man kann nicht mal nach Frankreich reisen und damit rechnen, ein Elektrogerät einfach so anschließen zu können«, belehrte mich Guido.

Er hatte recht. Ich wusste gar nicht mehr, wie oft ich mich darüber schon geärgert hatte. Jedes Land in der Europäischen Union schien eigene Steckdosen zu haben.

26. Woche ✿ Ein erstes Mal für alles

»Wie war die Dusche?«, erkundigte sich Guido, um mich von meiner Verärgerung abzulenken.

»Angenehm, aber warum hast du keinen Duschkopf mit langem Schlauch? War ganz schön mühsam, die Wanne zu reinigen.«

»Ich weiß nicht. War keiner da, als ich eingezogen bin.«

»Oh. Wie machst du die Dusche denn sauber? Den Duschkopf hin und her zu bewegen, hat kaum was dabei gebracht, meine Haare von den Wänden zu kriegen.«

Mein Mann zuckte mit den Schultern. Seine Aufmerksamkeit galt einem Video auf YouTube. Bevor ich mich mit nassen Haaren an ihn kuschelte, räumte ich die Handvoll Klamotten, die ich mitgebracht hatte, in den Kleiderschrank. Zu meiner Überraschung neigten sich Guidos Kleiderbügel alle nach oben.

»Was ist denn hier los?«

Guido drehte sich mir zu. »Der Schrank ist zu klein für die Bügel.«

»Ha«, rutschte mir heraus. Optisch schien die Metallstange für Kleiderbügel in der Mitte des Schranks angebracht zu sein, aber der Platz nach hinten reichte nicht aus, um die Kleidung gerade aufzuhängen. In Gedanken klatschte ich mir auf die Stirn.

Da ich das Problem nicht beheben konnte, kuschelte ich mich stattdessen an meinen Mann. Die bewegten Bilder auf dem Bildschirm zeigten einen Mann, der abwechselnd auf silbriges Metall einhämmerte und es in züngelnde Flammen tauchte. Der Titel unter dem Video lautete: Schmieden einer Wikingeraxt. Hmmm, das ist neu.

»Aber wenn du willst, können wir einen besorgen«, fuhr Guido fort, als hätten wir gerade über ein bestimmtes Thema gesprochen.

Verwirrt zog ich die Augenbrauen zusammen. »Wie meinst du das?«

»Ich meine einen Duschkopf. Wir können wohl einfach einen kaufen.«

»Das wär toll. Sich mit meinem Bauch zu bücken, ist kein Vergnügen.«

Ich zog die dicke weiße Decke hoch und genoss die Körperwärme meines Ehemanns, während ich in den Schlaf abdriftete.

Donnerstag

Zu meinem Glück hatte ich Guido auf dem Weg zum Gynäkologen an meiner Seite. Mein Handy konnte zwar die Wegbeschreibung anzeigen, aber ohne Internet führte mich das Navi mit der Kirche ums Dorf. Ich atmete die Luft meiner neuen Heimat auf Zeit ein. Wie es mir schon im Taxi aufgefallen war, bemerkte ich kleine Unterschiede an den Häusern, den Menschen und der allgemeinen Umgebung. Abgesehen von der Sprache der Passanten waren die Straßenschilder grün, nicht blau. Die Straßennamen endeten entweder auf Ave für Avenue oder auf St, was vermutlich für Street stand. Ich überlegte, ob all diese Avenues als Alleen gedacht waren, denn sie sahen nicht so aus.

Ein weiterer merkwürdiger Anblick tauchte auf. An der Oberleitung über einer belebten Straße namens Highland Ave hingen Schuhe mit zusammengebundenen Schnürsenkeln.

»Glaubst du, jemand ist mit einem Paar Schuhe zu viel vorbeigekommen und hat eines einfach da raufgeworfen? Oder musste jemand als Mutprobe barfuß nach Hause laufen?«, riet ich.

Guido folgte meinem Blick. »Keine Ahnung.« Er zuckte mit den Schultern. »Wie auch immer, wir sind da.« Guido öffnete mir den linken Flügel der Doppeltür eines fünfgeschossigen Bürogebäudes. Saubere, sterile Wände erwarteten uns im Eingangsbereich.

»Die OB/GYN ist im ersten Stock. Willst du laufen oder den Aufzug nehmen?«

»OB/GYN?«, hakte ich nach. Wir warteten vor den geschlossenen Fahrstuhltüren. GYN könnte für Gynäkologe stehen. Aber OB?

»OB ist die gängige Abkürzung für Obstetrician«, antwortete mein Mann.

»Weißt du, was das bedeutet?«, platzte ich heraus.

»Ich bin mir nicht sicher.«

Ich nahm mir vor, eine Liste von Wörtern und Begebenheiten anzufangen, um meen Wissensschatz zu erweitern.

Nachdem wir mit dem Fahrstuhl hinaufgefahren waren, öffneten sich die Aufzugstüren und offenbarten einen Wartebereich mit vier Reihen mit je sechs Stühlen. Ein Empfangsschalter säumte die linke Wand.

»Guten Morgen«, grüßte uns eine Frau mit blondem Bubikopf.

»Haben Sie einen Termin?«

»Ja, mein Name ist Mareike Korn.«

Die Empfangsdame blickte prüfend auf ihren Bildschirm. »Ah, ja. Bitte nehmen Sie Platz.«

Wir setzten uns an die Wand und ließen die Stille des ansonsten verwaisten Wartebereichs auf uns wirken. Meine Gedanken überschlugen sich. Ich hatte schon etliche solche Termine gehabt, allerdings alle zu Hause bei meiner Gynäkologin, die ich schon kannte, seit ich vierzehn Jahre alt war.

»Frau Korn«, rief eine weibliche Stimme. Eine Mittzwanzigerin mit gebleichtem Haar sah mich eindringlich an. Guido und ich folgten der Arzthelferin in einen Untersuchungsraum.

»Mein Name ist Joan. Ich messe Ihre Vitalwerte«, erklärte die zierliche Frau.

Ich nickte. Sie pumpte das runde Gummiding, damit sich die Manschette um meinen Oberarm aufblies und sie meinen Blutdruck ablesen konnte, danach wog und vermaß sie mich.

Sie notierte die Zahlen und verkündete: »Sie können schon mal den Bauch freilegen. Pflegespezialistin Johnson ist gleich bei Ihnen.«

»Was ist eine Pflegespezialistin?«, fragte ich Guido, nachdem sich die Tür hinter der Frau geschlossen hatte.

»Keine Ahnung. Vielleicht so was wie eine Ärztin.«

»Aber warum wird sie dann nicht als Ärztin bezeichnet?«, gab ich zu bedenken.

»Wir können sie ja fragen, wenn sie kommt.«

Minuten vergingen, bevor sich die Tür wieder öffnete. Eine Frau in dunkelblauer Krankenhausuniform trat ein. »Mein Name ist Claire. Ich bin Ihre Pflegespezialistin. Wenn ich das richtig verstanden habe, sind Sie gerade erst zu unserer Praxis gewechselt.«

»Ja«, bestätigte ich mit einem Nicken.

»Also gut, dann schauen wir mal.«

Sie trug warmes Gel auf meine Haut auf. Wer auch immer die clevere Idee gehabt hatte, Gel zu erwärmen, war genial. Vorbei waren die Zeiten, in denen die klebrige Masse ohne Vorwarnung eiskalt auf die Haut geklatscht wurde.

»Der Messung nach sind Sie in der 26. Woche. Das bedeutet, Ihr Sohn sollte um den 14. Januar herum zur Welt kommen. Haben

Sie sich schon entschieden, wie Sie die Geburt haben wollen?«

Ich starrte erst sie an, dann Guido, der genauso ratlos dreinschaute wie ich.

»Wie bitte?«, hakte ich nach.

»Möchten Sie das Baby von einer Hebamme oder einem Arzt entbinden lassen?«

»Hmmmmm«, machte ich. In meinem Kopf bildeten sich etliche Fragen, allerdings hatte ich Mühe, sie zu formulieren.

Meine Gynäkologin hatte mir nie von einer Alternative erzählt, aber mir fiel ein, dass meine Mutter erwähnt hatte, früher habe man Hebammen eingesetzt. Ich fragte mich, ob das immer noch zutraf.

»Ich glaube, darüber müssen wir erst nachdenken«, antwortete ich nach einer peinlichen Pause.

»In Ordnung. Falls Sie sich für eine Hebamme entscheiden, haben Sie auch die Möglichkeit einer Hausgeburt.«

»Kommt nicht in Frage«, entfuhr es mir.

»In dem Fall wäre Ihr Krankenhaus Brigham and Women's. Dort bietet man Rundgänge an. Dabei können Sie sich ansehen, wo alles ist und wie alles funktioniert. Wenn Sie es noch nicht tun, sollten Sie zusätzlich zu Schwangerschaftsvitaminen auch Vitamin D nehmen. Rezeptfreie Präparate sind völlig in Ordnung. Obwohl es noch ein paar Wochen sind, können Sie dem Baby schon mal helfen, in die richtige Position zu kommen, indem Sie so viel wie möglich gehen und zum Sitzen einen Gymnastikball benutzen. Außerdem wäre es eine gute Idee, schon mal die Krankenhaustasche vorzubereiten. Meiner Erfahrung nach kommt es oft vor, dass werdende Eltern denken, sie hätten dafür noch Zeit, und plötzlich will das Baby kommen.

Ihr nächster Termin ist in vier Wochen. Ab der 34. Woche folgen Termine alle zwei Wochen. Nach der 39. Woche wechseln wir zu wöchentlich oder erstellen einen Plan, wann das Baby entbunden werden sollte.«

Auf dem Weg aus dem Untersuchungsraum reichte mir die Krankenpflegerin eine Mappe mit mehreren Unterlagen.

»Danke«, verabschiedeten wir uns.

Guido und ich machten uns auf den Weg nach Hause. Mir schwirrte der Kopf von all den Informationen, die wir erhalten hatten. Wie eine Idiotin hatte ich nur genickt. Warum auch nicht? Ich war gerade erst eingetroffen. Trotzdem. Sonst war ich nicht so auf den Mund gefallen. Auch, als mir am Empfang ein Datum für den nächsten Termin vorgeschlagen wurde, hatte ich nur genickt und verlegen gelächelt, wodurch ich noch mehr aufgefallen war, allerdings nicht positiv.

»Was hältst du davon, wenn ich dir hundert Dollar die Woche gebe?«, unterbrach Guido meine gedankliche Reflexion.

Ich warf ihm einen Seitenblick zu. »Wie bitte?«

»Ich weiß, dass du dein eigenes Geld verdienst, aber so müsstest du keins wechseln«, fügte er hinzu.

»Danke.« Langsam kehrte ich aus meiner Gedankenwelt zurück. »Ich dachte mir, wir könnten uns in einem dieser berühmten Outlet-Center umsehen. Ein paar sind gar nicht so weit weg«, meinte ich, angespornt von der Erinnerung daran, mich auf das Baby vorzubereiten.

»Oh«, murmelte Guido.

Er wirkte überrascht, dass ich freiwillig einen Ladenbesuch vorschlug. Shoppen war nie mein Ding gewesen. Bevor er darauf einging, wo wir ein solches Einkaufszentrum finden konnten, tastete Guido seine Jacke ab.

»Hast du deine Schlüssel dabei?«, stieß er hervor.

»Meine Schlüssel? Du hast mir noch keine gegeben«, entgegnete ich leicht irritiert.

»Ich glaub, ich habe meine vergessen«, gestand Guido.

»In der Wohnung?«, fragte ich unnötig.

Er nickte verlegen. »Ich glaub schon.«

»Kannst du den Vermieter anrufen?«

»Vielleicht«, antwortete Guido. Er holte sein Klapphandy heraus.

»Wie kannst du immer noch wie in den 90ern leben, aber im 21. Jahrhundert durchkommen?«, merkte ich an.

»Solange ich jemanden anrufen kann, tut das Gerät hier genau, was es soll«, gab Guido schneidend zurück.

Wer benutzt denn sein Handy heutzutage noch zum Telefonieren?, wäre mir beinah herausgerutscht, aber ich verkniff es mir. Ich videotelefonierte und chattete damit. Sogar meine Mutter verwendete hauptsächlich Apps für Textnachrichten. Guido tippte mit dem Zeigefinger.

Die Kälte kroch allmählich in meine inneren Kleidungsschicht-en. Ich trat von einem Bein aufs andere, um das Blut zirkulieren zu lassen. Mein Mund öffnete sich, schloss sich aber schnell wieder. Ich verstärkte meine Bewegungen. Aber ich brauchte mehr, einen Hoffnungsschimmer, irgendetwas, das meine Stimmung hob. Selbst wenn ich nicht schwanger war, machte Kälte mir stets schlimmer zu schaffen als Hunger. Wenn ich fror, wurde ich richtig gehässig.

Ich zügelte meine Emotionen. Guido gab sich zwar Mühe, aber er fummelte nur an dem Gerät herum, ohne es sich ans Ohr zu halten. Mittlerweile wäre ich schon damit zufrieden, wenn Guido eine Nachricht auf einem Anrufbeantworter hinterließe. Dann würde zumindest jemand erfahren, dass wir Hilfe brauchten. Leider konnte ich beobachten, wie ihm Hitze in den Hals kroch. Auch die zunehmend hektischeren Bewegungen seiner Finger verrieten seine Panik.

»Hast du die Nummer nicht?«

Guido erbleichte. »Nein«, gestand er kleinlaut.

»Wie wär's dann, wenn wir bei jemandem im Haus klingeln?«, schlug ich vor.

»Könnten wir versuchen, aber ich hab die anderen Leute im Haus noch kaum gesehen oder mit ihnen gesprochen.«

»Und?«, hakte ich nach.

»Was, wenn sie denken, wir wollen bei ihnen einbrechen?«

Seine Frage ließ mich den Finger kurz vor dem Drücken des ersten Klingelknopfs zurückziehen. Ich verstand auf Anhieb, was er meinte. Immerhin hieß das Sprichwort ja leider Gelegenheit macht Diebe.

»Und jetzt?« Zu Hause hätten wir in einem solchen Fall ver-schiedene Möglichkeiten ausschöpfen können. Sowohl Guidos El-tern als auch meine hatten einen Notschlüssel. Ein kleines dunkles Loch tat sich unter meinen Füßen auf.

»Ich weiß was!«, rief Guido. Er führte mich vom Eingang weg.

»Wohin gehen wir?« Wir marschierten die Straße entlang.

»Zur Rückseite«, erklärte Guido.

»Zur Rückseite? Aber braucht man nicht auch für die Hintertür einen Schlüssel?«

»Da bin ich mir nicht sicher, aber es gibt eine Feuertreppe.« Wir bogen an der Kreuzung um die Ecke.

Hinter dem Küchenfenster war mir eine klapprige Plattform aufgefallen. Im Sommer würde es dort draußen bestimmt schön sein.

Wir bogen in die Gasse hinter zwei Häuserreihen ein. Ich staunte über die Symmetrie der Straße. Hinter jedem Gebäude verbanden drei Metalltreppen drei Plattformen miteinander. Leider hatte ich nicht aufgepasst und die Häuser nicht gezählt. Deshalb wusste ich nicht, welches unseres war. Außerdem reichte keine der Treppen bis herunter zum Boden. Klettern war selbst in meinen fittesten Zeiten nie meine Stärke gewesen … und erst recht nicht schwanger.

»Ich glaube, das hier ist es«, sagte Guido. Wir blieben am fünften Haus von der Ecke aus stehen.

Das untere Ende der Treppe hing etwa sechzig Zentimeter über meinem Kopf. Guido griff nach der ausziehbaren Metallkonstruktion, aber auch seinem ausgestreckten Arm fehlten etwa dreißig Zentimeter.

»Wie wär's, wenn du mich hochhebst?«, schlug ich vor.

»Gute Idee!« Guido schlang die Arme um meine Oberschenkel und hievte mich hoch. Mühelos erreichte ich mit der Hand die unterste Metallsprosse. Nach zweimaligem Ziehen bewegte sich die Treppe. Sie kippte nach unten und verfehlte nur knapp mein Gesicht.

»Na, das war doch gar nicht so schlimm«, meinte Guido.

»Nach dir«, forderte ich meinen Mann auf.

Er kletterte die erste Treppe hinauf, dicht gefolgt von mir.

»Wie hoch schätzt du die Wahrscheinlichkeit ein, dass jemand die Polizei ruft?«, fragte ich schwer atmend hinter meinem Mann.

»Daran will ich nicht denken«, entschied Guido.

»Ich auch nicht. Ich wollte damit nur sagen, dass ich mich ziemlich unwohl dabei fühle, durch eine dunkle Gasse zu schleichen und in eine Wohnung einzubrechen.«

»Zur Kenntnis genommen«, erwiderte Guido und beendete damit das unerfreuliche Thema.

Ohne Zwischenfälle erreichten wir den dritten Stock. Jedes Mal, wenn wir an einem Fenster vorbeikamen, ließ ich den Blick auf die nächste Treppe gerichtet und hoffte, dass man uns nicht sehen würde.

Guido drückte den unteren Teil des Fensterrahmens nach oben. Zu meiner Überraschung öffnete sich das Fenster ohne großen Widerstand.

Mein Mund klappte auf. »War das Fenster nicht verriegelt?«, entfuhr es mir.

»Nein.« Guido klang ungläubig.

Er kletterte als Erster in die Küche, dann half er mir hindurch. Guido schloss das Fenster hinter mir wieder, bevor er eine Gabel, ein Messer und einen Löffel auf dem unteren Rand des Rahmens platzierte. Ich wollte protestieren – er benutzte ein Drittel unseres gesamten Bestecks für unseren Schutz. Aber falls jemand einbräche, würde uns das zu Boden fallende, klirrende Metall als Alarm dienen.

»Ich schiebe die Treppe wieder hoch«, kündigte Guido an. Ich nickte und beobachtete, wie er mit den Schlüsseln losmarschierte.

Ich lag bereits im Bett, als Guido etwa dreißig Minuten später zurückkam. Er ergriff meine Hand.

»Wir müssen hier weg. Das ist mir unheimlich«, erklärte ich sachlich.

Er nickte. »Kann ich nachvollziehen. Ich werd wahrscheinlich auch mit einem offenen Auge schlafen.«

»Wir müssen umziehen«, folgerte ich. Seine Augen wurden groß.

»Aber wohin?«

»Nach Hause!«

»Nach Hause? Ich kann nicht einfach weg«, protestierte Guido und schüttelte den Kopf.

»Warum nicht?«, fragte ich, und Guido umarmte mich. »Können wir dann wenigstens hier umziehen?«

»Sicher. Ich weiß nur nicht, wie lang es dauert, eine Wohnung zu finden«, stimmte Guido dem Kompromiss zu.

Ich runzelte die Stirn. »Wie hast du diese Wohnung gefunden?«

»Craigslist. Aber weißt du noch, wie lange ich zu Hause gesucht habe? Hat Monate gedauert, bis ich das Apartment hier gefunden habe.«

»Da warst du ja auch noch nicht hier. Vielleicht kannst du deine Kollegen nach Ideen fragen.«

Er lachte. »Alle zehn?«

»Warum nicht? Wenn nur einer jemanden kennt, der vielleicht etwas für uns hätte, wissen wir schon mehr als jetzt.«

Guido rieb sich den Nacken. »Du hast recht. Hier können wir nicht bleiben. Aber ich kann dir nicht versprechen, wie schnell wir eine neue Wohnung finden.«

Freitag

Ich ließ mich auf dem Sitzsack im Wohnzimmer nieder. Sonnenstrahlen wärmten mir das Gesicht. Der Wind brachte die Blätter der Bäume draußen vor den Fenstern zum Rascheln. Ursprünglich hatte ich eine Liste der Dinge erstellen wollen, die wir brauchten. Und in dieser Wohnung wurde eine Menge gebraucht, um es einigermaßen wohnlich zu gestalten. Allerdings dämpfte Beklommenheit meine Aufregung darüber, eben erst in einem neuen Land angekommen zu sein. Statt die besten Restaurants herauszusuchen und aufzuschreiben, was ich noch alles sehen wollte, bevor das Baby kam, brütete ich über meinem Tagebuch und überlegte, was ich in unserer nächsten Wohnung unbedingt haben wollte.

1) Auf jeden Fall eine gute Alarmanlage.
2) Mindestens zwei Schlafzimmer.
3) Einen Duschkopf mit langem Schlauch.
4) Vielleicht eine Badewanne.
5) Eine Küche.
6) Einen begehbaren Schrank, wo die Kleiderbügel passten.
7) Was noch?

Vorerst fiel mir nichts weiter ein. Dann kam mir ein anderer Gedanke. Was würde aus dieser Wohnung werden? Wenn Guido eine dreimonatige Kündigungsfrist hätte wie bei uns zu Hause, wäre ein Umzug unsinnig.

Diese Nacht

Ein seltsames Geräusch ließ mich die Augen weit aufreißen. Jemand sägte einen Baum ab – zumindest klang es so. Ich sah Guido an. Er schnarchte nicht. Instinktiv drückte ich das Ohr an die Schlafzimmerwand. Unser Nachbar entpuppte sich als Verursacher der nächtlichen Störung. Ich wickelte mir das Kissen um den Kopf, um beide Ohren zu bedecken. Das grollende Schnarchen von der anderen Seite der Wand ließ nicht nach.

Innere Unruhe breitete sich in mir aus, entfacht durch lebhafte Bilder davon, wie nebenan jemand einbrach. Während ich es hörte. Was würde ich in einem solchen Fall tun? Was könnte ich tun? Ich wälzte mich in der Hoffnung hin und her, das Kopfkino wieder loszuwerden.

Samstag

Statt auf Wolke sieben zu schweben, trübten graue Gedanke jede Romantik meiner Ankunft in einem fremden Land. Dank Guido begann der Morgen mit einer heißen Tasse Kaffee. Aber den restlichen Tag verbrachten wir träge in der Wohnung. Die schlaflose Nacht machte mich lethargisch. Guido suchte für uns eine neue Wohnmöglichkeit. Ich konnte ihm nicht dabei helfen. Mit meiner Schwester konnte ich auch nicht reden. Und Bücher hatte ich auch keine. Also lief ich nur herum, hielt Nickerchen und aß, was immer Guido mir vorsetzte.

Nachdem er beschlossen hatte, die Stelle zum Implementieren der Software für das Kassensystem seines Arbeitgebers anzunehmen, konnte ich nur vermuten, dass er einen Rückzieher hätte machen können, nachdem er erfahren hatte, dass ich schwanger war. Aber irgendwie fehlte dem Leben eine gewisse Logik.

Stattdessen sammelte ich alle verbliebenen Urlaubstage vor dem Beginn meines Mutterschaftsurlaubs zusammen und bereitete ein Übergangsdokument für meine Vertretung als Controllerin bei meiner Limonadenfirma vor. Zum Glück hatte Nina ein Praktikum bei mir gemacht. Trotzdem formte ich meine Listen zu einem lesbaren Dokument, sorgte dafür, dass sie mein Post-it-System verstand, und bläute ihr ein, alles zu dokumentieren, falls sie am System etwas veränderte. Dennoch fragte ich mich, ob ich meinen Arbeitsplatz bei meiner Rückkehr wiedererkennen würde.

Ich hatte bereits E-Mails erhalten. Den Zugriff auf meine dienstlichen E-Mails hatte ich mir nur auf meinem Computer eingerichtet, um auf dem Laufenden zu bleiben. Was ich bereits nach der ersten Mitteilung von der Arbeit bereute. Obwohl ich nur eine Blindkopie erhalten hatte, verspürte ich den Drang zu antworten. Als positiv betrachtete ich, dass Nina die erste Woche allein überstanden zu haben schien. Da das Limonadengeschäft boomte, wusste ich bereits, dass sie ihren Job an meiner Seite behalten würde, sobald ich wieder bei der Arbeit wäre.

Unwillkürlich krümmten sich meine Mundwinkel nach oben. Darauf freute ich mich bereits. Dann zog ich die Brauen zusammen. Ich war gerade erst für ein Abenteuer eingetroffen. Vielleicht würde es ein waschechtes Abenteuer werden, keine romantische Version des wahren Lebens. Ich atmete tief durch. So war es nun mal, und ich würde das Beste daraus machen … nach einem Nickerchen. Ich fühlte mich so unsagbar müde.

Sonntag

Haaaa! Was für eine Woche! Ich hatte mir vorgestellt, dass ich Boston erkunden würde. Dass ich mich durch die Cafés und Restaurants in meinem neuen Viertel kosten und dabei tief in die Augen meines Ehemanns blicken würde, von dem ich so lang getrennt gewesen war.

Stattdessen lernte ich unseren Nachbarn kennen – oder eigentlich eher die Geräusche, die er im Schlaf von sich gab. Vielleicht sollte ich dankbar sein, dass nur das Schnarchen durch die Wände drang.

Jedenfalls verdeutlichte es mir nur umso mehr, wie sehr ich umziehen wollte. Ich wollte auf keinen Fall warten, bis irgendetwas passierte. Auf den ersten Blick sah die Gegend sicher aus und fühlte sich auch so an, aber damit wäre es vorbei, wenn einem von uns etwas zustieße. Und das wollte ich verhindern.

Oh, dabei fiel mir ein … »Guido! Müssen wir für hier einen Nachmieter finden, wenn wir ausziehen?«, erkundigte ich mich.

Er löste die Aufmerksamkeit vom schmutzigen Wasser in der Küchenspüle und richtete sie auf mich. »Nein. Ich hab den Vermieter am Freitag angerufen und ihm erklärt, dass wir umziehen wollen, sobald wir was Neues gefunden haben. Da hat er mir mitgeteilt, dass er sowieso gerade dabei ist, allen einen Räumungsbescheid zu schicken, weil er das Gebäude verkauft.«

»Was?«, flüsterte ich. Freude, Verwirrung und Entsetzen wirbelten kreuz und quer durch meinen Verstand. Ich war noch nie vor die Tür gesetzt worden. Das bedeutete, dass wir umziehen mussten. Wir mussten etwas finden. Der Wechsel vom Wollen zum Müssen verdichtete meine Emotionen zu einem harten Klumpen im Magen.

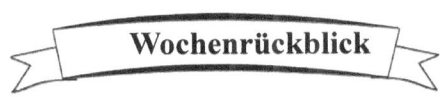

Dienstag

»Ich hab eine Bleibe gefunden. Wir ziehen diese Woche um«, verkündete Guido.

»Was?«, kreischte ich vor Panik oder Euphorie – oder beidem. »Wie?«

»Ich dachte, du würdest dich freuen«, meinte Guido mit einem nachdenklichen Stirnrunzeln.

»Tu ich auch. Ich dachte nur, es würde eine Weile dauern. Nicht, dass wir wirklich Zeit hätten. Aber weil du gesagt hast, du hast das letzte Mal so lange gesucht, dachte ich halt, es würde auch diesmal ein bisschen dauern«, plapperte ich.

»Ich hab deinen Rat befolgt. Ich hab mich bei meinen Kollegen umgehört. Und Barret hat einen Freund, der verzweifelt einen Nachmieter sucht.«

»Ha.« Ich ordnete meine Gedanken. »Hast du die neue Wohnung schon gesehen? Hast du versucht, darin einzubrechen? Wie viele Quadratmeter? Wie teuer? Was ist in der Miete enthalten? Kann ich es sehen?«

Guido atmete tief durch. »Nein, ich hab's noch nicht gesehen. Es liegt in der Nähe vom Union Square. Die Miete beträgt 3.000 Dollar. Die Wohnung hat zwei Schlafzimmer, aber die genaue Größe weiß ich nicht.«

»Das ist jetzt ein Scherz, oder?«, rutschte mir heraus. Guido starrte mich an. »3.000 Dollar?« So viel verdiente ich noch nicht mal. »Wie viel verdienst du denn im Monat?«, stieß ich hervor.

»Fünfeinhalbtausend«, erklärte Guido unumwunden.

Meine Augen weiteten sich. Unwillkürlich fasste ich mir an die Schläfen. Fragen über Fragen reihten sich aneinander. Aber nur eine schaffte es aus meinem Mund: »Sind wir reich?«

»Nein. Nach Miete, Rechnungen und Lebensmitteln bleibt fast nichts mehr übrig«, entgegnete er.

»Was? Wirklich? Soll das heißen, du bezahlst jetzt auch so viel?«

»Ja«, bestätigte mein Ehemann.

»Ist die neue Wohnung ähnlich wie die hier?«

»Nehme ich an.« Guido zuckte mit den Schultern.

Mein Kiefer verkrampfte sich. Er nimmt es an. »Du hast die Wohnung also noch nicht gesehen? Das versteh ich nicht. Ergibt doch keinen Sinn. Ich meine …« Mir fehlten die Worte.

»Hör mal«, sagte Guido geradezu flehentlich, »das ist unsere Chance, umzuziehen. Wir haben sowieso keine Wahl.«

»Aber …« Ich ließ das Wort in der Luft hängen. Eine Wiederholung meiner vorherigen Fragen würde keine neuen Antworten bringen. Und wie konnte die Miete so hoch sein? Zu Hause bezahlten wir nur umgerechnet 1.500 Dollar für 65 Quadratmeter. Ich schluckte meine Vorwürfe runter.

»Ist da schon irgendetwas dabei?«, bohrte ich nach.

»Wasser.«

»Kein Strom?«, stöhnte ich.

Guido schüttelte den Kopf. »Auch kein Gas.«

»Gas?«, wiederholte ich. Desillusioniert ließ ich mich auf das Bodenkissen plumpsen. Ich ließ den Blick durch die Wohnung wandern und hoffte, die neue würde besser sein. Oder könnte es gar noch schlimmer ausfallen? Wir mussten wohl auf das Beste hoffen. Vielleicht würde es zumindest gleichwertig sein. Nur mit mehr Sicherheit.

»Weißt du, warum der jetzige Mieter auszieht?«, fragte ich Guido herausfordernd.

Er antwortete: »Barret hat erwähnt, dass er nach Kalifornien gezogen ist, weil er dort eine neue Stelle hat.«

Ich riss mich zusammen. Immerhin war uns diese Gelegenheit in den Schoß gefallen. Und Guido hatte versichert, dass er die Miete stemmen konnte. Ich hoffte nur, sein Kollege vermittelte uns nicht eine Bruchbude.

Mittwoch

Wir packten unsere Sachen und füllten innerhalb eines Tages Reisetaschen, Rucksäcke und Müllsäcke. Tatsächlich wurden wir noch am Vormittag fertig, weil Guido ja nur eine Handvoll Möbel besaß.

Während des Umzugs gelangte ich zu einer aufregenden Erkenntnis. Wenn sich die neue Wohnung als Loch herausstellte, würde ich einfach meine Sachen packen und in meine eigenen vier Wände zurückkehren. Dort warteten die Heimat, meine Eltern, meine Schwester, meine Freunde – ein Leben. Nur würde die Entscheidung zu Spannungen zwischen Guido und mir führen. Da ich mich davor scheute, ihm von meinem Entschluss zu erzählen, verbarg ich die Gedanken in den finstersten Winkeln meines Geists. Die möglichen Konsequenzen, wenn ich damit herausrückte, jagten mir Angst ein.

Würde unsere Ehe weiterbestehen, wenn ich abreiste? Wahrscheinlich. Vielleicht. Offen gestanden konnte ich mir nicht sicher sein. In den letzten zwanzig Jahren hatte ich schon miterlebt, wie Beziehungen an weniger gescheitert waren.

Und da war es wieder mal. Eines meiner größten Probleme. Konfrontationsvermeidung. Sogar in einer solchen Lage hielten mich nagende Zweifel davon ab, mit meinem Ehemann offen darüber zu reden, was ich fühlte, um unangenehme Konsequenzen zu vermeiden.

Aber wessen Schuld wäre es, wenn Guido die Geburt unseres Kinds verpasste? Er hatte bereits seine Absicht verkündet, seine beruflichen Verpflichtungen trotz der besonderen Umstände erfüllen zu wollen. Ich jedoch wäre zu Hause an einem sicheren Ort, umgeben von freundlichen Gesichtern. Dort würde ich jedes Wort verstehen, das ein Arzt zu mir sagte, und ich musste mir nichts zusammenreimen. Diese Gedanken stressten mich. Meine Sinne wurden trübe Ich holte tief Luft und stieß sie wieder aus. Es würde alles gut werden. Guido war ein guter Partner. Seufzend zog ich den Reißverschluss meines Rucksacks zu.

Donnerstag

Taschen stapelten sich vor unserem bald alten Zuhause. Ich schoss ein Foto, das ich meiner Schwester schicken wollte. Nicht nur als Beweis dafür, dass wir umzogen, sondern auch, um ihr zu zeigen, wie wenig wir hatten.

»Ich glaube, das ist Barret.« Guido zeigte auf einen weißen Van. Mein Blick folgte dem Fahrzeug, bis es neben uns anhielt.

»Guten Morgen«, grüßte ein Mann mit schütterem Haar. Fältchen um die Augen und graue Bartstoppel am Kinn ließen mich ihn auf Mitte fünfzig schätzen.

»Guten Morgen, Barret. Danke für die Hilfe. Das ist Mareike«, stellte Guido mich seinem Kollegen vor.

Barret war mittlerweile aus dem kleinen Lastwagen gestiegen, auf dessen Seite in roten Buchstaben U-Haul stand. Ich las das Wort mehrmals, konnte mir aber nicht erklären, warum sich ein Unternehmen so benannte – für mich klang es wie die Andeutung, dass Kunden wie Wölfe heulten.

»Guten Morgen. Freut mich, dich kennenzulernen.« Barret streckte die Hand aus. Ich tat es ihm gleich.

»Gleichfalls«, erwiderte ich.

»Meine Frau und ich renovieren gerade unser Haus und dachten, ihr könntet vielleicht etwas davon gebrauchen.«

Guidos Kollege zeigte in den Wagen. Ein marineblaues Sofa, ein Esstisch aus Mahagoni und ein weißer Couchtisch mit einem Mosaik aus Glasstücken stapelten sich darin.

»Danke«, sagten Guido und ich gleichzeitig.

»Ihr habt meine Gedanken gelesen«, fügte ich hinzu.

»Ich hab Guido gefragt, ob er inzwischen mehr Einrichtung im Wohnzimmer hat oder ob es noch so ist wie damals bei der Einweihungsparty. Und er hat gemeint, es ist nicht mehr geworden. Da dachten wir uns, ihr freut euch vielleicht über ein paar Sachen«, erklärte Barret.

»Und ob. Ich hab schon überlegt, wo ich mehr Möbel für die Wohnung bekommen könnte. Also vielen Dank«, wiederholte ich.

»Oh, ich hätte auch einen Gymnastikball. Collette dachte, du könntest ihn vielleicht brauchen.« Barret holte einen Karton vorn aus dem Fahrzeug.

»Danke. Das ist unheimlich lieb von euch.« Berührt von der Großzügigkeit nahm ich die ungeöffnete Schachtel entgegen.

Mit Barrets Hilfe hatten wir in dreißig Minuten alles verladen – meinen Wanderrucksack, Guidos Wanderrucksack, eine blaue Reisetasche mit Rollen, einen Müllbeutel mit Küchenutensilien, eine Tasche voller Hygieneartikel, Toilettenpapier, Handtücher, Guidos Fahrrad, den Küchentisch, die Stühle und das Bodenkissen.

Barret fuhr, Guido saß in der Mitte, und ich beobachtete durch das Beifahrerfenster, wie die Welt an mir vorüberzog. Fahrräder sausten vorbei. Autos bogen an Kreuzungen trotz roter Ampel nach rechts ab. Fußgänger überquerten die Straße nach Lust und Laune. Meine Augen versuchten, sämtliche Einzelheiten der Häuser, Geschäfte, Parks und Straßennamen zu erfassen, aber mich überkam das überwältigende Gefühl, von der Außenwelt losgelöst zu sein. Ich atmete tief durch. Ich habe noch genug Zeit, alles zu erkunden, versprach ich mir.

»Mareike«, begann Barret.

Ich löste mich von meinen Gedanken. »Ja?«

»Wir haben gerade über die Halloween-Party nächstes Wochenende geredet. Nicole organisiert sie. Du bist herzlich eingeladen.«

»Danke.« Mein Herzschlag beschleunigte sich freudig. Ich liebte gute Partys. Ich liebte es, mich zu verkleiden. Und ich lernte gern neue Leute kennen.

Ein breites Lächeln lag auf meinem Gesicht, als wir vor unserem neuen Wohnhaus einparkten. Ich hätte schwören können, dass wir uns nach wie vor im alten Viertel befanden.

Die dreistöckigen Häuser ähnelten einander geradezu unheimlich. Während ich mein neues temporäres Zuhause betrachtete, fragte ich mich, ob auch Potsdams malerische Architektur Außenstehende verwirrte. Immerhin handelte es sich bei den meisten um Fachwerkhäuser.

Zu meiner Überraschung war vor der Haupteingangstür des Gebäudes wieder eine andere Tür. Die Tür vor der Tür knallte jedes Mal in den Rahmen, wenn wir etwas von unseren Sachen hineintrugen. Nach dem fünften Mal hängte Barret die Feder aus.

Natürlich befand sich auch die neue Wohnung im dritten Stock. Wegen der steilen Treppe bekamen die Männer die Matratze, das Sofa und den Tisch kaum hinauf. Mich wunderte, dass die Architekten solcher Häuser nie auf die Idee kamen, Möbelkräne auf dem Dach zu installieren.

Diese Wohnung ähnelte der vorherigen, nur besaß sie ein winziges Zimmer mehr. Ich kratzte mich am Bauch. Vielleicht ein Babyzimmer. Der Vormieter hatte uns einen Flachbildfernseher dagelassen. Der Bildschirm blieb beim Einschalten schwarz, aber Ton aus den Lautsprechern hallte von den kahlen Wänden wider. »Ich kann den Fernseher reparieren«, versicherte mir Guido.

Ein Freudenschrei entfuhr mir, als ich das Schlafzimmer betrat. Der begehbare Schrank bot genug Platz, dass die Kleiderbügel frei schwingen konnten.

Die Küche entpuppte sich als richtige Küche. In den letzten zehn Jahren hatte ich mehr Kühlschränke aufgespürt und Küchenregale geschleppt und eingebaut, als ich Finger hatte. Eine Tür in der Küche versprach eine Speisekammer. Ich öffnete sie. Anstelle von mehr Stauraum führte eine Treppe nach unten. Ein unangenehmes Kribbeln im Bauch ließ mich rasch die Tür schließen. Dabei fiel mir ein Knopf in der Mitte des runden Knaufs auf. Ich drückte ihn hinein und hoffte, die Tür damit verriegelt zu haben.

Ein neuer Gedanke verdrängte die Tür aus meinen Gedanken. Es gab hier keine Klinken. Auch die vorherige Wohnung hatte keine richtigen Griffe. Vielleicht waren Knäufe hier Standard. Ich konnte mich nicht erinnern, irgendwo zu Hause je einen solchen Türknauf gesehen zu haben. Wahrscheinlich gab es sie schon vereinzelt, aber definitiv selten.

Noch etwas war mir schon auf dem Weg vom Flughafen zu Guidos Haus aufgefallen – die Fenster. Sie ließen sich von oben oder von unten öffnen. Ein Netz von außen schützte vor Insekten. Wieso hatten sich solche Fliegenschutzgitter auf dem deutschen Markt noch nicht durchgesetzt? Jeden Sommer suchten wir nach einer Lösung zur Abwehr von Fliegen. Vor ein paar Jahren hatten meine Eltern Ulrike und mich damit beauftragt, überall im Haus Klebefallen aufzuhängen. Was einigermaßen funktionierte. Aber das Netz vor dem Fenster hielt die Insekten einfach draußen. Genial.

Freitag

Ich beobachtete ein Eichhörnchen, das über die Stromleitungen rannte, erst auf ein Dach und dann auf einen Baum sprang, bevor das kleine Tier aus meinem Blickfeld verschwand.

Kalte Luft wehte durch das Wohnzimmer. Ich zog meine Strickjacke enger um mich. Schließlich schlug ich mein Tagebuch auf und betrachtete die Wochenübersicht. Nichts geplant. Keine Mädelstreffen nach der Arbeit, keine Festivals, auf die ich mich freuen konnte, keine Geburtstagsfeiern, keine Familienessen. Ein Gefühl von Freiheit überkam mich. Nur war es trügerisch. Ich war hier nicht zu Hause. Meine Zeit hier war kein Urlaub. Ich konnte es nicht genießen, keinerlei Verpflichtungen zu haben.

Ich griff nach dem ärztlichen Formular, um mich daran zu erinnern, welche Vitamine ich brauchte, und um den nächsten Termin im Kalender einzutragen.

Natürlich war es nicht meine erste Schwangerschaftsuntersuchung gewesen, aber die erste in einem neuen Land mit meinem Ehemann – aufregende Sache.

Mein Blick fiel auf das Datum. Mein nächster Termin sollte am 11. Oktober sein. Ich hatte ungefähr mit 13. November gerechnet. Verdutzt las ich es erneut: 11/10.

Das Datum auf dem Papier lag in der Vergangenheit, nicht vier Wochen in der Zukunft. Ich starrte darauf. Wurde ich etwa gerade in die fiktive Welt der Zeitreisen hineingesogen und stand kurz davor, die überraschende Wendung zu erfahren? Verwirrt schüttelte ich den Kopf. Mir fehlten entscheidende Informationen.

Statt weiter darüber zu grübeln, schlüpfte ich in Guidos bequeme Jacke. Wenigstens die Vitamine könnte ich besorgen. Ich schlüpfte in meine Stiefel und schaffte es gerade noch, die Schnürsenkel zu binden. Durch meinen wachsenden Bauch wurden scheinbar einfache Tätigkeiten zunehmend beschwerlicher. Dingdong! Die Türklingel. Ich richtete mich auf und öffnete die Tür.

Eine etwa dreißigjährige Frau mit Bubikopf trug ein kleines Kind auf der rechten Hüfte. »Hi, tut mir leid. Mercer hat versehentlich geklingelt«, entschuldigte sie sich.

»Macht nichts. Was für ein schöner Name«, erwiderte ich. In Gedanken merkte ich mir vor, über den Namen zu recherchieren. Vielleicht stolperte ich ja über einen, den wir auf die Liste für unser eigenes Kind setzen konnten. Stundenlang hatten wir über Bücher und Websites für Babynamen gebrütet und noch keinen einzigen gefunden, der uns beiden gefiel.

»Danke. Ich bin Henrietta«, erwiderte die Frau vor mir. Neben dem kleinen Kind auf ihrer Hüfte hopste hinter ihr ein zweites herum. »Das ist Mercer.« Henrietta folgte meinem Blick. »Und das ist Attila.« Henrietta verlagerte ihren Jüngeren auf die andere Hüfte.

»Ich bin Mareike«, stellte ich mich vor.

»Wir wohnen direkt nebenan. Ich hoffe, die Kinder sind nicht zu laut«, sagte meine neue Nachbarin mit einem Lächeln.

»Ich hab sie bisher noch nicht mal wahrgenommen. Aber wir sind gerade erst eingezogen.«

»Hat mich gefreut, dich kennenzulernen. Jetzt haben die Kleinen ihr Mittagsschlaf.«

»Hat mich auch gefreut«, erwiderte ich. Henrietta öffnete ihre Eingangstür unmittelbar neben unserer. Ich schob die Schnürsenkel in den Schuh, zog den Reißverschluss von Guidos Jacke hoch und schloss unsere Tür hinter mir, um meine einzige Aktivität anzutreten.

Ich hielt mich an Guidos Wegbeschreibung zur Apotheke. Gestern Abend hatte er eine kleine Karte für mich gezeichnet. Trotzdem bog ich mehrmals falsch ab. Ich verglich die Straßennamen auf seiner Karte mit jenen an der Ecke, an der ich anhielt. Sie stimmten nicht überein. Dafür stieß ich auf eine Schule namens Argenziano, die etwa doppelt so groß aussah wie meine frühere, auf mehrere kleine Geschäfte, einen süßen, kleinen Spielplatz und mehrere Kindertagesstätten. Natürlich hatte ich mein Notizbuch zu Hause vergessen und konnte mir nicht notieren, wo sich die Orte befanden.

Seit meinem positiven Schwangerschaftstest achtete ich generell viel mehr auf alles im Zusammenhang mit Kindern. Nicht nur Spielplätze und Kindertagesstätten weckten mein Interesse, auch Kinderwagen, Spielzeug und Babyschalen drängten sich in mein Bewusstsein.

Wenn mir etwas gefiel, traf ich schnelle Entscheidungen. Ich wünschte nur, meine Mutter oder meine Schwester wären bei mir. Sie fehlten mir. Ich hatte mich so daran gewöhnt, sie ständig um mich zu haben, dass ich gedacht hatte, ein bisschen Abstand könnte uns allen nicht schaden. Und es stimmte insofern, da mir der Abstand nicht wirklich schadete. Vielmehr zeigte er mir, wie sehr ich sie vermisste.

Während ich noch freudig über die Welt der Babys grübelte und an meine Familie dachte, blieb ich plötzlich wie angewurzelt stehen. D R U G lautete das erste Wort über dem Eingang eines Ladens. Die Kinnlade klappte mir bis zum Boden auf. Ich konnte nicht fassen, was da über der Tür stand. Drug Store – ein Geschäft für Drogen?

Vom Bürgersteig aus glotzte ich. Die Türen glitten jedes Mal auf und zu, wenn jemand hineinging oder herauskam. Die Leute sahen alle »normal« aus. Warum auch nicht? Was habe ich denn erwartet?

Ein lebhaftes Bild entstand in meinem Kopf. Wenn ich den Laden beträte, würde ich durch ein Glasfenster kleine Pulverhaufen, Gras, Pillensammlungen und kristalline Drogen neben einer Waage vorfinden. Und davor Schilder mit dem Preis pro Gramm. Dahinter würde ein Verkäufer in einem weißen Laborkittel fragen: »Was darf's sein? Wir haben alles Mögliche, von Aufputschmitteln wie Molly bis hin zu Gras in zwölf verschiedenen Geschmacksrichtungen. Nur keine Spraydosen, Klebstoffe oder Gas. Wenn Sie lieber schnüffeln, sollten Sie sich Hilfe suchen.«

Obwohl mein Unbehagen nach wie vor meine Füße am Boden verwurzelte, beschloss ich, Vernunft walten zu lassen und hineinzugehen, als eine gewöhnlich wirkende Frau mit einem Kinderwagen aus dem Laden kam.

Meine Logik trieb mich vorwärts. Die Glastür glitt auf. Eine würzige Geruchsmischung in der Luft fuhr mir in die Nase. Meine Augen sahen nur Orange. Verursachte Schwangerschaft etwa psychedelische Wahrnehmungen? Seit dem zweiten Trimester kamen mir Gerüche penetranter vor. Ich hatte sogar meinen Mann dazu überredet, nicht mehr so viel von seinem Aftershave aufzutragen, weil es mich zum Würgen brachte. Aber würde Ingwer in der Luft mich auch dann stören, wenn ich nicht schwanger wäre?

Ich bewegte mich auf die orangefarbene Wand zu. Die Produkte dort waren als Kürbisgewürz gekennzeichnet. Hinten im Laden verkündeten fette rote Buchstaben: Pharmacy. Apotheke. Mein Verstand kombinierte. Meine Blutgefäße pumpten Blut in meine Wangen. In der Apotheke würden wohl Medikamente verkauft, die man auf Englisch als drugs bezeichnete, womit man auf Deutsch in erster Linie Drogen assoziierte. Deshalb also ein Drug Store.

Hm.

An der Decke hingen mehrere Schilder, die auf die Produktgruppen in den verschiedenen Gängen hinwiesen, beispielsweise Körperpflege, Haushalt, Zahnpflege, Rasur, Badezimmer und Saisonartikel.

Die Geruchsmischung in der Luft veränderte sich. Sie wurde dezenter. Ich nahm neue Aromen wahr. Eine Mischung verschiedener Produkte, die eine Erinnerung aus meinem Gedächtnis aufsteigen ließ. Schokolade und die Düfte verschiedener Deodorants. Aftershaves, Süßigkeiten und Obst, dazu ein buntes Übermaß an Farben. Die ungewöhnlichen Gerüche, die Vielfalt der Produkte und die Farben der Verpackungen versetzten mich als Gesamterlebnis zurück in einen Intershop, eine ehemalige Einzelhandelskette in der DDR, in der man nur mit D-Mark zahlen konnte.

Leider hatten wir die Währung selten gehabt, um etwas zu kaufen. Wenn es uns doch mal gelungen war, sie zu bekommen, hatte meine Mutter das Geld für After Eight ausgegeben. Aufgeregt wie ein kleines Kind am Weihnachtsabend schlich ich die Regale entlang.

Damals mochte ich kein Geld gehabt haben, doch diesmal enthielt mein Portemonnaie dank meines Ehemanns genug, um den Großteil meiner Bedürfnisse in der Apotheke zu decken.

Ich belud einen Einkaufswagen, als würde die Welt in einer Woche untergehen. Ich nahm vier flauschige Babydecken, auf dem Preisschild war ein Rabatt von 75 Prozent vermerkt. Außerdem gönnte ich mir einen neuen Föhn mit dem richtigen Stecker. Ich schnupperte mich durch die Duschgelflaschen und packte Kiwi-Erdbeer-Pfirsich in den Wagen – warum nicht? Auch Rasierklingen fügte ich hinzu. Guido verbrauchte sie in null Komma nichts, genau wie Snacks, vor allem alles mit Schokolade. Zufrieden mit meiner Beute stellte ich mich hinter einer Frau an, die einen feuerroten Mantel trug.

»Haben Sie eine Bonuskarte bei uns?«, erkundigte sich die Verkäuferin an der Kasse. Die Kundin nickte. »Sie können Ihre Nummer hier eingeben.« Die Kassiererin wies die Dame vor mir auf ein Kreditkartenzahlungsgerät am Tresen hin. Die Kundin tippte die Nummer am Tastenfeld ein. Auf der anderen Seite des Ladentischs scannte die Verkäuferin die Artikel – Windeln, Duschgel, ein Fineliner, eine Haarbürste.

»Das macht insgesamt 45,99 Dollar. Möchten Sie Ihre Punkte einlösen?«, erkundigte sich die Verkäuferin.

»Ich hätte noch die hier.« Die Frau vor mir schob einen kleinen Stapel Zettel zur Kassiererin, die einen nach dem anderen betrachtete. Dann scannte sie jeden.

»Und jetzt möchte ich meine Punkte einlösen«, verkündete die Kundin vor mir.

Die Kassiererin tippte etwas am Computerbildschirm. »Dann macht es insgesamt 49 Cent.«

Was?, wäre mir um ein Haar herausgerutscht. Wie konnte

das sein? Hatte die Mitarbeiterin nicht ursprünglich gesagt, dass der Preis für die Artikel um die vierzig Dollar betrug? Was war gerade passiert? Die Fragen lagen mir auf der Zunge, aber ich verkniff sie mir. Nichts an dieser Interaktion ergab irgendeinen Sinn, also würde dasselbe wahrscheinlich auch für meine Fragen gelten.

Die Kassiererin tütete den Einkauf ein. Die Kundin legte zwei Silbermünzen auf den Tresen. Ich rieb mir die Augen. Wie konnten zwei Münzen reichen?

»Ihre Telefonnummer?«, wandte sich die Kassiererin als Nächstes an mich. Mein Blick folgte der Frau, die den Laden gerade verließ. Immer noch perplex richtete ich die Aufmerksamkeit langsam auf die Angestellte.

»Ich habe keine«, murmelte ich.

»Haben Sie eine Bonuskarte bei uns?«

Ich schüttelte verneinend den Kopf.

»Möchten Sie sich für eine registrieren?«

»Nein, danke.«

Die Kassiererin scannte meine Artikel. »Das macht 89,57 Dollar.«

Ich schnappte verhalten nach Luft. Neunzig Dollar? Wie ist das denn passiert? Eigentlich wusste ich es. In meiner Euphorie war mein innerer Taschenrechner ausgefallen. Und ich hatte völlig vergessen, das zu kaufen, wofür ich eigentlich hergekommen war. Ich könnte das Vitamin D noch schnell holen, nur rührten sich meine Füße nicht. Die Angestellte wartete darauf, dass ich mit dem Geld herausrückte. Wortlos und steif öffnete ich mein Portemonnaie und zählte die Scheine heraus.

Völlig pleite breitete ich meine Ausbeute auf dem Küchentisch aus. Durch die Ebbe in meiner Brieftasche kristallisierte sich ein weiteres dringendes Anliegen heraus. Wie viel Geld würde ich während meines Aufenthalts tatsächlich brauchen? Zu Hause wäre ich mit hundert Euro locker eine Woche über die Runden gekommen. Natürlich konnte ich so tun, als wäre es eine einmalige Sache gewesen, aber ich hatte nichts Verrücktes gekauft.

Guido redete mir zu, kein Geld umzutauschen, obwohl mein übliches Gehalt auf meinem Bankkonto eintraf. Durch die Gebühren und den sich täglich ändernden Wechselkurs würde ich längerfristig einiges an Geld einbüßen. Wir hatten noch nicht wirklich darüber gesprochen, wie wir unsere Finanzen hier regeln wollten, aber er hatte bereitwillig angeboten, mir so viel Geld zu geben, wie ich wollte. Ein Angebot, das die Gelegenheit bot, ihn auf den Arm zu nehmen, aber ich hielt mich zurück. Auf einmal jedoch zerrann mir das Geld wie Sand zwischen den Fingern.

Eigentlich sollte ich keine hohen Ausgaben haben. Die Rechnungen bezahlte alle Guido. Auch die Lebensmitteleinkäufe erledigte er. Aber die fehlende Gemütlichkeit in der Wohnung und die Babysachen, die wir noch brauchten, könnten sein Bankkonto stärker belasten, als er erwartete.

Ich hievte mich auf das Sofa im Wohnzimmer. Schon nach wenigen Minuten weckte mich ein leichter Schauder aus meinem Nickerchen. Selbst in der kurzen Zeit war die Temperatur meines Körpers zusammen mit der im Apartment spürbar gesunken.

Ich suchte nach der Heizung, entdeckte jedoch nichts, das danach aussah. Kein Schalter oder Regler, um die Wärme im Raum zu erhöhen. Konnte es sein, dass es keine Heizung gab? Unmöglich. Vielleicht fand sich im Wohnzimmer ein digitaler Regler an der Wand. Ne. Anscheinend lag die letzte Renovierung der Wohnung mehrere Jahrzehnte zurück. Aber es musste irgendeinen Schalter geben, einen Thermostat, um in unseren vier Wänden zu heizen. Ich entdeckte auch keine alternative Wärmequelle wie einen Kamin. Wenn ich mich recht erinnerte, herrschten in Boston richtige Winter wie zu Hause.

Andererseits gab es in dieser Wohnung vielleicht keine eingebaute Heizanlage, und der Vermieter erwartete, dass wir Raumheizgeräte benutzten. Ich hatte auf unserer Seite des Atlantiks wahre Horrorgeschichten über schlitzohrige Vermieter in den USA gehört. Aber für 3.000 Dollar im Monat wäre das die totale Abzocke.

Ich suchte erneut jeden Quadratzentimeter der Wände von links nach rechts ab. Und für alle Fälle auch von unten nach oben. Nichts. Aber mein Blick heftete sich auf eine weiße Metallbox, die direkt unter dem Fenster hinter dem Sofa hervorlugte.

Ich zog am Sofa. Zuerst links, dann rechts, bis ich mich in den

Spalt dahinter quetschen konnte. Ich schob das Sofa weiter von der Wand weg, an der sich unten ein langes Metallgebilde erstreckte. Es fühlte sich eiskalt an. Ich kroch daran entlang, suchte nach dem Regler zum Einschalten der Heizung. Vergeblich. Ich tastete mit den Fingern darunter entlang. Ich fand nur Staub an der Heizleiste. Kein Regler, kein Schalter oder ein Knopf. Erneut hielt ich nach irgendeinem Bedienfeld an den Wänden Ausschau. Meine erfolglose Suche endete mit weiterer Frustration und vor Kälte bibbernden Gliedern.

Schließlich gab ich es auf und schlurfte ins Schlafzimmer. Meine cremefarbene Strickjacke hing hinter der Tür. Ich schlüpfte hinein und kuschelte mich ins Bett.

Meine Hand umklammerte mein Handy, als ich versuchte Guido anzurufen. Aus dem internen Lautsprecher drang kein Klingelton. Ich hatte vergessen, dass ich den Vertrag vor drei Monaten gekündigt hatte. Also kein Roaming. Vorerst war das elektronische Gerät nutzlos. Oh nein. Dabei fiel mir etwas ein. Ich hatte vergessen, unsere Streaming-Dienste zu kündigen. Ein Seufzen entrang sich mir. Ich konnte monatliche Gebühren nicht ausstehen. Abonnements waren für mich das Schlimmste.

Letztes Jahr stellte meine Mutter fest, dass sie immer noch für unsere Micky-Maus-Hefte bezahlte, die ich bis vor einem Jahrzehnt verschlungen hatte – ich liebte es, die Karten mit den Naturwundern der Welt wie den Niagarafällen zu sammeln. Allerdings hatte seit Jahren keine Ausgabe mehr vor unserer Tür gelegen. Wohin unsere bezahlten Hefte verschwanden, fanden wir bei einer unserer nachmittäglichen Café-Runden heraus. Mein Vater lief sichtlich rot an. Er gestand, dass er sie Woche für Woche den Nachbarskindern gegeben hatte. Nur hatte er es verabsäumt, seine Großzügigkeit seiner Frau gegenüber zu erwähnen.

Da ich trotz der Anstrengung mit dem Sofa und unter der Bettdecke immer noch fror, beschloss ich, mich mehr zu bewegen, um meine Körpertemperatur zu erhöhen. Ich holte den Gymnastikball aus seinem Karton. Der grüne Ball faltete sich links und rechts auseinander. Die Öffnung wies einen weißen Stöpsel auf. Mein Mut sank. Das war kein einfacher Strandball. Ich brauchte eine Pumpe.

Bestimmt besaßen wir eine … Ich hatte zwar noch keine gesehen, aber Guido benutzte täglich sein Fahrrad. Er musste eine

Pumpe haben. Nur wo? Kellerabteil hatten wir keines. Und er brachte das Fahrrad immer ins Haus. Warum er es nicht wie jeder normale Mensch draußen stehen ließ, konnte ich mir nicht erklären.

Wenn er eine Pumpe hatte, musste sie ebenfalls im Haus sein. Ich durchsuchte jeden Winkel. In der spärlich eingerichteten Zweizimmerwohnung dauerte es nicht lange, bis mir klar wurde, dass sie keine Pumpe enthielt.

Allerdings musste ich zugeben, dass ich mich allmählich für den kargen Look unserer Wohnung erwärmte. Selbst der Inhalt meines Wanderrucksacks hatte die Wohnung nicht wesentlich gefüllt. Von den 23 Kilo, die ich ins Flugzeug mitnehmen durfte, würden drei gegessen werden. Guido vermisste Gummibärchen, Ritter Sport und Milky Way und natürlich Lakritze.

Dementsprechend hatte er auf mich eingewirkt. »Mehr Klamotten für dich können wir auch hier kaufen, aber deutsche Süßigkeiten nicht.«

Meine Mutter hatte sich auf die Gelegenheit gestürzt. Sie verwöhnte ihren Schwiegersohn mit Vorliebe, obwohl er den Grund dafür verkörperte, dass eines ihrer Kinder in ein fremdes Land reisen musste. Doch mit Guido schien sich ihr Wunsch nach einem dritten Kind erfüllt zu haben, das sie nicht hatte bekommen können.

Leider halfen mir die deutschen Süßigkeiten nicht dabei, das Problem mit dem Gymnastikball zu lösen. Ich könnte damit höchstens meinen Frust wegnaschen. Ohne Pumpe sah ich mich gezwungen, den noch flachen Ball seitlich auf den Wohnzimmertisch zu legen. Kurz zögerte ich. Das Mosaik bildete einen Sonnenaufgang über dem Meer ab. Jedoch staken Glasecken raus.

Ich starrte auf den flachen Ball. Gymnastik hatte ich in dem Augenblick nicht im Sinn, sehr wohl jedoch das Baby. Angeblich bewegte sich der Kopf des Säuglings durch das Sitzen auf einem solchen Ball nach unten und dadurch in die richtige Position für die Geburt. Als ich mir vorstellte, wie ich selbst im Bauch meiner Mutter kopfüber gehangen hatte, wurde mir prompt übel.

Tiefe Atemzüge füllten meine Lunge mit frischem Sauerstoff. Ich beobachtete Spatzen, die von einer Stromleitung zur nächsten flogen. Die Show amüsierte mich, bis ich einen Klecks entdeckte. Ich rieb mir die Augen. Dadurch erkannte ich etwas deutlicher, was sich dort an dem dicken Kabel befand. Je länger ich hinstarrte, desto feiner wurden die Konturen. Mein Verstand formte eine Erklärung aus den Bildern, die ihm meine Pupillen lieferten. Ein erstarrtes Eichhörnchen hing mit den Armen an dem schwarzen Kabel und schwang mit dessen Bewegungen.

Jemand anders sichtete das Tier ebenfalls. Ein Kleinkind zeigte darauf. Die Mutter telefonierte am Handy. Nur fünf Minuten später traf ein Pick-up mit einem großen Logo auf der Seite des Fahrzeugs ein: The Works – die Stadtwerke. Zwei Männer stiegen aus. Einer kletterte auf die Ladefläche. Er streckte sich vergeblich mit einer Stange nach dem Kadaver. Nach einer kurzen Diskussion fuhren die Männer wieder davon.

Einige Zeit später tuckerte der Motor eines Lastwagens am Haus vorbei. Ich kehrte zum Fenster zurück. Ein Kranwagen hielt unter dem Eichhörnchen an. Zwei Stützen wurden auf die Straße ausgefahren. Ein Mann stieg aus und kletterte auf die Ladefläche des Wagens. Ein Arbeitskorb an dem Kranarm fuhr nach oben. Mit behandschuhten Händen streckte der Mitarbeiter der Stadtwerke den Arm mit einer kleinen Stange aus, um das Eichhörnchen zu erreichen. Nach drei Stößen fiel die tote Kreatur in einen Behälter darunter.

Ich rückte meine Strickjacke zurecht. Unsere Wohnung lag bereits im Schatten. Ich sah auf die Armbanduhr. 17 Uhr. Bald würde Guido zu Hause sein.

Ich bereitete das Abendessen zu. Viel hatte ich mit Kochen nicht am Hut. Küchen jagten mir Angst ein. Und diese alte Küche trug auch nicht dazu bei, mein Zögern zu lindern. Nach ein paar Tagen war mir klar geworden, woran mich die Küche erinnerte – an die Fernsehserie Mad Men. Der Anblick vermittelte den Eindruck, man hätte gerade die Kulisse der Sendung betreten. Tatsächlich versprühten die durchaus gepflegten Geräte einen gewissen Retro-Charme, nur fürchtete ich mich vor Gas. Die Grad wurden in Fahrenheit angezeigt. Damit konnte ich zum Kochen nichts anfangen.

Morgens drehte ich immer hoffnungsvoll an den Reglern, um ein Heizfeld einzuschalten und mir eine Tasse Tee zuzubereiten, aber die Flamme sprang nie an. Etwas stand jedenfalls fest: Der Herd war nicht nur babysicher, sondern auch mamasicher.

Wenigstens hatten wir Brot zu Hause. Ich schnitt sechs Scheiben davon ab und belegte sie auf einem Holzbrett mit Butter, Salamischeiben, Käse, Gurken und Radieschen. Auf separaten Tellern richtete ich Tomaten und Räucherlachs an. Ich hatte gehofft, im Kühlschrank noch etwas Hackfleisch auszugraben, fand aber nur Kartoffelsalat.

»Hallo, Schatz«, rief Guido.

Glücklich darüber, ihn zu sehen, warf ich mich in seine Arme. »Das Abendessen ist fertig«, verkündete ich.

»Spitze. Ich bin am Verhungern.«

Ich zog meine Strickjacke enger um mich. Ein leichter Luftzug wehte mir über den Nacken.

»Ist dir kalt?«, erkundigte sich Guido.

Ich nickte. »Ist dir schon aufgefallen, dass an den Heizungen kein Regler zum Einzuschalten ist?«

Als Guido im Juli hergezogen war, hatte er keine künstlich erzeugte Wärme gebraucht. Seine Augen wurden groß. »Steht das Sofa deshalb mitten im Zimmer?« Weil ich mich ein wenig schämte, erwiderte ich nichts. Kaum hatte er die Frage ausgesprochen, wusste ich, was als Nächstes kommen würde.

»Darüber haben wir doch geredet«, tadelte mich mein Mann. »Wenn du Hilfe brauchst, dann warte einfach auf mich.«

»Aber mir war kalt, und ich wollte die Heizung aufdrehen. Außerdem hab ich das Sofa nur über den Boden geschoben.« Offen gestanden hatte ich immer eine unabhängige Ader gehabt. Es widerstrebte mir zutiefst, auf jemanden zu warten, wenn ich der Meinung war, ich könnte etwas auch selbst erledigen.

Guido stand auf. Er untersuchte die Kratzspuren, die das Sofa auf dem Boden hinterlassen hatte.

An den Boden hatte ich gar nicht gedacht. Vermutlich hatte die Kälte mein Gehirn eingefroren.

»Wo möchtest du das Sofa haben?«

»Da.« Ich zeigte zur linken Wand, die uns von unseren Nachbarn trennte. »So kann die Wärme, wenn die Anlage läuft, ungehindert zirkulieren. Außerdem können wir dann ungehindert zum Fenster.«

Guido hob das Sofa an jeder Ecke an und legte Geschirrtücher unter die Füße. Er schob den Dreisitzer herum und stieß dabei gegen die Metallabdeckung des Heizkörpers. Die Oberkante wackelte.

Durch die Bewegung löste sich die Endkappe.

Ich nahm das andere Ende in Augenschein und zog die zweite Kappe ab. Dadurch ließ sich die obere Abdeckung mühelos entfernen. Meine Nase kribbelte. Staubflusen verstopften die Aluminiumrippen.

»Gut, dass du den Regler nicht gefunden hast.« Guidos Bemerkung spiegelte meine Gedanken wider. Verkokelter Staub entsprach nicht meiner Idealvorstellung von einem Raumerfrischer.

»Haben wir einen Staubsauger?«, presste ich flach atmend hervor.

»Noch nicht«, antwortete Guido.

»Meinst du, wir könnten die Nachbarn fragen?«, schlug ich vor.

Mein Ehemann nickte. »Sicher.«

Nach nur zweimaligem Klopfen öffnete sich die Tür neben der unseren. Eine männliche Stimme begrüßte Guido. Der Mann rief jemandem in seiner Wohnung etwas zu. Zusammen mit Guidos Schritten näherten sich auch andere.

Ich kniete noch, als ich den Kopf drehte und ein Paar schwarze Ballerinas sah. Bei dem Anblick stieg mir Hitze in die Wangen. Ich hätte ja gern Hausschuhe angeboten, besaß aber keine.

»Hallo noch mal«, grüßte Henrietta.

»Hi«, grüßte ich zurück. In der Hand hielt meine neue Nachbarin einen Staubsauger.

»Oh, was macht ihr denn?« Henriettas Blick fiel auf die geöffnete Heizleiste.

»Wir haben das Sofa umgestellt, da ist die Abdeckung abgefallen.«

»Weißt du, wie man die Heizung anmacht?«, fragte Guido.

»Natürlich. Gleich hier.« Henrietta kehrte in den Flur zurück. Gegenüber dem Eingang hing ein Regler an der Wand. »Hier! Man schaltet einfach ein.« Sie drehte den Regler. Sofort reagierten die Rohre in den Wänden. Ein hörbares Strömen waberte durch die Luft. »Wir stellen sie normalerweise auf 75.«

Ich wandte mich an Guido. »Wie viel ist 75?«

»Ungefähr 25 Grad Celsius.«

»Habt ihr in Deutschland keine Heizungen?«, fragte Henrietta. Sie starrte Guido an. Ich biss mir auf die Unterlippe.

»Schon, aber man regelt die Wärme direkt am Heizkörper.«

»Wie unpraktisch«, befand Henrietta.

»H«, dröhnte eine männliche Stimme. »Ein bisschen Hilfe bitte.«

»Ich komme gleich«, rief Henrietta. Sie verdrehte die Augen. »Es gibt einfach nie eine Pause. Aber das werdet ihr ja bald selbst erleben.« Henrietta betrachtete meinen wachsenden Bauch. »Wir sollten uns mal zum Plaudern treffen.« Sie überreichte Guido den Staubsauger.

Guido schloss das Gerät an eine Steckdose an. Die Saugdüse nuckelte außen an der Heizleiste. Ich durchsuchte die Wohnung nach weiteren. Dabei zählte ich auch gleich die Steckdosen. Über den Wohnraum verteilt hatten wir zehn. Alle babysicher zu machen, stand ganz oben auf meiner Erledigungsliste für das Kind. Zu meiner Überraschung fand ich im Badezimmer wieder keine Steckdose. Ein düsterer Gedanke schlich sich bei mir ein. Gab es etwa zu viele Unfälle?

Mittlerweile hatte der Staubsauger den ärgsten Dreck beseitigt. Guido brachte die Abdeckungen an der einigermaßen sauberen Heizleiste wieder an. Wir machten erst im kleineren Zimmer weiter, dann in der Küche und im Badezimmer. Danach ließen wir uns aufs Sofa plumpsen und freuten uns auf die Wärme, die sich bald ausbreiten würde.

»Ist das der Gymnastikball?«, erkundigte sich Guido.

»Ja, aber ich konnte keine Pumpe finden.«

»Ich hab auch keine. Wenn ich Luft brauche, halte ich einfach an einer öffentlichen Fahrradstation.«

»Oh.« Enttäuscht seufzte ich.

»Kauf einfach eine. Gleich die Straße runter ist ein Laden namens Target. Dort kriegen wir vielleicht alles für das Baby. Übrigens, wann ist dein nächster Arzttermin?«

Ich zog einen Zettel voller Informationen hervor. Mein Name, meine aktuelle Adresse und der nächste Termin standen im oberen Teil des ersten Formulars. »Ich glaube, denen ist ein Irrtum unterlaufen. Sie haben ein falsches Datum aufgeschrieben.«

»Lass mal sehen«, verlangte Guido. Ich reichte ihm den Zettel. Kaum hatte er einen Blick darauf geworfen, brach schallendes Lachen aus ihm hervor.

»Was ist so komisch?«

»Das Datum. Das Datum ist so komisch«, erklärte Guido.

Ich riss ihm den Zettel aus der Hand. Wieder betrachtete ich das Datum. Ganz gleich, wie lange ich auf die Zahlen starrte, mir erschloss sich keine versteckte Bedeutung wie beispielsweise bei 666. »Findest du nicht, dass der elfte Oktober als Nachfolgetermin nicht stimmen kann?«

Guido hielt sich den Bauch, um seinen Lachanfall in den Griff zu bekommen. »Das Datum ist nicht der elfte Oktober. Es ist der zehnte November.« Irritiert sah ich es mir noch einmal an. Nach den Worten nächster Termin stand eindeutig handgeschrieben 11/10.

»Was?«

»Hier sagt und schreibt man zuerst den Monat, dann den Tag«, klärte Guido mich auf.

»Oh«, brachte ich nur heraus. Mehr fiel mir vor Verblüffung nicht ein.

Sonntag

»Guten Morgen!«, grüßte ich meine Schwester. Zwei volle Wochen waren vergangen, bis wir einen Videoanruf zustande brachten. Wir chatteten zwar über meinen Computer, seit Guido ihn ans Internet angeschlossen hatte, aber wegen der Zeitverschiebung hatten wir vorher noch keine Gelegenheit gefunden, miteinander zu reden. Zu Hause hatten wir täglich geplaudert.

»Wie meinst du das, guten Morgen? Hier haben wir Nachmittag. Es ist fast zwei«, tadelte mich Ulrike.

»Hab ich vergessen«, gestand ich.

»Ich will alles hören. Mir fehlen unsere sonntäglichen Plaudereien jetzt schon. Nicht zu fassen, dass ihr in eurem Zustand umgezogen seid«, rief Ulrike.

»Fällt mir auch schwer zu glauben, aber wir mussten. Du würdest nicht glauben, wie leicht es war, das hintere Fenster von außen zu öffnen. Ich fühlte mich einfach nicht sicher. Und die Sache mit der Räumung ist ein anderes Thema.«

»Kann ich nachvollziehen«, erwiderte meine Schwester. »Ist es in der neuen Wohnung besser?«

»Weiß ich noch nicht. Hier hab ich in der Küche eine versteckte Tür mit einer Treppe dahinter entdeckt. Ich hab sie verriegelt.«

Ulrike schnappte hörbar nach Luft. »Wie seltsam.«

»Ja. Ich weiß noch nicht, was es damit auf sich hat.«

»Du wirst es schon rausfinden.«

»Das neue Apartment ist fast leerer als das alte. Ich komme mir wie ein Hausbesetzer vor. Wir haben nicht mal Deckenbezüge. Auch keinen Duschkopf mit langem Schlauch.«

»Was? Aber du weißt schon, dass du fehlende Sachen einfach kaufen kannst, oder?«, fragte meine Schwester sarkastisch.

»Das weiß ich. Ich ärgere mich, dass ich mich damit herumschlagen muss.«

Sie tadelte mich vom Bildschirm aus. »Mach einfach eine Liste, und dann hol dir, was du brauchst.«

»Wir werden sehen. Da ist noch was, das du nicht glauben wirst.« Ich trug den Laptop zum Fenster. »Was siehst du?«

»Oh, unfassbar – das sieht ja genauso aus wie in The Town – Stadt ohne Gnade, oder?«

»Finde ich auch – die Häuser, die Oberleitungen.«

»Du könntest ihn dir noch mal ansehen und darauf achten, ob du an einem der Schauplätze im Film vorbeikommst.«

»Prima Idee. Aber erst muss ich mich an die neue Umgebung gewöhnen. Ich wünschte, du könntest hier sein«, klagte ich.

»Ach … sieh's einfach als Abenteuer. In einem Jahr wirst du froh sein, dass du's getan hast«, prophezeite Ulrike.

Die fünfte Jahreszeit

28. WOCHE

M	D	M	D	F	S	S
				1	2	3
4	5	6	7	8	9	10
11	12	13	14	15	16	17
18	19	20	21	22	23	24
25	26	27	28	29	30	31

monday 25
Besorge!
- Vitamin D
- Ballpumpe · Bezug
- Dusch Zopf

tuesday 26
- Spazieren gehen
- E-mails beantworten

wednesday 27
- spazieren gehen
- Babynamen suchen

thursday 28
- Spazieren gehen
- Weihnachts Parten kaufen

friday 29
- spazieren gehen

saturday 30
Kostüme basteln

sunday 31
Reformationstag
Ulrike? Halloween Party

TO DO
Haushalts Sachen kaufen   Baby Sachen   Kinder Namen

Montag

Eine kalte Brise wehte mir um die Nase. Graue Wolken wanderten über den Himmel. Trotzdem gelang es mir, den Weg zu Target mit beschwingten Schritten zu bewältigen. Nach einem dreißigminütigen Marsch kam ein zweistöckiges Gebäude an einer Kreuzung der Hauptstraße in Sicht - ein roter, von einem roten Ring umgebener Punkt ragte über mir auf. Das Kaufhaus erstreckte sich über einen gesamten Block. Nachdem sich die Glastüren hinter mir geschlossen hatten, wäre ich beinah zurückgekippt. Unzählige Gänge mit hoch gestapelten Produkten überwältigten mich.

Ich kramte die Liste aus einer der zahlreichen Taschen von Guidos Ersatzwinterjacke und hoffte, dadurch zu beschränken, wie viele Artikel auf meinem Kassenbon enden würden. Nur vier Posten zierten das Papier – eine Duschkopfverlängerung, Vitamin D, ein Deckenbezug und eine Luftpumpe.

Ich orientierte mich an den von der Decke hängenden Schildern. Regale mit Geschirr, Küchenartikeln und Kissen köderten mich zu Umwegen. Obwohl es meine Hände danach juckte, das Produktangebot zu inspizieren, umklammerte ich mit eisernem Griff meine Liste.

Auf das Bettzeug stieß ich zuerst. Eine gesamte Reihe enthielt nur Bettdecken. Ich durchstöberte die Regale nach Bezügen, entdeckte aber nur gestapelte Laken. Zusammen mit Kissenbezügen in verschiedenen Farben und Mustern warteten sie darauf, gekauft zu werden, aber nur ein Set enthielt einen Bezug für unsere Decke. Die braunen Punkte auf weißem Grund erinnerten mich an Hasenköttel. So sehr ich mir wünschte, nachts den Stoff eines Bezugs an meiner Haut zu spüren, dieses Set konnte ich einfach nicht kaufen.

Verblüfft von der begrenzten Auswahl schob ich meinen Einkaufswagen weiter, bis sich die Babyabteilung mit Windeln, Tüchern, Lotionen, Puder, Milch und Spielzeug in mehreren Reihen vor mir auftat.

Meine Füße schwebten förmlich über den Boden, um jeden einzelnen Artikel in Augenschein zu nehmen. Schließlich stolperte ich über einen unbedingt zu besorgenden Punkt auf meiner Liste:

Vitamin D. In meinem Einkaufswagen landete die Verpackung mit den meisten Gelkapseln. Ein Punkt abgehakt – wenn auch nur in Gedanken.

Ich ging weiter, um noch etwas dringend in der Wohnung Benötigtes zu besorgen – einen Duschschlauch. Es war eine Sache, ohne Deckenbezug zu schlafen, aber eine völlig andere, eine Badewanne mit einem kaum beweglichen Duschkopf zu reinigen.

Überraschend einfach fand ich das Objekt meiner Begierde. Nur zwei Gänge weiter hingen drei Duschköpfe mit unterschiedlichen Schlauchlängen in einer Reihe. Jeder bot vier verschiedene Sprüheinstellungen. Ich griff mir den mit dem längsten Schlauch, ohne zu wissen, wie lang er tatsächlich war. Die volle Länge stand nämlich nur in Zoll auf der Verpackung. Die Umrechnung vom imperialen zum metrischen System fehlte noch in meinem Kenntnisschatz.

Guido hatte mir anhand seines Fingers die Länge eines Zolls veranschaulicht. Nur war der Abstand zwischen dem ersten und zweiten Fingergelenk bei ihm größer als bei mir. Weil ich gerade an Maßeinheiten dachte, ging mir durch den Kopf, dass Fuß auf Zoll folgte, und damit hatte meine Schwester bei der Arbeit zu tun. Vielleicht sollte ich sie fragen, warum es nicht Mini-Fuß statt Zoll gab, ähnlich wie bei Meter und Zentimeter. Vielleicht sollte die Einheit Zollfuß heißen, um wenigstens einer gewissen Logik zu folgen.

Zum Vergnügen durchstöberte ich weitere Gänge. Im Schreibwarenbereich gab es eine ganze Abteilung mit Washi Tapes, Notizbüchern und Stiften. Automatisch griffen meine Hände nach Fineliner-Sets, gemustertem Klebeband und einem Notizbuch. Dazu packte ich noch Marker und Papier in den Einkaufswagen. Zufrieden mit meiner Beute setzte ich die Suche nach einer Luftpumpe fort.

In der Sportabteilung fand ich eine Pumpe für Gymnastikbälle. Es gab nur noch ein einziges Exemplar davon, als hätten die Leute alle gleichzeitig Luftpumpen gebraucht.

Damit hatte ich den letzten Punkt von meiner Liste erledigt und schlug den Weg zu den Kassen ein. Unterwegs bremste ich abrupt ab. Eine zusammengerollte, flauschige, rote Decke lag in einem übergroßen Versandkarton in der Mitte eines breiten Gangs und schien lauthals meinen Namen zu rufen. Natürlich packte ich die Einschlafhilfe auf den Rest in meinem Einkaufswagen.

Danach trabte ich weiter zu den Kassen und schaute stur geradeaus, um weitere Versuchungen zu vermeiden. Ich schätzte den Preis, um mich für den Schlag zu wappnen. Alles zusammen kam ich auf ungefähr 120 Dollar. Mein Mund wurde trocken. Das Loch in meinem Portemonnaie wuchs. Aber wir brauchten das alles. Vielleicht. Nicht wirklich. Trotzdem wollte ich alles behalten.

Reue setzte ein. Zu Hause in Deutschland nahmen fein säuberlich geordnete Aufkleber, Stifte, Tagebücher, Lineale, Klebebänder, Locher, Bastelpapier, Bleistifte und Schnüre eine Wand vom Boden bis zur Decke ein. Schweren Herzens brachte ich die Schreibwaren in ihre jeweiligen Regale zurück, bevor ich mich zum Bezahlen anstellte.

Meine Füße scheuerten an den Sohlen meiner Turnschuhe. Nur drei Kassen bedienten die Kunden. Zehn weitere blieben unbesetzt. Die langen Warteschlangen verflochten sich beinah ineinander. In dreißig Minuten schienen sie nur um Zentimeter zu schrumpfen. Die Kassiererinnen und Kassierer scannten die Artikel geduldiger Kunden ein. Vor mir stellten sich dreizehn Personen mit überquellenden Einkaufswagen an. Darunter befanden sich auch etliche Körbe auf Rollen, die eine Mischung aus Haushaltswaren und Lebensmitteln sowie schwarzer und orangefarbener Halloween-Dekoration enthielten.

Das Stöhnen hinter mir zermürbte meine eigene Geduld. Eine ältere Frau putzte ihre Brille, während sie einen Stapel aquamarinblauer Handtücher auf den Armen balancierte. Mein scheues Lächeln löste sich in Luft auf, als die Dame die Aufmerksamkeit auf die Kassiererin richtete.

»Können Sie nicht wenigstens eine weitere Kasse aufmachen?«, rief die Seniorin. Ich erbleichte. Mir wären solche Worte nie über die Lippen gekommen. Zu meiner Überraschung ertönte über die Lautsprecheranlage prompt eine Durchsage, in der Personal für eine weitere Kasse angefordert wurde.

Das Lämpchen an Nummer 9 ging an. Die Frau hinter mir schob mich vorwärts. »Sie sollten als Erste hingehen. Sonst kommt das Baby noch hier zur Welt.«

»Sind Sie sicher?«, murmelte ich. So schlicht die Worte sein mochten, jedes drang nur mühsam aus meinem Mund.

»Ganz sicher«, dröhnte mir die Stimme der Frau ins Gesicht.

»Wie geht es Ihnen?«, erkundigte sich die Kassiererin.

»Gut. Danke«, erwiderte ich in meinem besten Englisch. Die Augen der jungen Frau weiteten sich bei meiner Erwiderung. Mein Akzent hätte sich kaum stärker von ihrem unterscheiden können.

In der Schule hatten wir Oxford-Englisch gelernt. Offen gestanden war mir nie wirklich klar gewesen, was genau das bedeutete. Keiner meiner Englischlehrer stammte aus einem englischsprachigen Land.

»Sind Sie Französin?«, fragte die Kassiererin, während sie meine vier Artikel einscannte.

»Ich bin Deutsche«, gestand ich.

Die Frau vor mir nickte, während sie meine Einkäufe eintütete. »Das macht 74,35 Dollar. Möchten Sie sich für eine Kreditkarte registrieren? Dafür würden Sie heute zehn Prozent Rabatt bekommen«, teilte sie mir mit.

»Nein. Ich habe Bargeld.« Ich holte einen Haufen Scheine und Münzen hervor.

Insgeheim fand ich die fremde Währung aufregend. Die Scheine fühlten sich für meine Finger wie Spielgeld an. Ich hatte schon völlig vergessen, wie sich anderes Geld früher angefühlt hatte. Bevor der Euro in den meisten europäischen Ländern eingeführt wurde, erweckte ein Umschlag mit Franc, Lira oder holländischen Gulden noch Vorfreude auf den bevorstehenden Sommerurlaub. Damals hatte noch die D-Mark unsere Finanzwelt beherrscht. Bei allen Vorteilen, die der Euro gebracht haben mochte, ein klein wenig hatte er die Aufregung darüber geschmälert, in ein fremdes Land zu reisen, weil man dort das gleiche Geld wie zu Hause benutzte.

»Soll ich die Quittung in die Tüte geben?«

Bei der Frage der Kassiererin hallten Guidos Worte in meinem Kopf wider. Anscheinend konnte die Tinte auf Quittungen ungesund für Schwangere sein. »Äh, ja, bitte«, antwortete ich, obwohl es mich danach juckte, den schmalen Streifen Papier zu überprüfen.

Die Schiebetüren vor mir öffneten sich. Ein Windstoß verursachte mir eine Gänsehaut. In der Luft lag ein Hauch von Winter. Mit einer Papiertüte in der Hand trotzte ich der kalten Luft, die mir um die Nase wehte.

Zurück zu Hause

Als ich meine Schätze vom Einkaufsbummel auspackte, verspürte ich tief im Herzen Bedauern darüber, das Washi Tape zurückgebracht zu haben. Doch beim Gedanken daran, Geld gespart zu haben, hob sich meine Stimmung prompt wieder. Meine Kindheit hatten Sätze geprägt wie: »Brauchst du das wirklich?« Oder: »Tut mir leid, das können wir uns nicht leisten.« Die Worte hatten sich mir so eingebrannt, dass ich mich bei Ausgaben weit mehr als konservativ verhielt. Erst mit Guidos Hilfe war es mir gelungen, die selbst auferlegten Beschränkungen ein wenig zu lockern. Ein Klopfen an der Tür unterbrach meinen Gedankengang.

»Hallo, Henrietta«, grüßte ich meine Nachbarin.

»Wie geht's dir?«, erkundigte sie sich. Bevor ich darauf beantworten konnte, hielt die zweifache Mutter ein Buch hoch. »Beim Frühjahrsputz hab ich das hier gefunden.« Der Titel lautete: What to Expect When You're Expecting. »Ich dachte, das könnte dich interessieren.«

»Oh, danke.« Ich nahm das Geschenk entgegen. Durch einen Lautsprecher tönte ein unverständliches Gemurmel durch den Flur. Henrietta überprüfte ihr Telefon.

»Das sind die Kleinen, die aus ihrem Mittagsschlaf aufwachen«, erklärte sie, bevor sie in ihre Wohnung zurückkehrte.

Die Tür schloss sich mit einem Klicken hinter ihr. Ich fragte mich, ob ihre Wohnung mehr Platz bot als unsere. Für ein winziges Kind würde unser kleines zweites Zimmer wohl reichen, schätzte ich. Im Haushalt nebenan jedoch lebten vier Personen.

Vielleicht teilten sich die zwei Kinder ein Zimmer. Ulrike und ich hatten erst eigene bekommen, als ich zehn Jahre alt geworden war. Danach hatte ich sie anfangs unheimlich vermisst. Sechs Monate später wollte ich nicht mehr, dass sie mein Zimmer je wieder betrat. Geschwisterliebe.

Mittwoch

Ich streckte mich auf dem Sofa aus. Das Buch von Henrietta ruhte in meinen Händen. Auf meinen Schultern lastete felsenschwerer Druck. Seit meiner Ankunft in den USA hatte ich kaum etwas an Vorbereitungen für das Baby erledigt. Es hatte sogar drei Wochen gedauert, bis ich mir endlich meine Vitamine besorgt hatte.

Obwohl ich reichlich Zeit zur Verfügung hatte, sank mein Enthusiasmus, etwas Sinnvolles zu tun, in den Minusbereich.

Offen gestanden herrschte in meinem Gehirn ein wildes Durcheinander. Ich lebte zum ersten Mal in einem anderen Land, aber meine eingeschränkte Mobilität und mein gedämpfter Energiepegel verhinderten, dass ich etwas von der Liste abhakte, die alles enthielt, was ich unternehmen wollte.

Henriettas Buch reihte sich hinter einen Stapel ähnlicher Werke, die ich bereits gelesen hatte. Zu Hause hatte ich in den Arbeitspausen regelmäßig die in meinem Posteingang gelandeten Newsletter für werdende Eltern durchgelesen. Ich hatte mir Bücher gekauft oder in der Bibliothek ausgeliehen. Natürlich hatte ich anhand der bisher gesammelten Informationen eine Liste mit Dingen erstellt, die wir meiner Meinung nach brauchten. Allerdings hatte ich die Sache aus den Augen verloren, während mein Mann nicht da gewesen und der Geburtsort in der Schwebe gegangen war.

Wochenlang hatte ich den Kopf in den Sand gesteckt. Schließlich hatte mich meine Mutter in die Enge getrieben.

»Hör mal, wenn du vor der Geburt hinreist, brauchst du noch keine Kleidung für das Baby. Also weniger Gepäck. Wann beginnt dein Mutterschaftsurlaub? Am dritten Dezember?«, fragte sie. Ich nickte. »Also musst du am achtzehnten März wieder zur Arbeit erscheinen?« Wieder nickte ich wie ein braves kleines Mädchen.

»Wahrscheinlich fliege ich alleine zurück. Also, halt mit dem Baby. Guido soll im April zurückkommen und dann seinen Vaterschaftsurlaub antreten«, steuerte ich zu ihrem Monolog bei. Warum fügten sich wichtige Dinge nicht einfach reibungslos zusammen?

»Also wird das Baby ungefähr sechs Wochen alt sein«, folgerte meine Mutter.

»Ja, ich denke schon«, bestätigte ich.

Natürlich hatte sich meine Mutter nach unserem Gespräch mit Kleidung für einen sechs Wochen alten Jungen eingedeckt. Sie hatte sich sogar ein Kinderbett besorgt, von der Tochter der besten Freundin ihrer Freundin aus der Grundschule … oder so ähnlich.

Ich holte mein Tagebuch heraus. Nur zwei abgehakte Punkte in einer schier endlosen Aufstellung zeugten von meiner Unzulänglichkeit. Wieso nur brauchte ein kleiner Mensch, der irgendwie aus meinem Körper kommen würde, ein ganzes Zimmer voller Sachen? Leider half es nicht, über meine mangelnde Vorbereitung zu lamentieren. Ich hatte noch Tage, Wochen, ja sogar Monate, um die wichtigsten Punkte der Liste abzuarbeiten.

Mein Blick überflog die Zeilen. Nachdem ich die unabdinglichen Notwendigkeiten für das Baby mit Sternchen versehen hatte, sträubte sich mein Hirn gegen weitere Worte, die mit Nachwuchs zu tun hatten.

Donnerstag

Ein weiterer halbgarer Tag verging mit Spaziergängen, Tagträumen und checken, was meine Freunde so machten in den sozialen Medien. Mein Blick schwenkte zum Großbildfernseher an der Wand. Bequemerweise lag die Fernbedienung unter dem Sofa. Mit einem Handgriff holte ich sie hervor.

Oh Mann, ich war so erleichtert, dass ich meine Abonnements bei verschiedenen Streaming-Diensten nicht gekündigt hatte. Aber offen gestanden dachte ich, mittlerweile mehr zu bezahlen. Früher hatte ich meine monatlichen Kabelgebühren gesenkt. Dann war plötzlich ein Streaming-Dienst nach dem anderen aufgetaucht. Natürlich hatten wir inzwischen die meisten abonniert. Jetzt bezahlte ich doppelt so viel wie früher. Leider überwältigte der Wunsch, eine Sendung auf Knopfdruck zu sehen, andere Motivationen. Und in diesem Augenblick retteten diese Dienste mich vor mir selbst, meinen Gedanken und meinen Sorgen.

Nach dem Einschalten des Fernsehers bekam ich eine Reihe von Filmen angezeigt, alle auf Englisch. Die Serien, die ich vor ein paar Wochen begonnen hatte, waren verschwunden. Also kehrte ich zu den Vorschlägen zurück, zu denen unter anderem The Town – Stadt ohne Gnade, The Social Network, Good Will Hunting, Black Mass, Gone Baby Gone – Kein Kinderspiel und Mystic River gehörten.

Ein loser Gedanke nagte an mir. Mein linker Zeigefinger hüpfte in schnellen Intervallen auf und ab. Spielen nicht alle diese Filme in Boston?

Von der vorgeschlagenen Auswahl weckte nichts mein Interesse. Ich sehnte mich nach einem leichten, lustigen Film, also rief ich einen alten Klassiker auf. 27 Dresses. Ich lachte. Ich schmachtete. Ich weinte – und wusste nicht, warum.

Plötzlich öffnete sich die Tür, und Guido trat ein. »Du bist schon zu Hause?«, freute ich mich. Mittlerweile verdüsterte Dunkelheit unser Wohnzimmer. Ich zog meine neue Decke hoch.

»Was ist passiert?«, fragte Guido.

»Nichts.« Meine brüchige Stimme, mein blasses Gesicht und meine geröteten Augen erzählten eine andere Geschichte. »Ich konnte die Tränen nicht zurückhalten, während ich mir den Film angesehen habe«, fügte ich bei genauerer Überlegung hinzu.

»Welches Drama?« In der Stimme meines Ehemanns schwang Besorgnis mit.

»27 Dresses.« Noch bevor ich den Titel vollständig ausgesprochen hatte, verdrehte Guido die Augen. Nachdem ich ihn etwa dreißig Mal genötigt hatte, den Film mit mir anzusehen, war er damit durch. Mich enttäuschte der Film sonst nie, wenn ich eine Aufmunterung brauchte, doch diesmal flossen stattdessen Tränen. »Tut mir leid, ich kann einfach nicht aufhören zu weinen. Keine Ahnung, warum.« Ich rieb mir die Augen.

Guido zog mich an sich. »Schreiben wir es den Hormonen zu.« Seine Zuversicht verankerte mich.

»Der Gedanke gefällt mir.« Meine Atmung flachte ab.

»Vielleicht heitert dich die Party morgen auf«, schlug Guido vor.

»Party?«

»Die Halloween-Party, zu der uns mein Kollege eingeladen hat.«

So sehr ich mit zusammengezogenen Augenbrauen mein Gedächtnis durchwühlte, ich konnte mich nicht daran erinnern, dass Guido mich über eine Party informiert hatte.

»Ich meine die Party, bei der man sich wie zu Fasching verkleidet«, ergänzte Guido.

»Ich weiß, was Halloween ist, aber …« Mitten im Satz verstummte ich. Vielleicht hatte er mir davon erzählt, aber ich hatte nur so getan, als würde ich ihm zuhören.

Statt mit meinem Ehemann darüber zu diskutieren, wann genau er es mir gesagt haben wollte, mutmaßte ich: »Vielleicht hab ich schon ein Babyhirn. Aber was sollen wir anziehen?«

»Wir könnten morgen in einem Kostümladen vorbeischauen.«

»Oder wir könnten uns zuerst überlegen, als was wir gehen

wollen. Vielleicht können wir selbst Kostüme basteln.« Ich schlug mir jedoch gedanklich auf den Kopf, noch bevor ich den Satz beendet hatte. Wir waren ja nicht zu Hause. In dieser Wohnung hatte ich keine Ressourcen angehäuft.

Fasching brachte immer die kreative Seite in mir zum Vorschein. Unsere Kostüme wurden stets mit viel Energie und Begeisterung gestaltet. Aber irgendwie schlich sich der Aschermittwoch jedes Jahr auf leisen Sohlen an. Erst zwei Wochen vor den Partys merkten meine Schwester und ich, dass wir spät dran waren. Dennoch bekamen wir es Jahr für Jahr hin. Obwohl man sich nicht selbst loben sollte, unter Druck hatten wir uns im letzten Jahrzehnt wirklich einzigartige Kostüme ausgedacht. Einmal gingen wir als griechische Göttinnen, ein anderes Mal bastelten wir Pikachu, und im Jahr darauf hatten wir Super Mario als Motiv. Zu Beginn meiner Schwangerschaft schlug Ulrike scherzhaft vor, ich solle mich als Känguru verkleiden. Das Baby konnte ich im Beutel tragen.

Leider würde ich den Fasching verpassen. Dafür bot sich mir die Gelegenheit, mich zu Halloween in ein Kostüm zu werfen. Aus meinem Gedächtnis tauchten Frauen mit einem selbstgebastelten Backofen um sich herum auf oder mit Puppenarmen, die aus einem weißen Hemd mit Blutflecken ragten. Keine der beiden Ideen sprach mich an. Die bedeutendere Frage an mich selbst hing noch in der Luft. Wollte ich Aufmerksamkeit auf meinen Bauch lenken oder nicht?

Hm. Bei genauerer Überlegung fand ich, dass ich mich vielleicht erneut als griechische Göttin verkleiden könnte. Ein um den Körper gewickeltes Bettlaken würde den Babybauch ein wenig verdecken. Allerdings besaßen wir nur ein einziges. Und wenn ich es dafür anzöge, könnten wir die Nacht ohne Laken schlafen? Oder würde die Zeit reichen, um es zu waschen? Würde es rechtzeitig trocknen, bevor wir auf die Matratze plumpsten? Möglicherweise … vielleicht …

Als was könnte Guido gehen? Normalerweise verkleidete er sich nur, weil Ulrike und ich ein Outfit für ihn bastelten. Er trug es uns zuliebe.

Dieses Jahr hingegen wollte Guido offenbar mit seinem Kostüm beeindrucken. Warum sonst sollte er von sich aus vorschlagen, einen Verleih zu besuchen? Diese »Partyleute« waren nicht seine langjährigen Freunde oder Kollegen. Und er hatte eben erst bei einem neuen Job angefangen. Also, streng genommen nicht. Trotzdem arbeitete er durch diese Stelle in einem neuen Büro mit Leuten, die er nicht kannte, in einer Stadt, aus der er nicht stammte, und in einem Land, an das er nicht gewöhnt war.

Ich suchte unsere Wohnung ab, ging ins Schlafzimmer und durchstöberte unseren Kleiderschrank. Guidos fünf weiße, bügelfreie Hemden reihten sich auf Bügeln aneinander. Darunter thronten seine zehn farblich sortierten Polohemden auf einer Ablage. Drei Paar Jeans besetzten die unterste Ablage.

Meine Sachen bildeten ganz unten einen Haufen. Obwohl Guido meine Unordnung störte, hatte er es aufgegeben, sich darüber zu äußern, nachdem ich ihn monatelang dafür eingespannt hatte, jeden Samstag mit mir die Wohnung zu putzen. Ich hatte ihm über unzählige Wochen beigebracht, dass Kochen und Abwaschen eine Aufgabe für zwei Personen war.

Plötzlich schoss mir eine Idee durch den Kopf. Mein Blick verharrte auf seinem grauen Poloshirt. Die Rädchen in meinem Kopf rotierten. Zwei weiße Streifen unterbrachen das Grau. Das Kostüm lag direkt vor mir – Grauskala.

<u>Sonntag</u>

Mein Blick wanderte über meine Wochenübersicht. Mein Mund klappte auf: Reformationstag. Normalerweise begingen wir diesen Tag, abgesehen von anderen Festlichkeiten, mit leckeren Rosinenbrötchen. Stattdessen kümmerte ich mich um den letzten Feinschliff am Kostüm meines Ehemanns.

»Also, ich glaub ja nicht, dass es irgendjemand versteht«, klagte Guido.

Unwillkürlich presste ich die Lippen aufeinander. »Ich hab 'ne Idee.« Ich klebte sechs schwarze Streifen meines kostbaren Washi Tapes über Guidos rechte Brusthälfte und schrieb mit meinem weißen Gelstift auf zwei Streifen vertikal R G B.

Nachdem ich damit zufrieden war, schlüpften wir beide in unsere Jacken und machten uns auf den Weg zu unserem ersten Zwischenstopp vor der Party – dem Schnapsladen. Wir schlenderten die Massachusetts Avenue entlang. Ich zog die Jacke enger um mich, damit die frostige Luft nicht an mich herankonnte. Verkleidete, von Erwachsenen begleitete Kinder bevölkerten die Bürgersteige. Die Kinder trugen bereits eine stattliche, aus Süßigkeiten bestehende Ausbeute. Und die meisten Kostüme ließen kaum Schutz vor der kalten Herbstluft erkennen. Ungeachtet dessen quollen die orangefarbenen Plastikkürbisbehälter der Kinder förmlich über vor verschiedensten Leckereien.

Die gesamte Atmosphäre vermittelte mir ein Faschingsgefühl, vielleicht wegen des nahenden Winters. Dabei fiel mir ein, dass auch der 11.11. vor der Tür stand, der die fünfte Jahreszeit einläutete. Oh, was liebte ich tolle Schnapszahlen.

Ein beängstigender Gedanke bildete sich in meinem Kopf, während wir hinter einer Gruppe von Kindern mit einer als Einhorn verkleideten Begleiterin herliefen. Was, wenn der Beginn der fünften Jahreszeit hier nicht gefeiert wird? Dann würde es keine Berliner geben, nicht mal versehentlich mit Senf gefüllte. Ich bezweifelte, dass Guido begeistert wäre, wenn ich seine Krawatte abschnitt, nur weil um elf Minuten nach elf Uhr die Faschingszeit begann. Bei genauerer Überlegung hatte ich ihn seit meiner Ankunft noch kein einziges Mal mit einer Krawatte gesehen.

»Ich hab mir gedacht, wir könnten nächstes oder übernächstes Wochenende einen Ausflug zu den Niagarafällen machen«, schlug Guido vor und riss mich damit aus meiner schockierenden Erkenntnis.

»Was? Die Niagarafälle sind so nah?«

Meine Finger zitterten. Meine Beine schlotterten. Ich kniff mich. Eine der berühmtesten Naturattraktionen der Welt lag nur eine kurze Autofahrt entfernt? Früher hatte ich die Niagarafälle immer als unerreichbares Reiseziel betrachtet. Seit sie auf einer Sammelkarte aus einem meiner alten Micky-Maus-Hefte abgebildet waren, träumte ich davon, sie zu besuchen. Und nicht nur sie, auch den Grand Canyon, das Great Barrier Reef und die Nordlichter. Ich hätte nie gedacht, dass es irgendwann tatsächlich möglich wäre.

»Das könnte unsere einzige Chance sein, die Wasserfälle zu sehen«, argumentierte Guido.

Ich nickte. Mir kam noch ein anderer Gedanke. Ein solcher Ausflug würde uns dringend benötigte Zweisamkeit verschaffen. In den letzten Monaten hatte seine Abwesenheit eine gähnende Schlucht in meinem Leben aufgerissen. Zwar hatte ich meine Familie, doch die konnte kein Ersatz dafür sein, Zeit mit einem wundervollen Partner zu verbringen.

»Mit dem Auto sind es sieben Stunden«, sagte Guido.

»Sieben Stunden? Übers Wochenende? Das ist wie von Bremen nach München«, entfuhr es mir.

»Wir könnten am Freitag aufbrechen, in Albany übernachten und am Samstag weiterfahren. Ich dachte mir nur, von hier ist es ja deutlich näher als von Potsdam aus.«

Damit setzte er mich schachmatt. Sämtliche Gegenargumente, die ich mir gerade zurechtlegen wollte, verflüchtigten sich.

Obwohl ich Guidos völlig logischer Argumentation nicht widersprechen konnte, war mir nicht nach einer Autoreise zumute. Sieben Stunden waren trotz allem noch viel. »Ich weiß nicht recht. Eigentlich bin ich ja gerade erst angekommen. Ich bin noch nicht mal in Boston selbst gewesen.«

»Wir könnten uns ja dieses Wochenende Boston ansehen und nächstes die Niagarafälle«, schlug Guido vor.

»Klingt nach einem Plan«, meinte ich nickend.

Guido öffnete die Tür des Ladens. Reihenweise Regale mit Spirituosen taten sich vor uns auf. Mein Blick wanderte aufmerksam über die Etiketten, doch keiner der Namen sagte mir etwas.

Also setzten meine alten Gewohnheiten ein. Ich wählte zwei Flaschen, deren Etikettenmotive mir am besten gefielen. Mit der rechten Hand ergriff ich eine blaue Flasche. Goldene Baumzweige umrahmten den Namen des Herstellers und die Bezeichnung meiner Lieblingssorte – Riesling.

In der linken Hand hielt ich eine dunkelbraune Flasche. Das grüne Etikett zeigte ein rustikales Blockhaus auf einer Wiese. Darunter stand in fetten kastanienbraunen Buchstaben »Merlot«.

Guido nahm die mit Bier gefüllten Kühlschränke in Augenschein, die eine gesamte Wand einnahmen. Ich war mit Wernesgrüner aufgewachsen. Das war meine Marke. Aus Neugier schloss ich mich meinem Mann bei seiner Suche an. Mein Blick wanderte über Pumpkin-Spice, Flannel Friday und Biere mit Pekannuss- und Ahornaromen.

Ich stöberte weiter die Regale entlang, um zu sehen, was es in dem Laden sonst noch so gab. Überraschenderweise entdeckte ich kein Paulaner, obwohl an jeder Ecke für Oktoberfeste geworben wurde. Eine gesamte Reihe mit verschiedenen Biermarken wies die Gangbeschriftung Craft Beer auf. Für mich bedeutete das englische Wort Craft in erster Linie Basteln, und ich hatte sofort Papier, Scheren, Klebstoff und Lineale vor dem inneren Auge.

Zehn Minuten später steuerte Guido mit einem gemischten Sechserpack Sam Adams mit Geisterdekoration zur Ladentheke. Vor uns standen zwei Männer. Einer trug ein Ninja-Kostüm, der andere hatte sich als roter Lego-Baustein verkleidet.

»Das Ninja-Kostüm ist 'ne gute Idee«, befand ich.

»Mir gefällt der Lego-Stein besser«, meinte Guido.

»Du würdest ein Bauklotz sein wollen?«, stichelte ich.

Er schnaubte. »Warum denn nicht?«

»Du würdest dich freiwillig als Klotz bezeichnen lassen?«

»Ein Lego-Stein ist doch nicht irgendein Klotz.«

»Also ehrlich, ich möchte niemandem erzählen müssen, dass du dich als Klotz verkleidet hast«, gestand ich, bevor der Mann hinter dem Tresen die Aufmerksamkeit auf uns richtete.

»Ausweis bitte«, verlangte er.

Einen Ausweis? Wozu? Ich zog die Brauen zusammen. Dazu wurde ich zum ersten Mal aufgefordert. Ich kramte in allen Taschen meiner Jacke. Natürlich enthielt die letzte mein Portemonnaie. Ich holte den Ausweis heraus und zeigte ihn dem Mann.

»Was ist das?«, fragte der Verkäufer. Bei der Skepsis in seiner Stimme beschleunigte sich meine Herzfrequenz.

»Das … ist mein Ausweis«, stammelte ich.

»Kenne ich nicht. Also könnte er gefälscht sein. Kann ich nicht akzeptieren.« Er gab mir den Ausweis zurück.

Aber Guido zauberte seinen Reisepass aus den Tiefen seines grünen Rucksacks hervor. Mich wunderte, dass er sich nicht schon vor Jahren in seine Bestandteile aufgelöst hatte. Obwohl Guido den Rucksack in keiner Weise pflegte, wies das nahezu makellose Material lediglich ein paar schwarze Flecken aus seinem Jahr beim Bund auf.

»Was ist damit?« Guido zeigte seinen Reisepass vor. Mit großen Augen sah ich zu. Der Verkäufer überprüfte das Geburtsdatum meines Ehemanns.

Mir lag ein erboster Protest auf der Zunge. Mein Ausweis enthielt neben den deutschen Zeilen auch Übersetzungen auf Englisch und Französisch. Außerdem wirkten wir beide etwas älter als auf den Fotos. Bei Guido zeigte sich erstes Grau am Kopf. Und wir hatten beide leichte Fältchen bekommen. Ein Gedanke, auf den ich nicht besonders stolz war. Normalerweise versuchte ich, der Zeit mit Make-up und Haarfärbemitteln ein Schnippchen zu schlagen. Diesmal hingegen wollte ich jeden Trumpf ausspielen, um Alkohol kaufen zu können, von dem ich keinen Tropfen trinken würde.

Der Kassierer akzeptierte das Dokument meines Manns und scannte das Bier und die beiden Weinflaschen ein. Nachdem Guido ein kleines Vermögen für die Getränke bezahlt hatte, kehrten wir zurück auf die Straße und wurden wieder von der Halloween-Gesinnung umgeben.

Während ich mir in der kalten Herbstnacht den Bauch hielt, hellten sich meine Züge auf. Gruppen von Kindern in Begleitung ihrer Eltern zogen immer noch durch die Straße, um ihre Plastikkürbisse zu füllen. Sie klopften an Türen. Sobald geöffnet wurde, riefen sie: »Süßes oder Saures!« Eine Schüssel mit Süßigkeiten wurde herausgehalten. Allerdings fragte ich mich, ob es sonst wirklich je Saures geben würde.

Wir kamen nicht nur an mehreren kostümierten Kindergruppen vorbei, sondern auch an etlichen geschmückten Häusern. Einige stachen mit gespannten Spinnweben an den Büschen, Skeletten und Grabsteinen oder aufblasbaren Monstern in den Vorgärten hervor. Diese Eindrücke steigerten das Gefühl der Festlichkeit um ein Vielfaches.

Guido führte mich zu einer Reihe von Häusern im selben Stil. Alle mit drei Geschossen und Doppelgaragen. Die fünf Häuser wiesen auch die gleiche grüne Fassade auf. Mein Mann läutete an der zweiten Haustür. Ich berührte die Fassade. Die Verkleidung fühlte sich künstlich an, wie weiches PVC. Die scharlachrote Tür öffnete sich, und eine weibliche Mumie begrüßte uns. »Hi, Guido, kommt herein. Und du musst Mareike sein.«

Wir traten ein, und Guido schloss die Tür hinter uns. »Ja, ich bin Mareike.« Mein Name rutschte mir schärfer als beabsichtigt heraus. Das überfüllte Wohnzimmer löste innere Unruhe in mir aus. Im Haus plauderten haufenweise Fremde miteinander.

»Freut mich, dich endlich kennenzulernen. Ich bin Nicole.« Ihre großen braunen Augen funkelten.

Meine Stimme zitterte. »Ich hab auch schon von dir gehört.«

Sie arbeitete im selben Büro wie Guido und sorgte dafür, dass der Betrieb reibungslos lief. Gleichzeitig organisierte sie soziale Veranstaltungen für das Team. Wenn Guido eine Frage hatte, war sie diejenige, die sie beantwortete. Dank Nicole deckte seine Krankenversicherung auch mich ab. Sie hatte sogar dabei geholfen, für mich einen Termin beim Gynäkologen zu vereinbaren, noch bevor ich überhaupt gelandet war.

»Guido, bist du die Grauskala?« Nicole begutachtete sein Outfit.

»Ja!«, sprudelte es aus meinem Mann heraus.

»Was für eine tolle Idee«, lobte Nicole.

Mein Ehemann bedachte mich mit einem stolzen Blick. »Mareike ist draufgekommen.«

»Echt spitze. Du siehst übrigens auch toll aus«, schmeichelte mir Nicole.

»Danke«, flüsterte ich.

»Wie läuft es bisher für dich?«, erkundigte sie sich.

»Ich bin noch dabei, mich an die neue Umgebung zu gewöhnen.« Mein Piepston kam kaum gegen die laute Musik an.

»Warte kurz.« Nicole marschierte zwischen den Kostümierten in ihrem Wohnzimmer hindurch davon. Mein Blick folgte ihr durch die Menge, bis sie hinter Frankenstein verschwand.

Guido stellte mich verschiedenen Leuten vor, deren Namen ich sofort wieder vergaß. Ich schlenderte davon, um Guido ein bisschen Freiraum zu lassen, damit er sich unbeschwert unterhalten konnte, statt von mir die Hand gequetscht zu bekommen. Meinen Bauch sorgsam vor dem Gedränge um mich herum schützend, bahnte ich mir einen Weg durch Monster, Hexen, Feen und Filmfiguren. Dabei setzte ich ein zaghaftes Lächeln auf. Flüchtige Blickkontakte streiften über meine Pupillen, bis ich hervorragende Gesellschaft entdeckte – das Buffet.

Kleine Burger, Karotten, mit Gurken gefüllte Sushi-Rollen, Salsa, Guacamole und Chips zierten die Marmorinsel in der Mitte der Küche. Sekunden später balancierte ich einen Pappteller mit etwas von allem. An die Arbeitsplatte gelehnt mampfte ich einen Mini-Burger ohne Tomaten.

Krümel fielen zurück auf den Pappteller, als ich versuchte, mir das ganze Ding in den Mund zu stopfen. Die Party vor mir hätte sich ebenso gut hinter einer Mauer abspielen können. Zu Hause hätte ich nicht gezögert, mich ins Geschehen zu stürzen und mit jedem zu plaudern. Hier jedoch hielt mich mein verbesserungswürdiges Englisch davon ab, obwohl ich bereits einen Arzttermin und Einkaufstouren überstanden hatte.

Also stopfte ich mir die Krümel des Weizenbrötchens in den Mund, statt die perfekte Gelegenheit zu nutzen, mich aus meinem Schneckenhaus zu wagen. Eine Fremdsprache verwenden zu müssen, brachte meine empfindliche Seite zum Vorschein. Statt meine ungesellige Einstellung zu überwinden, knabberte ich den ganzen Abend vor mich hin.

Guido und ich schlenderten die stille Straße entlang. »Hattest du Spaß?«, fragte er.

Ich zuckte mit den Schultern. Da ich nicht wusste, wie ich meinem Mann erklären sollte, dass es mir schwerfiel, Anschluss zu finden, antwortete ich nur: »Ich bin müde.«

Seine Hand wärmte meine in der kühlen letzten Nacht des Oktobers. Nur noch wenige andere Fußgänger waren unterwegs. Die verkleideten Kinder von vorhin träumten bereits in ihren Betten. Dennoch hatte ich damit gerechnet, dass es auf den Bürgersteigen nur so von Menschen wimmeln würde. Immerhin war ein besonderer Feiertag gerade erst zu Ende gegangen. Wir hatten eine Party besucht. Und aufgrund unserer besonderen Umstände hatten wir uns nicht mit Alkohol abgefüllt. Zu Hause wären die Bürgersteige in einer solchen Nacht voller torkelnder Menschen gewesen, die Mühe gehabt hätten, ihren brodelnden Mageninhalt oder ihre übervolle Blase unter Kontrolle zu halten.

Wahrscheinlich wäre auch ich darunter gewesen. Aber dieses Jahr gab es für mich keinen Alkohol. Das Gefühl gefiel mir.

(Neu) Gelernt

29

monday

1
- Spazieren gehen
- Abendbrot vorbereiten

tuesday

2
- Nach NochDann suchen
- Spazieren gehen

wednesday

3
E-mail Doreen!? Geburtstag
Spazieren gehen

thursday

4
- Spazieren gehen
Computer aufräumen

friday

5
- Spazieren gehen
- Liste machen → was
muss ich machen

saturday

6
Boston!? ♡♡

sunday

7

M						n
M	1	8	15	22	29	o
D	2	9	16	23	30	v
M	3	10	17	24		e
D	4	11	18	25		m
F	5	12	19	26		b
S	6	13	20	27		e
S	7	14	21	28		r

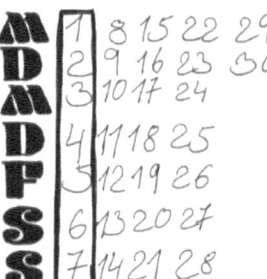

☽ TO DO ● ☾

- Jeden Tag Spazieren
- Babytisk überprüfen
- Emails aufräumen

● ☾ ☽ ● ☾ ☽

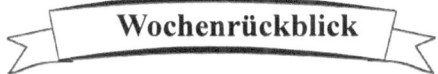

Wochenrückblick

Die Woche

Irgendwie verging die Woche. Die Tage verschmolzen miteinander. Abgesehen von meinen täglichen Spaziergängen und ein paar Textnachrichten mit Freunden geschah nichts Aufregendes. Niemand schaute vorbei. Ich hatte nichts geplant. Mir fehlte jegliche Motivation. Einsamkeit breitete sich in meinem Herzen aus. Leider nährte Guido die erblühende Emotion mit seiner Unerreichbarkeit.

Die meisten Tage saß ich allein in der Wohnung. Mir war bisher nie bewusst gewesen, wie viel Anregung ich aus der Energie anderer Menschen zog.

Im dunklen Display meines Handys spiegelte sich meine zerknirschte Miene.

Nächtliches Abenteuer

Ein Schweißfilm hatte sich auf meiner Haut gebildet. Guido kuschelte sich an mich, aber ich schob ihn zur Seite. Ich öffnete ein Fenster. Anfangs hatte uns die frostige Luft dazu getrieben, mit Socken zu schlafen. Nun jedoch glich der Raum einer Sauna.

Ich ließ mich zurück auf die Matratze sinken und schob mir mein Kissen unter den Rücken. Die Kreuzschmerzen ließen ein wenig nach, trotzdem verblieb ein unangenehmer Druck. Ich verlagerte den Körper mehrfach, fand jedoch einfach nicht die richtige Position. Meine Lider blieben offen.

Schließlich schlich ich auf Zehenspitzen ins Wohnzimmer. Ein kalter Windhauch ließ mich erstarren. Mit angezogener Strickjacke wagte ich mich zum Thermostat. Er zeigte 65 Grad an. Musste in Fahrenheit sein – in Celsius würde man bei der Temperatur umkommen. Als Leitfaden hatte Guido mir erklärt: »30 Grad Fahrenheit sind winterliche Kälte, 60 angenehme Frühsommertage und 90 Hitze wie in der Wüste.«

Die widersprüchlichen Temperaturen in unserer Wohnung vermittelten mir kein Frühsommergefühl. Die Ursache für das Problem hatte ich direkt vor der Nase: den zentralen Heizungsregler. Ich konnte mich nicht erinnern, je so ein System gesehen zu haben, noch nicht mal vor dem Fall der Mauer. Dafür erinnerte ich mich umso besser daran, wie genervt meine Mutter jeden Winter war, weil sie in unserem ersten Haus jeden einzelnen Heizkörper in jedem Zimmer einstellen musste.

Ich warf mir die flauschige Decke über und machte es mir auf dem Sofa gemütlich. Leider lag meine Wärmflasche noch im Bett. Dieser spezielle treue Freund wärmte meinen Körper schon seit der Uni. Früher hatte sich Guido oft über mich lustig gemacht, weil ich die mobile Mini-Heizung überallhin mitnahm. Seine Körperwärme reichte einfach nicht aus. Die Wärmflasche konnte ich platzieren, wo immer ich wollte – im Nacken, auf dem Rücken, an den Armen, auf dem Bauch. So flexibel war mein Guido nicht. Er ächzte, stöhnte oder beschwerte sich, wenn ich es versuchte.

<u>Samstag</u>

»Guten Morgen.« Guido rieb mit seiner Hand über meinen Rücken.

»Guten Morgen«, erwiderte ich gähnend.

»Warum hast du hier geschlafen?«, fragte er.

»Im Schlafzimmer war's so warm«, murmelte ich.

»Anscheinend hat dich das Sofa schläfrig werden lassen«, meinte Guido.

Ich streckte die Arme in die Luft. »Heute könnte ich einen Kaffee vertragen.«

»Kommt sofort«, versprach mein Mann und ging in der Küche ans Werk. »Was möchtest du heute machen?«

»Ich schwanke zwischen abhängen und produktiv sein«, dachte ich laut nach.

»Wie wär's, wenn du dich anziehst? Der Kaffee ist gleich fertig, und nach dem Energieschub könnten wir Boston erkunden gehen«, schlug Guido vor.

»Klingt gut. Aber wir müssen uns was wegen der Heizung überlegen. Hier drin ist's so kalt, und im Schlafzimmer hält man es vor lauter Hitze nicht aus«, kommentierte ich, bevor ich zurück in die Sahelzone wanderte, um mich anzuziehen.

Als ich wieder ins Wohnzimmer kam, leerte Guido seinen Rucksack auf dem Sofa aus. Ich japste. Dreck- und Essenskrümel regneten heraus, zusammen mit einem Paar Socken, Unterwäsche, Fahrradlampen, einem Computerkabel, Bleistiften und einem

Füller.

»Was hast du vor?«, fragte ich laut.

»Ich suche mein Maßband«, antwortete Guido.

»Warum? Und warum hast du überhaupt eins? Du besitzt nicht mal ein vollständiges Besteckset«, klagte ich.

»Ich dachte mir, wir könnten die Zimmer wechseln. Ich wollte ausmessen, wo im Wohnzimmer das Bett stehen könnte.«

»Das ist lieb von dir.« Er hatte recht. Ein Zimmertausch würde das Problem lösen. »Aber wenn wir es jetzt machen, vergeuden wir den halben Tag damit, die Wohnung umzugestalten. Lass uns gehen. Ich brauche Tapetenwechsel.«

Ich schlüpfte in meine Winterschuhe. Die Laschen baumelten lose um meine Fußgelenke. »Wärst du so nett, mir die Stiefel zuzubinden?«, bat ich Guido. »Ich komme nicht mehr ran.«

»Klar.« Er kniete sich hin, um mir zu helfen, und meine Irritation über mich selber wuchs. Ich war körperlich nicht mehr in der Lage, mir selbst die Schuhe zuzubinden.

Leider waren dem bereits andere Veränderungen an mir vorausgegangen. Vor zwei Jahren hatte ich ein kleines Vermögen für gut sitzende BHs ausgegeben. Und natürlich ragten meine Brüste mittlerweile entweder oben oder unten heraus. Die Schwierigkeit, sich vernünftig anzuziehen, steigerte sich von Woche zu Woche. Meine neue Kleidung spiegelte meine anderen Umstände wider. Mein Standard bestand mittlerweile aus Sachen, die man hochziehen und mit Reißverschlüssen sichern konnte.

Nur bereitete einen darauf niemand vor. Meine Freundin Maria hatte es versucht. Jedoch schafften ihre Worte es nicht in mein Bewusstsein. Einfach ausgedrückt: Ich hatte nicht verstanden, was es bedeutete, schwanger zu sein. Offen gestanden hatte ich gedacht, sie wollte sich bloß ihre Klagen über ihren Körper, die nicht mehr passende Kleidung, ihr plötzlich verhasstes Essen und die ständige Müdigkeit von der Seele reden. Ich lieh ihr gern mein Ohr. Aber erst jetzt verstand ich sie.

Dunkle, regenschwere Wolken zogen Richtung Westen. In dieser fremden und doch seltsam vertraut wirkenden Welt war es genauso kalt wie zu Hause. Das Wetter in Boston entsprach dem in Potsdam. Was wäre es schön gewesen, wäre Guido irgendwohin versetzt worden, wo das ganze Jahr über Sommer herrschte, beispielsweise Hawaii.

Wir stiegen in die U-Bahn ein. Das öffentliche Verkehrsmittel düste durch einen Tunnel und fuhr danach hinauf auf Straßenebene.

»Das ist unsere Haltestelle.« Guido zeigte auf das Display: MGH. Wir stiegen aus. Ich hängte mich bei meinem Ehemann ein. Mit einer Rolltreppe ging es nach unten. Eine belebte Kreuzung erwartete uns. Guido führte uns vom Trubel der Stadt weg. Bald umgaben uns rote Ziegelsteinhäuser. Es herrschte kaum Verkehr.

»Wohin gehen wir?«

»Geschichte entdecken«, gab Guido vergnügt zurück.

»Geschichte? Ich wusste gar nicht, dass du Historiker bist«, zog ich ihn auf.

Er lachte.

»Dann erzähl mir was über die Häuser«, forderte ich ihn auf.

»Danke, dass du fragst. Auf den Moment hab ich gewartet.«

»Ich bin ganz Ohr«, erwiderte ich vergnügt.

»Diese Häuser gehören zum Beacon-Hill-Viertel. Das ist um das 19. Jahrhundert entstanden. Die Straßenlaternen werden mit Gas betrieben und nie ausgeschaltet.«

»Nicht mal bei Tageslicht?«

Wir überquerten die Straße. »Nein, weil es teurer wäre, jemanden zu bezahlen, der sie jeden Tag ein- und ausschaltet.« Er zeigte wieder auf die roten Backsteinbauten. »Und wenn du je eines dieser Häuser kaufen wolltest, müsstest du nicht nur einen sechsstelligen Betrag hinblättern, du dürftest auch nichts daran verändern, weil sie als historisch eingestuft sind.«

»Nicht mal drinnen?« Ich schnaubte.

»Nicht mal drinnen.«

»Und ich dachte, die Regeln, die meine Eltern bei ihrem Fachwerkhaus einhalten müssen, wären schon streng.«

»Und das ist der Senat.« Guido zeigte auf ein dominantes Gebäude aus roten Ziegelsteinen mit Bogen, weißen Säulen und einer goldenen Kuppel. »Die Kuppel ist mit echtem Gold beschichtet.«

Wann immer ich etwas über die Vergangenheit erfuhr, stellte ich mir vor, wie das Leben der Menschen damals ausgesehen haben musste. Ich fragte mich, ob sie geahnt hatten, dass sich die Geschichte an sie, ihre Erfindungen oder ihre Umstände erinnern würde. Leider hielt mein Gedächtnis nichts von meinem Wunsch, solche Informationen dauerhaft im Hirn zu behalten. Mein Geschichtslehrer war damals unheimlich enttäuscht gewesen, als ich nicht wusste, wann Friedrich in seinem berühmten Sommerpalast beerdigt worden war, obwohl ich der Zeremonie zugeschaut hatte. Der Fairness halber: Ich war damals aber erst acht gewesen. Aber trotzdem. Mein Hirn speicherte stattdessen nutzlosen, für mein Leben völlig irrelevanten Klatsch über Promis ab.

»Das ist Boston Common.« Mitten in der Stadt erstreckte sich eine weitläufige Grünfläche. »Der erste Stadtpark in den USA. Siehst du den ausgetrockneten Bereich?«, fragte Guido.

Ich drehte den Kopf nach rechts und erblickte ein leeres, seichtes Becken, gefüllt mit braunen, welken Blättern.

»Das ist der Frog Pond, der Froschteich. Im Sommer können die Leute darin waten. Im Winter wird daraus eine Eislaufbahn – haben mir zumindest meine Kollegen erzählt.«

Ich zeigte auf die Vögel zu meiner Rechten. »Siehst du auch, was ich sehe?«

»Meinst du die Gänse?«, vergewisserte er sich.

»Ja, die Gänse. Hast du je welche im November gesehen? « Mindestens zwanzig Vögel liefen auf dem vom nächtlichen Frost abgestorbenen Gras umher und kackten überallhin.

»Bin mir nicht sicher«, räumte Guido ein.

»Sollten sie nicht nach Süden fliegen?« Ich erinnerte mich bruchstückhaft an etwas aus weit in der Vergangenheit liegendem Biologieunterricht. Elf Jahre nach dem Schulabschluss stand es um mein naturwissenschaftliches Wissen unwesentlich besser als um meine Geschichtskenntnisse.

»Denke schon. Aber vielleicht haben sich ihre Vorfahren verirrt und damit das Wissen um die Richtung verloren.«

»Hm«, brummte ich. »Ich dachte immer, dass es Vögel instinktiv wissen. Anscheinend doch nicht.«

»Aber jetzt sind wir da«, verkündete mein Mann.

»Wo?«, fragte ich. Wir standen am Rand des Parks. Häuser reihten sich zu beiden Seiten einer belebten Straße.

»Schau nach unten.« Zu unseren Füßen lag eine runde Gedenktafel. Blätter zierten die Ränder. Die Worte darauf lauteten: Freedom Trail Boston. In der Mitte der schildartigen Form prangte eine erhabene goldene Wetterfahne. Beton umgab das goldbeschichtete

Metall. Rote Ziegelsteine bildeten einen Weg, der von der Stelle wegführte, an der wir standen.

»Das ist die ultimative Erkundungsroute für Boston«, verkündete Guido. Mein Mann grinste mich stolz an. Ich runzelte die Stirn. Guido zeigte auf die roten Ziegelsteine. »Die Strecke verbindet viele der bedeutendsten historischen Stätten in der Stadt. Scheint mir ideal dafür zu sein, dein neues Zuhause zu entdecken.« Vorübergehendes Zuhause, rief meine innere Stimme. »Und der Weg führt durch interessante Viertel«, fügte Guido hinzu.

»Bist du ihn schon gegangen?«

»Nein, ich hatte noch keine Zeit. Aber jetzt können wir es zusammen machen.«

»Na, dann mal los«, schlug ich vor und konnte meine Vorfreude auf das kleine Abenteuer kaum bändigen.

»Warte kurz. Ich will nachsehen, ob es eine geführte Tour gibt.« Guido verschwand in dem Gebäude. Wenig später kam er mit einer Broschüre in der Hand zurück.

»Die Tour haben wir verpasst, aber damit können wir sie auch allein machen.« Guido klappte die Karte in der Broschüre auf. Eine rote Linie erstreckte sich über das Hochglanzpapier. Links und rechts der eingezeichneten Route standen die Namen der historischen Stätten.

»Klingt nach einem Plan«, meinte ich.

»Hier geht's lang.« Guido zeichnete über dem Verlauf der Ziegelsteine auf dem Boden mit der Hand eine Linie in die Luft. Ich hakte mich wieder bei ihm ein. Die roten Backsteine wiesen uns den Weg.

Guido und ich besuchten den alten Friedhof namens Granary Burying Ground, bestaunten die Statue von Benjamin Franklin und hätten beinah das sogenannte Old Meeting House verpasst. Das Gebäude fügte sich scheinbar nahtlos in das aktuelle Straßenbild. Als Nächstes steuerten wir zum Old Corner Bookstore. Mittlerweile beherbergte das Gebäude ein Restaurant. Insgeheim hoffte ich, ein Buch zu ergattern, das ich bereits besaß, aber mit amerikanischem Einband. Erst durch meine Schwester hatte ich entdeckt, dass in andere Sprachen übersetzte Bücher einen neuen Blickfang bekamen. Offen gestanden sah ich dahinter keinen Sinn.

Wir spazierten zum Old State House. »Hier ist die Unabhängigkeitserklärung verkündet worden«, erklärte mir mein Reiseleiter namens Guido.

Beeindruckt horchte ich auf. Trotz meines lückenhaften Wissens über die Vergangenheit hatte die Vermächtnis-Filmreihe mit Nicolas Cage mein Interesse an historischen Fakten geweckt. Ich durchforstete meine Erinnerungen nach Szenen der Filme, um herauszufinden, ob dieses Gebäude darin vorkam. Fehlanzeige.

In der Hoffnung, mein Gedächtnis dadurch anzukurbeln, betrachtete ich das Bauwerk. Eine Treppe ins Untergeschoss führte zu einer U-Bahn-Haltestelle. Aber warum? Die Frage löste sich in dem Moment in Luft auf, als wir eines der ältesten Gebäude von Boston betraten, Faneuil Hall. Dort informierte ein Ranger die Besucher über die historischen Aspekte des Orts. Leider bekam ich den Großteil wegen der Sprache nicht mit, abgesehen von einer Tatsache: Das Gebäude wurde nach wie vor genutzt. Mich persönlich begeisterte es, wenn historische Stätten immer noch ihren Zweck erfüllten, solange es sich um einen ethisch einwandfreien handelte.

Mein Magen grummelte. »Wie spät ist es? Ich habe Hunger.«

Guido sah auf die Armbanduhr. »Es ist zwei Uhr. Und das Timing ist perfekt. Beim Quincy Market gibt's Essensstände. Danach können wir uns in North End vor dem Paul Revere House ein Dessert genehmigen.«

Unmittelbar hinter Faneuil Hall erstreckte sich ein weitläufiger Platz mit einem langen, markanten Gebäude. Goldene Buchstaben über dem Eingang verkündeten Quincy Market. Vierstöckige Häuser umgaben das Gebäude. Geschäfte im Erdgeschoss luden zu Einkaufsbummeln ein. Eigenartigerweise stand auf niederländischen Flaggen das Wort GEÖFFNET.

Aus historischer Sicht war die Gegend früher von den Briten beherrscht worden. New York City hingegen hatte einst zum Königreich der Niederlande gehört. Wenn ich mich recht erinnerte, hieß die Stadt damals noch New Amsterdam. Vielleicht hatte sich die an den Geschäften angebrachte niederländische Flagge irgendwie durch die Zeit gemogelt. Noch etwas zum Recherchieren.

Zwischen einem Säuleneingang hindurch führte eine Treppe in den Markt. Ich hatte damit gerechnet, dass die Verkäufer frisches Obst, Gemüse und Brot unter freiem Himmel anbieten würden. Stattdessen säumten Fastfood-Stände den Gang. Bei allen herrschte großer Andrang, also musste das Essen hier wohl köstlich sein. Wir zwängten uns durch das Gewirr der Menschen. Das Angebot reichte von Burgern und Eiscreme bis hin zu Steaks und chinesischem Essen. Mein Blick jedoch heftete sich auf eine weiße Suppe, die in handgroßen, offenen Brötchen serviert wurde. Jeder Zweite, an dem wir vorbeikamen, lief damit herum.

Ich liebte Suppe. Das musste ich haben. Erst nach einigen Minuten fanden wir den Stand. Boston Clam Chowder verkündete ein Banner darüber. Obwohl ich schwanger und hungrig war, bestellten wir nur eine Muschelsuppe zum Teilen.

Einer der ersten Schwangerschaftsmythen, mit denen ich aufgeräumt hatte, war der Spruch, dass man angeblich für zwei aß. Kaum hatten sich die ersten Ansätze meines Babybauchs gezeigt, hatte ich mir regelmäßig doppelt so viel wie üblich auf den Teller geladen. Guido musste jedes Mal aufessen, wenn ich verkündet hatte: »Ich kann nicht mehr.«

Eine Zeit lang hatte er es zwar getan, aber mich stets ermahnt: »Nimm dir nächstes Mal weniger. Ich bin schließlich nicht das Hausschwein.« Offen gestanden wollte ich auch nicht, dass er die Reste meiner zu üppigen Portionen vertilgte. Die Ehemänner meiner schwangeren Freundinnen hatten zusammen mit ihnen Bäuche bekommen, das zusätzliche Gewicht allerdings nach neun Monaten nicht wieder verloren.

Die Suppe, das Brötchen und dringend benötigte Wasserflaschen frischten unsere Energiereserven ausreichend auf, um die historischen Sehenswürdigkeiten der Innenstadt weiter zu erkunden. Nachdem wir eine stark frequentierte Straße mit einem Park in der Mitte überquert hatten, gelangten wir in ein anderes Viertel mit zahlreichen Restaurants. Alle schienen italienische Namen zu haben.

»Ach du meine Güte, da ist eine Bäckerei.« Ich konnte meine Aufregung kaum zügeln. Meine Bäckerei zu Hause fehlte mir so sehr. Wer hätte gedacht, dass ich bei einem Umzug in ein anderes Land ausgerechnet das vermissen würde?

»Du klingst so, als hättest du noch nie 'ne Bäckerei gesehen«, zog Guido mich auf.

»Nein, im Gegenteil. Ich habe hier noch nie eine Bäckerei gesehen, aber mir ist gerade klar geworden, dass es bei uns zu

Hause praktisch an jeder Ecke eine gibt.«

»Stimmt doch gar nicht«, widersprach Guido.

»Willst du wetten?«

»Klar. Was hältst du davon, wenn ich dir jeden Tag ein Stück Kuchen für den Nachmittagskaffee hole, wenn ich verliere?«, bot Guido an.

»Und wenn ich verliere, spendiere ich dir einen Kurs bei einem Klingenschmiedmeister«, lautete mein Gegenangebot. Guido quollen förmlich die Augen aus den Höhlen. Falls er verlöre, würde ich mir die Idee auf jeden Fall für seinen Geburtstag oder Weihnachten im nächsten Jahr vormerken. Meine Landkarten-App suchte und suchte nach der Chopin-Straße in Potsdam, aber es tat sich nichts. »Ich muss irgendwas mit dem Handy machen.«

»Vielleicht eine neue SIM-Karte. Oder wir besorgen dir ein Telefon wie meines«, sagte Guido. »Aber sehen wir uns erst mal an, was es an Gebäck gibt.«

»Und ich muss auf die Toilette.« Mein Blick wanderte über die Schaufenster der Geschäfte. Und über eine lange Menschenschlange. »Moment mal. Stellen sich die alle vor der Bäckerei an?«

»Denke schon.«

»Ich warte bei diesem Wetter nicht eine halbe Stunde, um was Süßes zwischen die Kiemen zu bekommen, und dann noch mal hinter einem Haufen Frauen, um aufs Klo zu gehen.« Mein abweisender Ton verdeutlichte meine Haltung. Unter solchen Voraussetzungen verzichtete ich gern. Ich hatte mich noch nie für Gebäck in eine Warteschlange gestellt, noch nicht mal damals, als sich die Leute darum gedrängt hatten, eine Wassermelone aus Kuba zu ergattern.

»Vielleicht finden wir ja was, wo weniger los ist. Und wenn schon keinen Nachtisch, dann womöglich zumindest eine Toilette«, beschwichtigte Guido.

Nur wenige Minuten später kamen wir an einer weiteren Bäckerei vorbei. Verschiedene Kekse, röhrenförmige, gefüllte Leckereien, Biscotti und Macarons ließen uns durch das Schaufenster das Wasser im Mund zusammenlaufen. Der Geruch von frisch gebrühtem Kaffee betörte meine Sinne. Der heimelige Duft von Gebäck lag in der warmen Luft im Laden.

»Was darf ich Ihnen bringen?«, erkundigte sich die Bäckereiangestellte.

»Ich nehme eins davon.« Mein Finger zeigte auf die Rolle mit Quarkfüllung. Oder Pudding? Wen interessierte es? Meine Augen verschlangen die gefüllte Köstlichkeit förmlich. »Und eine heiße Schokolade, bitte«, fügte ich hinzu.

Dann sah ich mich vergeblich nach etwas anderem um. Kein Toilettenschild wies auf Örtlichkeiten hin.

»Und ich nehme ein Stück Himbeertorte und einen Kaffee, bitte«, sagte Guido.

Die Frau hinter der Verkaufstheke holte die Leckereien. Sie platzierte sie in einer weißen Schachtel. Kaum hatten wir uns auf Stühlen an einem Fenstertisch niedergelassen, öffneten wir das Behältnis.

Nach einem hungrigen Bissen von meiner Nachmittagssünde zierte die weiße Creme meinen Mund. Meine Zunge beseitigte die Rückstände des köstlichen Milchprodukts restlos. Ich beäugte die Torte meines Ehemanns. »Wie ist deins?«

»Gut. Willst du mal probieren?«, bot er mir an.

Wir tauschten. Guidos Obsttorte ergänzte den Himbeergeschmack genau mit der richtigen Säuerlichkeit.

»Übrigens, Gill hat angeboten, eine Babyparty für uns zu organisieren«, erzählte Guido.

»Eine Babyparty?«

»Ja. Dabei wird die Geburt des Babys gefeiert, bevor es da ist, und es werden Geschenke für den baldigen neuen Erdenbürger mitgebracht.«

»Wie in den Filmen?«

»Ja. Scheint hier eine Tradition zu sein«, antwortete Guido.

»Aber ich kenne doch niemanden«, protestierte ich.

»Deshalb hat ja Gill vorgeschlagen, es zu organisieren. Sie würde ein paar Kolleginnen und Kollegen aus dem Büro und deren Partner einladen. So könntest du ein paar Leute kennenlernen, mit denen ich zusammenarbeite.«

»Klingt nett.« Ich wetzte auf meinem Sitz hin und her.

»Warum gehst du nicht aufs Klo?«, schlug Guido vor, als er es bemerkte.

»Ich hab weder ein Schild für eine Toilette gesehen noch eine Tür, die zu einer führen könnte.«

Guido drehte den Kopf. »Ich sehe davon auch nichts«, gab er

mir recht. Er ging zum Tresen. »Entschuldigen Sie, haben Sie hier eine Toilette?«, erkundigte er sich.

»Nein, leider nicht«, antwortete die Verkäuferin.

Wie auf ein Stichwort musste ich beim Wort nein plötzlich unheimlich dringend pinkeln. Mein Mund klappte auf. Meine Oberschenkelmuskeln spannten sich an. Alle unteren Muskeln presste ich zusammen.

»Lass uns gehen«, forderte ich Guido auf.

Ich suchte die Straße in beide Richtungen ab und versuchte zu erahnen, wo die nächstgelegene Toilette sein könnte. Weit und breit wies nichts auf eine hin. Alle Lokale ließ ich außer Acht. Dort würde man wahrscheinlich verlangen, dass ich etwas konsumierte, um ihre Einrichtungen nutzen zu dürfen. Mittlerweile hopste ich von einem Bein aufs andere.

»Ich muss echt dringend. Aber ich weiß nicht, wo«, presste ich zähneknirschend hervor.

»Weißt du was? Gehen wir zurück zum Quincy Market. Ich wette, dort gibt's eine öffentliche Toilette.«

»Ich weiß nicht, ob ich's noch so weit schaffe«, gab ich zittrig zurück.

»Entweder das, oder du machst dir auf der Suche nach einem anderen Klo in die Hose«, meinte Guido charmant.

Überzeugt von seinen Worten kehrten wir in westliche Richtung zurück. Humpelnd schleppte ich mich den Bürgersteig entlang und hielt die Blase mit Müh und Not im Zaum, riss mich zusammen. Ich machte längere Schritte, bis ein Tropfen meine Unterwäsche befeuchtete. Ich wünschte, ich hätte Slipeinlagen in den Taschen versteckt. Leider gehörten sie seit dem Ausbleiben meiner Menstruation wegen des in mir heranwachsenden Babys nicht mehr zu meiner täglichen Notfallausrüstung. Die ich seit meiner Ankunft in den USA ohnehin gänzlich weggelassen hatte. Normalerweise enthielt sie neben Pflastern auch Tampons, Kondome – die ich derzeit nicht als notwendig erachtete –, Schmerztabletten gegen unverhoffte Migräneanfälle, Taschentücher, Allergietropfen und eine kleine Dose Florena-Creme gegen spröde Lippen.

Ich krampfte die unteren Bauchmuskeln zusammen, um weitere austretende Tropfen zu verhindern. Mit verkürzten Schritten kam mir der Rückweg entschieden länger vor. Ich bemühte mich, mit Guidos Tempo mitzuhalten. Ungefähr alle zehn Schritte zog er mich vorwärts, damit ich mich etwas beeilte. Die Peinlichkeit, mich mitten auf der Straße einzunässen, überwog bei Weitem, dass er mich drängte, was ich normalerweise nicht ausstehen konnte. Vor lauter Angst, die übervolle Quelle in mir könnte platzen, hielt ich den Mund.

An der roten Ampel blieben wir stehen. Autos fuhren vorbei. Ich hopste auf der Stelle. Werd grün, werd grün, werd grün!, brüllte ich in Gedanken. Um ein Haar hätte ich mich den Leuten angeschlossen, die entschieden, die Straße während kurzer autofreier Lücken zu überqueren.

Endlich wechselte die Fußgängerampel die Farbe. Ich raste über die Straße. Meine Knie wurden schwach. Die Flüssigkeit in meiner Blase drängte gegen das Ablassventil.

Wir betraten wieder die belebte Gegend, in der die goldenen Buchstaben auf dem großen Gebäude vor uns auf den Quincy Market hinwiesen. Meine Gehirnfunktionen verlangsamten sich. All meine Energie ging in die Blase, um das Wasser in meinem Körper zu halten. Obwohl ich mittlerweile fast einen Zustand erreicht hatte, in dem es mich nicht mehr scherte. Ich wollte nur, dass der Druck aufhörte. Wenn ich eine Pfütze auf der Straße hinterließe, wen würde es schon kümmern? Ich kannte niemanden um mich herum.

Schweißperlen bildeten sich auf meiner Stirn. Guido sprach mit einem Mann am ersten Imbissstand. »Die Toiletten sind in der Mitte des Gebäudes, die Zugangstreppe ist draußen.«

Meine Füße setzten sich hektisch in Bewegung. Ich beschränkte die Hüftbewegungen auf ein Minimum. Feuchtigkeit sammelte sich zwischen meinen Schenkeln. Pipi oder Schweiß, vielleicht auch beides. Aber wen interessierte das schon? Noch lief nichts an der Innenseite meiner Beine runter.

Endlich das Schild Toiletten. Ein Tropfen löste sich aus meinem Inneren und benetzte den Stoff meiner Jeans, als mein Gehirn das Ziel registrierte. Ich wappnete mich. Ein beängstigender Gedanke bedrängte meinen brüchigen Gemütszustand. Lebhafte Erinnerungen daran, wie ich mich als Mädchen regelmäßig beim Gang auf die Toilette anstellen musste, tauchten aus meinem Gedächtnis auf. Auf Damentoiletten gab es immer eine lange Warteschlange. Musste wohl eine kosmische Fügung sein. Entweder mussten

Frauen grundsätzlich alle gleichzeitig pinkeln, oder es gab eine Verschwörung dazu, Frauen durch das begrenzte Toilettenangebot leiden zu lassen. Jedenfalls stählte ich mich dafür, das überschüssige Wasser noch etwas länger halten zu müssen.

Auf Zehenspitzen wandelte ich der Erleichterung entgegen. Die Treppe führte nach unten. Mein Blick suchte den Korridor ab. Die Unterführung verlief zu einer weiteren Treppe auf der gegenüberliegenden Seite. Zwei Öffnungen in der Wand ließen auf Eingänge schließen. Am näheren entdeckte ich ein schwarzes Schild mit einem weißen M. Gleich daneben kennzeichnete ein weißes Schild mit dem schwarzen Buchstaben W einen zweiten Eingang. Ich sprang förmlich hindurch. Ein menschenleerer, sauberer Toilettenraum tat sich vor mir auf. Nur aus einer Kabine drang das Geräusch der Spülung an meine Ohren. Ohne zu zögern, steuerte ich auf die nächste Kabinentür zu. Ich schob sie auf, stieß jedoch auf Widerstand.

»Oh, tut mir leid.« Eine Frau richtete sich auf. Hinter ihr saß ein junges Mädchen auf der Toilette und grinste mich an.

Die Mutter schloss die Tür vor mir. Ich eilte zwei Türen weiter. Mittlerweile zwang mich der Harndrang beinah in die Knie. Mit Müh und Not gelang es mir, das Schloss hinter mir zu verriegeln. Hastig schob ich die Hose runter, riss ein paar Blatt Toilettenpapier ab und legte sie auf den Sitz, bevor ich mich darauf niederließ, um es endlich rinnen zu lassen.

Ein Sturzbach ergoss sich aus meinem Körper: Erleichterung.

»Und wie war's?« Das Grinsen, das in Guidos Ton mitschwang, brachte mich zum Lächeln.

»Unglaublich. Ich könnte schwören, dass ich grade einen neuen Rekord aufgestellt habe«, erwiderte ich.

»Ich würde fast wetten, dass dich andere Schwangere dabei gern herausfordern würden«, konterte mein Mann mit strahlender Miene.

»Hast wahrscheinlich recht, aber du hast keine Ahnung, wie leicht ich mich gerade fühle.«

»Willst du dich noch ein bisschen umsehen?«, fragte mein

Mann.

»Klar. Jetzt, wo ich mich besser fühle, sehe ich mich gern noch ein bisschen länger um.«

Wirklich?

30. Woche

N O V E M B E R

8 monday
- Spazieren gehen
- Drink mehr!

9 tuesday
- Schlafen
- Spazieren
- trinken

10 wednesday
- Arzt
- Mama texten

11 thursday
- Mama texten
- Geh spazieren

12 friday
- e-mails aufräumen
- Geh spazieren

13 saturday
Boston

14 sunday
- Ulrike

to do
- Ulrike anrufen
- Weihnachtskarten kaufen?

Wochenrückblick

Mittwoch

Ich wälzte mich hin und her. Meinem Körper gelang es nicht, eine bequeme Position zum Schlafen zu finden. Schließlich schleppte ich mich in die Küche, schüttete Schoko-Pops in eine Schüssel, ging damit zum Sofa und zog dort die Kuscheldecke über mich.

Eine Handvoll Cerealien landete in meinem Mund. Mit der anderen Hand kritzelte ich Babykleidung in mein Tagebuch. Die Ankunft des Babys näherte sich mit Riesenschritten. Der anstehende Untersuchungstermin betonte die über mir schwebende Realität. Leichte Panik beschleunigte die Bewegungen meines Stifts. Uns fehlten noch so viele Sachen. Ein Kinderwagen, Windeln und Babykleidung standen nach wie vor ganz oben auf meiner Liste.

Und am Samstag stand die Babyshower vor der Tür. Ausgerechnet meine Mutter hielt diesen amerikanischen Brauch für Blasphemie, die Unglück für das Kind bringen würde. Jedoch sah meine Mutter kein Problem darin, ihren Geburtstag jedes Jahr im Juni zu feiern, weil ihr ihre Novembergeburtstage zu kalt waren.

Ich schlief noch mal ein. Guido war bereits zur Arbeit gegangen, als ich wieder aufwachte. Ich wickelte meinen fröstelnden Körper in meine Wollstrickjacke. Auf dem Nachttisch lagen grüne, wadenhohe Socken, die noch aus Guidos Zeit beim Bund stammten.

Mein Blick wanderte über die Arbeitsplatte in der Küche. Dort lag ein auseinandergefaltetes Schreiben unter einem Umschlag. Ich zog das Papier zu mir. Meine Augen überflogen den Inhalt. Mein Herzschlag beschleunigte sich.

Es handelte sich um eine an Guido adressierte Rechnung. Der Absender war ein Gasunternehmen. Erneut betrachtete ich jede einzelne Zeile. Dabei schnappte ich so heftig nach Luft, dass sich meine Lunge verkrampfte. Jeder Wert, den ich las, verblüffte mich – aber nicht im positiven Sinn. Unsere übliche Energierechnung für eine Zweizimmerwohnung in Deutschland hatte im Schnitt bei fünfzig Euro gelegen. Tatsächlich hielten sich die Quadratmeter in etwa die Waage. Nur wies diese Rechnung den doppelten Betrag von zu Hause auf. Auch wenn ich den Wechselkurs berücksichtigte, überstieg der Betrag alles, was ich kannte. Mein Herzschlag beschleunigte sich erneut. Wir konnten nicht hundert Dollar nur für Energie zahlen. Vielleicht missverstand ich die Bedeutung der mit schwarzer Tinte auf das weiße Papier gedruckten Zahlen. Unsere Rechnung zu Hause beinhaltete auch Wasser. Konnte diese Rechnung ebenfalls zusätzliche Kosten umfassen?

Meine Hand schoss zum Telefon. Ich rief Guido über eine Telefon-App auf seinem Bürofestnetz an, damit er keine Gebühren auf seinem Handy bezahlen musste.

»Guten Morgen, mein Schatz.« Guidos beschwingter Ton hob meine Laune.

»Guten Morgen. Ich rufe an, weil ich grade unsere Energierechnung gesehen habe«, bestürmten ihn meine Worte.

»Ich habe schon mit meinen Kollegen darüber geredet. Scheint der Norm zu entsprechen.«

»Der Norm? Mir wäre fast das Herz stehen geblieben.« Meine Gedanken überschlugen sich. hundert Dollar jeden Monat? Für wie viele Monate? Die kalte Jahreszeit hatte gerade erst begonnen.

»Das ist nur die Gasrechnung«, erklärte Guido.

»Was? Die Gasrechnung? Was heißt das?«

»Wir kriegen auch noch eine Stromrechnung. Aber lass uns heute Abend darüber reden. Ich hab 'ne Menge zu tun.«

»In Ordnung«, räumte ich widerwillig ein. Was gab es auch groß zu bereden? Ändern konnten wir die Rechnung ohnehin nicht. Ich prüfte unsere Rechnungen jeden Monat doppelt und dreifach auf Fehler – Strom, Wasser, Telefon, Internet, Versicherung, Miete und sämtliche Abonnements. Außerdem fanden in unserem Haushalt regelmäßig Energiesparmaßnahmen statt. Vom Austausch des Kühlschranks über zugluftfreie Fenster bis hin zum Wechsel von Glühbirnen – alles, um unsere monatlichen Zahlungen zu verringern.

Ich marschierte zum Thermostat im Flur. Im winzigen ehemaligen Schlafzimmer war es ständig zu heiß. Im ehemaligen Wohnzimmer fühlte es sich an wie in einem Kühlschrank.

Die Zentralheizung stand immer noch auf 75. Ich regelte den Thermostat auf 65 herunter. Aber damit war ich noch nicht fertig. Nächster Halt: die Küche. Jedes Mal, wenn ich an der Arbeitsplatte werkte, schwebte ein kalter Luftzug über die feinen Härchen auf meinen Armen. Meine Handfläche glitt über die Wände. Von der Decke wehte mir ein leichter Luftzug ins Gesicht. Ich kletterte auf einen Stuhl. Prompt erfasste mich ein frostiger Luftstrom, der über den Schränken hervorkam

Mir kam eine Idee. Im Wandschrank stapelten sich zwei blaue Decken aus dem Flugzeug. Ich stopfte den Stoff in die Lücken zwischen der Decke und den Regalen in der Küche. Der Luftzug ließ deutlich nach.

Als ich vom Stuhl stieg, streifte mein Arm den Rahmen des Küchenfensters – ein weiterer Luftzug. Meine Finger tasteten um das Fenster herum. Überall am Holz trat Luft ein. Dafür fiel mir auf die Schnelle keine Lösung ein.

Mein Blick wanderte durch unser ehemaliges Wohnzimmer. Auf dem Boden lag eine Tasche voller Kindersicherungsartikel. Dank eines Kollegen von Guido waren wir mittlerweile mit Schutzabdeckungen für Steckdosen und Türknäufe, mit Schrankschlössern und mit Schubladensperren gerüstet. Alle waren auf dem Boden gelandet. Ich hob eine Handvoll der Steckdosenabdeckungen auf.

Links und rechts der Heizleiste waren zwei Doppelsteckdosen installiert. Ich hielt die Hand vor eine. Und tatsächlich nahm ich einen spürbaren Luftzug wahr. Ich setzte die Abdeckungen ein.

Die Luft strömte durch mehrere Löcher um die Steckdosen herum herein – ich sah den Abstand zwischen der Außenmauer und der Wand der Wohnung. Der war leer. Ich überlegte, ob ich den Hohlraum mit etwas ausstopfen könnte. Egal womit! Mein Blick fiel auf Werbebroschüren, unsere Laken und sogar unsere Decke. Schnell verwarf ich diese Möglichkeiten. Vor meinem geistigen Auge sah ich nämlich die Schlagzeile: Idiotische Deutsche setzt Haus beim Versuch es abzudichten in Brand. Also ließ ich die Wand zufrieden und bereitete mich auf meine zweiwöchentliche Gelbehandlung beim Frauenarzt vor.

»Mrs Korn!« Ich folgte einer Frau in einer fliederfarbenen Krankenpflegerinnenuniform. Mir lag eine Frage auf der Zunge, aber ich hielt die Worte zurück. Hat sie die Uniform schon auf dem Weg von zu Hause zur Arbeit getragen? Mir waren auf der Straße

schon mehrere Menschen in Arbeitskleidung aufgefallen, die ich mit Arztpraxen oder Krankenhäusern assoziierte. Die Farbpalette stand der von Tropifrutti in nichts nach. Zu Hause hingegen hatte ich kaum je Krankenpflegepersonal in Uniformen auf den Straßen gesehen.

Vielleicht achtete ich auch nur mehr darauf, seit ich regelmäßige Arzttermine hatte.

»Hi, ich bin Judy.« Eine Frau mit einem Gerät auf Rollen betrat mein Untersuchungszimmer.

»Hi«, erwiderte ich schlicht.

»Bitte geben Sie mir Ihren Arm.«

Ich kam ihrer Aufforderung nach. Dann ließ sie mich allein auf meinen Betreuer oder meine Betreuerin warten. Ich hatte keine Ahnung, wer kommen würde, da ich bisher schon mehrere Personen gesehen hatte. Meist kümmerte sich eine Pflegespezialistin um mich, kein Arzt. Unverhofft kam mir ein Gedanke. Vielleicht handelte es sich bei den Wörtern um Synonyme.

»Guten Tag. Ich bin Skylar«, stellte sich mir eine Frau mit einer grauen Strähne im ansonsten mahagonibraunen Haar vor.

»Hi, ich bin Mareike«, hörte ich mich sagen, obwohl die Frau eine Patientenakte mit meinem Namen in der Hand hielt. Ich legte mich auf das gepolsterte Krankenbett, senkte das Haupt auf die erhöhte Kopfstütze, mein Shirt hochgezogen, die Hose aufgeknöpft. Das warme Gel auf meiner Haut und die Bewegungen des Ultraschallscanners überraschten mich jedes Mal wieder. Die Empfindung beruhigte mich. Das bewirkte das warme Gel immer.

Ich konnte mich noch gut daran erinnern, wie ich das erste Mal vor einer Ultraschalluntersuchung mit Gel eingerieben worden war, weil ich Bauchschmerzen hatte, die sich einfach nicht bessern wollten. Damals zog sich bei der eisigen Kälte jede Faser meines Körpers zusammen, als würde eine frische, saftige Weintraube schlagartig zu einer Rosine dehydriert. Jene Untersuchung ergab einen entzündeten Blinddarm. Der Arzt versprach mir einen Bikinischnitt. Deshalb musste ich zwei Wochen lang in Embryonalhaltung schlafen.

Das Gel kühlte ab. Die Arzthelferin bewegte den Cursor auf dem Computerbildschirm von einem Ende des weißen Babyschattens zum anderen.

»Wollen Sie den Herzschlag hören?« Die Frau sah mir in die Augen.

»Gern«, bejahte ich.

Ein rhythmischer Laut erfüllte den Raum. Mein Baby! Die Geräusche gingen von meinem ungeborenen Kind aus. Beim Klang des pulsierenden Herzschlags löste sich etwas in mir. Tief in mir. Tränen kullerten mir über die Wangen. Wir würden ein Baby bekommen.

Ein neuer Mensch wuchs in mir heran. Bald würden wir eine dreiköpfige Familie sein. Guido und ich würden rund um die Uhr für eine hilflose Person verantwortlich sein. Und wir hatten noch nicht alles, was wir dafür brauchten.

»Möchten Sie einen Ausdruck der Ultraschallbilder mit nach Hause nehmen?«, fragte die Pflegerin.

»Gern«, wiederholte ich automatisch, als wäre es das einzige Wort, das ich kannte. Natürlich hatte ich viel mehr englische Wörter gelernt. Aber die Entwicklung von meinem Schulenglisch zu brauchbarem Alltagsenglisch erwies sich als unerwartet große Herausforderung. Immerhin hatte ich Englisch in der Schule von der dritten Klasse bis zum Schluss gehabt. Mal abgesehen davon, dass ich bei der Abiturprüfung beinah durchgerasselt wäre.

Ich wischte die von der Pflegerin übersehenen Reste des Gels weg, bevor ich meine Kleidung wieder nach unten zog. Aus dem Computerterminal ratterte ein Streifen Papier. Die Pflegerin riss ihn ab. Sie faltete die Bilder des Ungeborenen zusammen und steckte sie in einen Umschlag, bevor sie mir die ersten Fotos meines Babys überreichte.

»Bitte vereinbaren Sie Ihren nächsten Termin am Empfang.«

»Gern«, wiederholte ich erneut. Am liebsten hätte ich mich angesichts meiner ewig gleichen, einsilbigen Erwiderungen selbst geohrfeigt.

Nachdem mir die Pflegerin am Empfang den 8. Dezember als nächsten Termin vorgeschlagen hatte, zog ich den Reißverschluss zu und wickelte meinen Schal um mich.

Draußen bog ich erst nach links, dann nach rechts und ließ das Gesundheitszentrum hinter mir. Meine Füße traten den schnellsten Weg nach Hause an. Nur eigentlich erwartete mich dort nichts. Die Wände und das Dach boten zwar eine sichere Zuflucht, allerdings fehlte es ihnen an der Wärme eines echten Zuhauses.

Mein Blick wanderte in die entgegengesetzte Richtung. Abenteuerlust regte sich in mir. Ich änderte die Richtung und trabte die Straßen entlang, ließ jede Kleinigkeit auf mich wirken.

Im Gegensatz zu mir plante Ulrike alle zwei Monate kurze Ausflüge und zweimal jährlich längere Reisen. Manchmal wurde ich darauf neidisch, und mir rutschte ein bissiger Kommentar darüber heraus. Jedes Mal konterte sie mit den Worten: »Du kannst ja auch reisen. Musst es nur planen.« Oder: »Kannst gern mitkommen.« Was ich nie tat.

Ich betrachtete die unterschiedlich gestalteten Häuser. Dabei wurde mir klar, warum meine Schwester um die Welt reiste, wann immer sie konnte. Mein temporäres Zuhause fühlte sich für mich so ähnlich wie mein eigentliches an und doch auch so fremd.

Mein Blick suchte den gegenüberliegenden Bürgersteig ab, und ich blieb stehen. Die Straßen in diesem Land hatten gelbe statt weiße Streifen in der Mitte der Fahrbahn. Diese besondere Straße wies sogar drei Linien in drei verschiedenen Farben auf – grün, weiß und rot. Eine Flagge? Oder die Farben einer Flagge? Wie in den Geschäften? Aber in dem Fall befanden sie sich auf der Straße. Ich durchforstete mein Gedächtnis nach geografischen Informationen. Ein paar Erklärungen schlängelten sich durch meine Verwirrung. Am wahrscheinlichsten erschien mir, dass die Straße hauptsächlich von Italienern bewohnt wurde oder worden war. Eine aufsehenerregende Art, die eigene Herkunft zu ehren.

Ich setzte meinen Spaziergang fort. Weitere Eindrücke von meinem neuen Zuhause wirkten auf mich ein. Meine Füße bremsten ab … und bewegten sich zurück. Ein riesiges Schild mit vier Großbuchstaben unterbrach meinen Gedankengang – YMCA. Mein Mund klappte auf. Ich wiederholte die Buchstaben in meinem Kopf. Mehrfach, bis der Mund und die Stimmbänder mitmachten. Dann sang ich: »YMCA, da da da YMCA.« Dazu machte ich die Buchstabengesten der Band. Ich konnte mich einfach nicht zurückhalten.

Aber was bedeutete das? Hingen der Song und das unscheinbare Gebäude vor mir irgendwie zusammen? Ich versuchte, mich an den Text zu erinnern. Vergeblich. Ich zögerte, hineinzugehen. Letztlich jedoch überwog der Wunsch, vor meiner Schwester damit zu prahlen, dass ich im YMCA gewesen war, meine Scheu davor, ein Gespräch mit einer oder einem Fremden zu beginnen.

»Guten Morgen. Was kann ich für Sie tun?«, begrüßte mich eine Frau mit lockigem rotem Haar.

»Guten Morgen. Ich hab mich gefragt, was für ein Ort das hier ist«, sprudelte es aus mir heraus.

»Es ist ein YMCA«, antwortete die Frau.

Ach echt?, dachte ich bei mir. Ich sah mich um. »Das verstehe ich nicht«, überbrückte ich die peinliche Stille in der Hoffnung, eine bessere Erklärung von ihr zu bekommen.

»Das Y ist so was wie ein Gym, ein Gemeinschaftszentrum«, sagte die Frau hinter dem Schalter.

»Ah, okay«, erwiderte ich, ohne wirklich zu wissen, was ich von der Information halten sollte. Bei »Gym« dachte ich unwillkürlich an Gymnasium. Eine Annahme, die das Fehlen jeglicher Kinder weit und breit zerschoss.

»Möchten Sie beitreten?« Die Frau legte ein Formular und einen Stift vor mich hin.

»Nein, danke.« Damit untermauerte sie endgültig, dass es sich um keine Schule handelte. Ich trat den Rückweg nach draußen an. Dabei bemerkte ich ein beiges Schild an der Wand neben der Ausgangstür. Young Men's Christian Association stand darauf. Ich schnappte nach Luft. Meine Kinnlade klappte praktisch bis zum Boden auf.

Während des gesamten Wegs nach Hause rätselte ich über die Abkürzung und das Wort Gymnasium. Mir war aus dem Englischunterricht eine Lektion über sogenannte false friends in Erinnerung geblieben, falsche Freunde oder Übersetzungsfallen.

Sogar Guido war unlängst in eine davon getappt. Jedes Mal, wenn Guido seine familiäre Situation geschildert hatte, war von den Leuten bei ihm im Büro geschmunzelt worden. Ich hatte ihn ermutigt, nach dem Grund für die Heiterkeit seine Kolleginnen und Kollegen zu fragen. Anfangs brachte er nicht den Mut dafür auf. Was ich irgendwie nachvollziehen konnte. Immerhin arbeitete mein Mann nicht nur in einem neuen Büro, sondern auch in einem anderen Land mit einer fremden Sprache.

Aber nach einem weiteren Vorfall bei einer Gruppenbesprechung erbarmte Nicole sich seiner, nahm ihn beiseite und klärte ihn auf. Mein Mann hatte immer gesagt: »We are getting a baby.« Womit er ungewollt zum Ausdruck gebracht hatte, dass wir eifrig daran arbeiteten, ein Kind zu zeugen. Armer Guido. Seither sagte er nur noch neutraler, dass wir ein Kind erwarteten – »We are expecting a baby«. Vielleicht fiel die Sache mit Gymnasium und Sportverein in eine ähnliche Kategorie. Ein Wort, das wie das deutsche klang und geschrieben wurde, aber etwas völlig anderes bedeutete.

Samstag

Ich streckte mich auf dem Sofa aus. Mein Rücken schmerzte wieder. Draußen vor dem Fenster herrschte Dunkelheit. Ein Gähnen entrang sich mir, als ich den Laptop aufklappte. Hitze schoss mir ins Gesicht – der Computer zeigte zwei Uhr morgens an. Oh Mann. Guido schlief im Bett. Ich kuschelte mich von hinten an ihn und lauschte seinen rhythmischen Atemgeräuschen. Mein Gehirn schaltete nach und nach wieder ab.

»Guten Morgen«, flüsterte Guido mir ins Ohr. Das Aroma von frisch gebrühtem Kaffee lag in der Luft. Er hielt mir einen Becher vor die Nase. »Hast du gut geschlafen?«

»Weiß noch nicht. So gemütlich ist das Sofa nicht.«

»Ich wollte dich nicht wecken. Du bist mir so müde vorgekommen.«

»Danke, aber eigentlich hätte ich noch ein wenig Arbeit gehabt.«

»Zerbrich dir nicht mehr den Kopf über Arbeit. Du bist offiziell im Mutterschaftsurlaub.«

Richtig. Trotzdem quoll mein Posteingang über vor E-Mails von Tina, meiner Mutterschaftsvertretung, und Katharina, unserer Finanzberaterin. Meine Übergabedokumentation war wohl doch nicht so gut, wie ich gedacht hatte. Aber die Firma würde auch ohne mich überleben.

»Du, in einer halben Stunde müssen wir los.« Guido zog einen lila Pullover mit V-Ausschnitt an. Darunter lugte der weiße Kragen seines Hemds hervor. Ich nippte an der schwarzen Flüssigkeit im Becher, um in die Gänge zu kommen.

»Los?«, hakte ich nach.

»Zur Babyparty.«

»Wie spät ist es?«

Guido sah auf die Armbanduhr. »Es ist 11:30 Uhr.«

»11:30 Uhr. 11:30 Uhr? Also hab ich dreizehn – nein, vierzehn – Stunden geschlafen? Und ich fühl mich nicht mal ausgeruht.«

»Dann ist es ja gut, dass wir rausgehen und andere Leute treffen. Vielleicht weckt dich das auf«, meinte mein Ehemann.

Zwanzig Minuten später verließen wir unser Wohnhaus. »Was ist das für ein Geruch?« Ich würgte.

»Wahrscheinlich ein Stinktier«, vermutete Guido.

»Ein Stinktier? In der Stadt?«

»Ja. Sind keine Seltenheit. Wenn ich früher spät von der Arbeit nach Hause gekommen bin, hab ich praktisch in jedem Häuserblock eines herumschleichen gesehen«, schilderte Guido.

»Wow. Ich hab echte Stinktiere bisher nur im Zoo gesehen.«

Durch die Busfahrt nach Fresh Pond wurde ich etwas lebendiger. Als wir ausstiegen, befanden wir uns in einem Wohngebiet. Dreigeschossige Einfamilienhäuser aus Stein säumten die Straßen. Die meisten hatten umzäunte grüne Vorgärten. Büsche lugten zwischen den Metallgeflechten hervor. Mülltonnen säumten die Ränder der Bürgersteige. Autos parkten am Straßenrand.

»Hast du das gesehen?« Ich zeigte auf die Mülltonne vor uns. Guido schüttelte den Kopf. »Der Deckel hat sich gerade bewegt.« Kaum hatte ich es ausgesprochen, geschah es erneut. Wir gingen näher hin. Und wieder hob sich der Deckel. Eine bohnengroße, schwarze Nase kam einen Moment lang zum Vorschein.

»Was war das?«, fragte ich mich laut.

»Sehen wir nach.« Guido streckte zwar die rechte Hand aus, sein Körper jedoch hielt sich zurück. Er erschrak, als sich der Deckel abermals bewegte.

Aber Guido riss sich zusammen und nahm einen erneuten Anlauf. Ich kam ihm zuvor und schob den Deckel auf. Ein Eichhörnchen hopste auf den Rand der Plastikmülltonne, sprang auf den nächstgelegenen Baum, kletterte den Stamm hinauf und verschwand hinter einem Gewirr herbstlicher Blätter.

»Du hast 'ne gute Tat vollbracht«, beglückwünschte ich Guido mit einem Kuss auf die Wange, bevor wir den Weg zu unserem Ziel fortsetzten.

Drei Häuser weiter strebten an einem schwarzen Tor festgebundene Luftballons in metallic Rosa und Blau dem Himmel entgegen. Weiße Buchstaben darauf verkündeten: Bald ist es so weit.

»Oh nein. Hätten wir nicht was mitbringen sollen?« Ich zeigte Guido meine leeren Hände.

»Gill hat wiederholt betont, dass wir nichts mitbringen sollen.«

»Trotzdem«, protestierte ich. Es war meine erste Babyparty. Und nicht nur das: Es war meine Babyparty. Wir hätten wenigstens irgendetwas mitbringen sollen. Angst stieg in mir auf. Ich biss mir auf die Unterlippe.

Guido beugte und streckte die Finger. »Das wird lustig.« Die Selbstermunterung half ihm, die Türklingel zu drücken. Nur Sekunden später schwang die beigefarbene Tür nach innen auf, die Sturmtür nach außen.

Eine Frau mit grauem Pagenkopf und einem Rentierpullover erschien mit einem herzlichen Lächeln am Eingang. »Du musst Mareike sein.« Sie zog mich in eine Umarmung. »Ich bin Gill. Bitte kommt rein.«

Wir folgten unserer Gastgeberin in den ersten Stock. Eine von zwei Türen stand einen Spalt offen. Gemurmel, Gelächter und leise Jazzmusik drangen aus dem Raum hinter der angelehnten Tür. Allein die Musik beruhigte mich.

Ich setzte dazu an, den ersten Fuß aus dem Stiefel zu ziehen, bevor Gill ihre Wohnung betrat.

»Schon gut. Du kannst sie anlassen«, verkündete unsere Gastgeberin.

»Aber …« Kritisch betrachtete ich mein und Guidos Schuhwerk.

Feuchter Dreck verkrustete den unteren Teil. Guido zog Spuren hinter sich her.

»Ganz sicher?«, fragte ich zaghaft. Zu Hause würde ganz sicher niemand mit solchen Schuhen unsere Wohnung betreten. Tatsächlich kannte ich niemanden, der mich ohne bösen Blick mit den Schuhen reinlassen würde, wenn ich so unverfroren wäre, sie anzubehalten – unabhängig von der Jahreszeit.

»Natürlich«, bestätigte Gill. Mit einem breiten Lächeln schob sie uns beide über die Schwelle. Bevor ich auf irgendwelche Gesichter achtete, fiel mir auf, dass tatsächlich alle, die ich sehen konnte, noch ihre Straßenschuhe trugen.

»Die Ehrengäste sind da«, kündigte Gill uns an, kaum dass sie die Tür hinter uns geschlossen hatte. Meine Wangen loderten. Zwei Männer und zwei Frauen unterhielten sich hinter einem weißen Ledersofa. Eine der Frauen trug das schwarze Haar zu einem Pferdeschwanz zusammengebunden. Sie hielt die Hand eines Mannes, dessen breite Schultern auf einen ehemaligen Schwimmer hindeuteten.

Die andere Frau hatte langes blondes Haar mit Highlights. Barret, den ich als Einzigen schon kannte, stand nah bei ihr.

Ein leichter Anflug von Panik schnürte mir die Kehle zu. Vier Augenpaare hefteten den Blick auf mich. Wie versteinert stand ich da und wünschte, ich könnte mich in einen Panzer zurückziehen wie eine Schildkröte. Statt auf mich zuzustürmen, winkten mir beide Paare lächelnd und nickend zu. Erleichtert, dass ich von den anderen Gästen nicht sofort mit Aufmerksamkeit erschlagen wurde, lockerte ich die angespannte Kieferpartie.

Von hinten näherten sich Schritte. Ich drehte mich um. Ein kahl werdender Mann, der ebenfalls in einem Weihnachtspulli steckte, trug einen mit Alufolie bedeckten Teller. »Hi, ich bin Greg, Gills Ehemann.«

»Freut mich, dich kennenzulernen«, begrüßten Guido und ich ihn gleichzeitig.

»Hier ist alkoholfreier Sekt.« Gill bot mir eine Flöte mit einer rosa Flüssigkeit an.

Das kohlensäurehaltige Getränk schmeckte nach Himbeeren. Dabei kam mir der Gedanke, dass es sich um mein erstes kohlensäurehaltiges Getränk seit meiner Ankunft in den USA handelte. Normalerweise kauften wir immer eine Kiste Apfelschorle, Limonaden und Sprudelwasser. Aus irgendeinem Grund hatte Guido es noch nicht getan, seit ich angekommen war. Aber wirklich als Durstlöscher fehlte mir Waldmeister-Limonade.

Mit dem Glas in der Hand trat ich nervös von einem Bein aufs andere und nippte gelegentlich an meinem Getränk, während ich die anderen Gäste ansah.

»Schön, euch wiederzusehen«, begrüßte uns Barret und schüttelte uns beiden die Hand. »Bin froh, dass euch die Wohnung gefällt. Eigentlich wollten wir euch ja hierher mitnehmen, aber wir mussten noch die Jungs bei Collettes Eltern absetzen. Und natürlich hat Charlie unterwegs seinen Milchshake quer durchs Auto geworfen. Wir mussten nicht nur den Innenraum reinigen, sondern auch noch nach Hause und uns umziehen.«

Bei der Schilderung des Verhaltens ihrer Kinder wurden meine Augen groß. Bisher hatte ich Wutanfälle von Kindern, die ich miterlebt hatte, größtenteils verdrängt und hoffte, dass unser Kind so werden würde wie ich, als ich klein war: ruhig und schüchtern.

Allerdings hatte ich mich laut meiner Mutter nur außerhalb unserer vier Wände so verhalten.

»Aber wir bringen euch nach der Party gern nach Hause«, bot Barret an.

Bevor ich protestieren konnte, legte eine Frau in einem schwarzen, knielangen Kleid den Arm um Barret. »Hi, ich bin Collette. Schön, dich kennenzulernen«, sagte sie und streckte mir die linke Hand entgegen.

»Ich bin Mareike, Guidos Frau«, stellte ich mich vor.

»Hast du schon das Essen gesehen? Gill backt fantastische Cupcakes.«

Bei ihren Worten schwang mein Kopf prompt herum. Unter einem Fenster erhellten die Strahlen der Sonne ein von weiteren Luftballons flankiertes Buffet. Aber mir stach etwas über dem Fenster ins Auge.

»Was ist das da am Fenster?«, fragte ich.

»Das ist Klebefolie«, antwortete Barret.

»Aber sie haben vergessen, sie mit dem Föhn zu straffen«, fügte Collette hinzu.

»M-hm. Das versteh ich nicht«, gestand ich. Guido zog die Augenbrauen hoch.

»Das soll verhindern, dass Zugluft durchs Fenster hereinkommt«, klärte Collette mich auf.

»Oh, ich glaube, das brauchen wir auch.«

»Schau mal, Mareike.« Guido zeigte auf einen zweiten Tisch an der Wand rechts von uns. Mit Wäscheklammern befestigte Strampler hingen an einer aufgehängten Leine. Auf einer türkisen Kreidetafel in einem Rahmen stand mit schwarzer Kreide Stramplerbastelstation.

Daneben wiederum befand sich ein weiteres Schild mit der Aufschrift Geschenkabgabe. Darunter türmte sich ein ganzer Haufen von Geschenken. Ich wurde blass. Eine Schweißschicht kühlte meine Haut.

»Schau dir die Kekse an.« Guido ergriff einen runden. Ein aus Zuckerguss gefertigtes, aus einem Fläschchen trinkendes Baby zierte den Keks. Neben kleinen Burgern, Pizzastücken und Obstspießen schmückten weitere in Form von Babyfüßen den Holztisch. Ich schob mir einen der winzigen Burger in den Mund. Gill griff sich eine mit Babyfläschchen gemusterte Serviette. Sie bot sie mir an, und ich wischte mir Fett von den Mundwinkeln.

»Danke«, murmelte ich.

»Herzlichen Glückwunsch. Wird es ein Junge oder ein Mädchen?«, fragte sie.

»Ein Junge.«

»Ein Junge, ha. Vergiss bloß nie, den Penis abzudecken, sonst wirst du vollgesprüht.«

Ein verlegenes Kichern rutschte mir heraus. »Hast du auch Kinder?«, erkundigte ich mich.

»Ja, vier. Alles Jungs«, antwortete die Gastgeberin.

Meine Augen wurden groß. »Vier?«

»Ja, aber sie sind inzwischen alle auf dem College. Ich hab gehört, dass du schon im Mutterschaftsurlaub bist«, fuhr Gill fort.

»Stimmt, bin ich. Hat gerade angefangen«, erklärte ich.

»Hast du gewusst, dass die Versicherung Geburtsvorbereitungskurse bezahlt?«

»Nein, aber danke«, erwiderte ich.

»Was machst du, wenn du nicht im Urlaub bist?« Gills Ehemann Greg gesellte sich zu uns.

»Ich bin Controllerin.«

»Oh, entschuldigt mich«, warf Gill plötzlich ein. Sie eilte in Richtung der Küche davon.

»Controllerin? Und kontrollierst du was Bestimmtes?«, hakte Greg nach.

»Ich kontrolliere das Endergebnis sozusagen.«

Seine Augenbrauen zogen sich zusammen. »Versteh ich nicht.«

»Also, ich arbeite für eine kleine Limonadenfabrik. Kurz gesagt sorge ich dafür, dass die Zahlen stimmen und das Unternehmen einen Gewinn schreibt. Oft müssen Kosten eingespart werden, zum Beispiel bei Preissteigerungen der Zutaten. Also prüfe ich alle Möglichkeiten, um die Produktionskosten zu senken, suche nach neuen Lieferanten, schlage andere Verpackungsoptionen vor, beispielsweise den Austausch von Materialien oder das Weglassen von Dingen, die für das Hauptprodukt nicht unbedingt notwendig sind. Und was machst du so?«

»Ich bin der Techniker im Büro«, erklärte Greg. »Wenn Guido abreist, übernehme ich von ihm seine Aufgaben.«

»Wie ist die neue Wohnung?«, erkundigte sich Collette.

»So weit, so gut.«

»Hast du genug Platz im Gefrierschrank?«, fragte sie.

»Äh … Wie meinst du das?« Ich hatte noch nie bewusst meinen Gefrierschrank überprüft und mir gedacht: Guido, lass uns losziehen und einen größeren kaufen.

»Du solltest so viel Essen wie möglich vorkochen und einfrieren, damit du nicht so oft an den Herd musst. Glaub mir, Schätzchen, wenn das Baby erst mal da ist, wirst du ständig erschöpft und froh sein, wenn du was zum Aufwärmen hast.«

Meine Augen weiteten sich, als ich langsam zustimmend nickte. Klang völlig einleuchtend. Ich hatte mir nur noch nie mich selbst in einer solchen Lage vorgestellt. Schon gar nicht mit meinen Kochkünsten. Ich warf einen Seitenblick zu meinem Mann, der sich angeregt mit Steve unterhielt.

»Hi, ich bin Paula«, stellte sich die schwarzhaarige Frau vor, als sie sich zu unserem Gespräch gesellte.

»Freut mich, dich kennenzulernen. Ich bin Mareike«, gab ich zurück.

»Wie hast du dich bisher eingelebt?«, fragte sie.

»Recht gut. Denke ich. Ist noch alles ziemlich neu für mich.«

»Bei welchen Kindertagesstätten habt ihr euch beworben?«

»Kindertagesstätten? Beworben?«

»Ja. Ich hab uns bei vier angemeldet, sobald ich von meiner Schwangerschaft erfahren habe«, erklärte Paula.

»Wo seid ihr reingekommen?«, hakte Collette nach.

»Nirgendwo. Am Ende mussten wir uns bis zur Vorschule mit einer Tagesmutter begnügen«, erklärte Paula.

»Okay, Leute«, dröhnte Gills Stimme. »Kommt mal alle

zusammen. Ich hab ein paar Spiele vorbereitet.«

Oh nein! Spiele? Was für Spiele denn?

»Da drin sind verschiedene Gegenstände«, begann sie und hielt eine steingraue Tasche hoch, groß genug, um als Aktentasche durchzugehen. Drei Reißverschlüsse unterschiedlicher Längen boten Zugriff auf Taschen von der Vorderseite bis zur Mitte.

»Ihr müsst aufschreiben, was die Gegenstände eurer Meinung nach sind – ohne reinzuschauen, nur tasten.« In der anderen Hand hielt sie ein Holzbrett mit Papier und Stiften darauf. Sie reichte ihrem Mann das Schreibzeug. Er nahm sich einen Zettel und einen Stift, bevor er den Rest an mich übergab.

Ich folgte seinem Beispiel, nahm mir einen Zettel und einen Stift und reichte das Brett mit den Schreibsachen weiter. Greg betastete bereits die Gegenstände in der Tasche und notierte, worum es sich handeln könnte. Als er fertig war, gab er die Tasche mir. Ich griff hinein. Fünf unterschiedlich große Gegenstände purzelten innen herum. Vier davon in Plastik verpackt. Der fünfte bestand aus gewebten Fasern. Vielleicht ein Waschlappen? Aber die Abmessungen stimmten nicht.

Womöglich ein Handtuch. Nur ließ mich das dünne Material an der Schlussfolgerung zweifeln. Vielleicht irgendein Strampler. Obwohl ich nicht wirklich eine Ahnung hatte, schrieb ich den Strampler auf. Eins von fünf, hurra.

Zufrieden übergab ich die Tasche an Guido. Nach meinem Ehemann warteten vier weitere Personen darauf, an die Reihe zu kommen.

Alle fassten in die Tasche, rieten und schrieben ihre Vermutungen auf. Die Gesellschaft anderer empfand ich als angenehm. Zu Hause hatten mich täglich Guido, unsere Freunde, unsere Familien und Kollegen umgeben. Außerdem hatte ich regelmäßig mit meiner Schwester an Tagen, an denen wir uns nicht sahen, geplaudert.

Mir war gar nicht bewusst gewesen, wie einsam ich mich in den letzten Wochen angesichts all der Veränderungen gefühlt hatte. Die Erkenntnis hatte ich jedes Mal verdrängt, wenn ich einen Anruf meiner Schwester verpasst hatte, weil wir noch im Bett lagen. Und wenn ich dann versuchte, sie zu erreichen, war sie bereits bei der Arbeit. Die Zeitverschiebung forderte ihren Tribut.

»Also gut, Leute. Alle waren schon mal dran. Lasst uns

nachsehen, wie viel ihr richtig erraten habt.« Gill drehte die Tasche um. Der Inhalt kullerte zu einem Haufen heraus. Als ich die Gegenstände sah, verdrehte ich die Augen über mich. Eine Packung Feuchttücher, ein noch verpackter Schnuller, eine kleine Packung Windeln, Stillcreme und eine Wickeldecke. Ich hatte null richtig.

»Und das ist für dich.« Gill schob die Tasche in meine Richtung.

Meine Augen weiteten sich vor Überraschung. »Wie bitte?«

»Wir haben gehört, dass du noch keine Wickeltasche hast – also hier ist eine«, erklärte die Gastgeberin.

Bevor ich protestieren konnte, rief Gill schon zum nächsten Spiel auf – Babynahrung erraten … mit verbundenen Augen.

Oh Mann. Zum Teil schmeckten die Breie, die wir mit Löffeln zu kosten bekamen, wirklich grauenhaft. Sind die Geschmacksknospen von Babys so anders als die von Erwachsenen? An sich liebte ich jede Art von Apfelmus, ob gesüßt oder ungesüßt, doch diese Pampe bekam ich kaum runter. Gedankennotiz: Alles probieren, bevor das Baby damit gefüttert wird. Nur für alle Fälle.

»Okay, wie wär's, wenn wir jetzt ein paar Geschenke auspacken?«, schlug Gill nach dem Ratespiel mit der Babynahrung vor.

Sie setzte mich aufs Sofa und reichte mir ein verpacktes Geschenk nach dem anderen. Ich wickelte einen großen Karton Windeln aus, ein Mobile, eine Babywippe und ein Set zum Anfertigen von Babyfußabdrücken.

Es fühlte sich wie mein Geburtstag und Weihnachten zugleich an. Überwältigt von der Großzügigkeit von Guidos Kollegen konnte ich mich nur immer wieder bedanken.

Mit so vielen Geschenken hatte ich nicht gerechnet.

Kurz nach dem Auspacken löste sich die Party allmählich auf, und jeder Gast bekam Cupcakes in Tüten mit.

Barret trug den Karton mit den Windeln und das Mobile. Collette brachte die Cupcakes für uns nach unten.

»Bist du sicher, dass es nicht umständlich ist?«, vergewisserte ich mich bei ihr.

»Keine Sorge. Wir haben ein großes Auto.«

Beruhigt von ihren Worten hievte ich mir die Wickeltasche über die Schulter. Guido trug die Wippe mit den Stramplern von der Bastelstation und das Set für die Fußabdrücke.

»Vielen Dank, dass ihr uns nach Hause bringt«, sagte ich zu dem Paar.

»Ist ehrlich überhaupt kein Problem. Wir haben den Abend sowieso frei – die Jungs übernachten bei meiner Mutter«, erinnerte mich Guidos Kollege.

»Du hast ja keine Ahnung, wie dringend wir das gebraucht haben«, warf Collette ein. »Wir können essen, was wir wollen. Wir können uns im Fernsehen anschauen, was wir wollen.« Erleichterung schwang in ihrer Stimme mit.

Collette und Barret geleiteten uns den Gehweg entlang. Plötzlich blieben sie neben einem roten Auto stehen. Und nicht irgendeinem Auto, sondern einem riesigen Pick-up. Eher gigantisch. Die Motorhaube des Fahrzeugs ragte so hoch auf wie mein Kopf. Und ich war nicht winzig, eher durchschnittlich für eine Frau. Aber wie konnte es sein, dass die Motorhaube eines Autos über 1,65 Meter hoch sein durfte?

Die Karosserie des Fahrzeugs befand sich mindestens dreißig Zentimeter über den breiten Rädern. Ich hoffte, dass es irgendwo eine Einstiegshilfe gab, um die Sitze zu erreichen.

»Vielen Dank für eure Hilfe.« Guido verstaute die Wippe hinten auf der Ladefläche.

»Gar kein Problem«, wiederholte Barret.

Collette öffnete die hintere Tür für mich. Gleichzeitig fuhr ein Auftritt nach unten aus. Mit dessen Hilfe hievte ich mich auf den Rücksitz des Trucks. Ich fühlte mich im geräumigen Fond geradezu winzig. Schon von außen wirkte der Wagen so lang wie ein Van. Unser kleiner Peugeot hätte in den Fahrgastraum gepasst.

Mit brummendem Motor rollte der Pick-up durch die Stadt. Obwohl es noch nicht mal fünf Uhr nachmittags war, herrschte bereits Dunkelheit. Auf den Kunstledersitzen fühlte ich mich wie ein Kleinkind und stand kurz davor zu fragen: Sind wir endlich da?

Eine Pause von der Pause

31. WOCHE

15 MONDAY

- Spazieren gehen
- C-mails organisieren
- Mama antworten

M	1	8	15	22	29
T	2	9	16	23	30
W	3	10	17	24	
T	4	11	18	25	
F	5	12	19	26	
S	6	13	20	27	
S	7	14	21	28	

TUESDAY 16

- Spazierengehen
- Mittagsschlaf

17 WEDNESDAY

- Outlet center
- Einkauf planen

18 THUERSDAY

- Guido holt uns ab
- Niagarafälle lesen

FRIDAY 19

ROAD
TRIP

SATURDAY 20

Niagara Falls

21 SUNDAY

Ulrike

TO DO

Fürs WE packen
Ulrike absagen

Wochenrückblick

Donnerstag

Kein Chatten diesen Sonntag. Wir fahren zu den Niagarafällen, textete ich Ulrike.

Ich bin so neidisch. Irgendwann will ich sie auch sehen. Freu mich schon drauf, alles darüber zu hören.

Noch hast du Zeit, uns zu besuchen. Von hier sind sie näher als von Potsdam aus.

Da hast du recht, aber ich glaub nicht, dass ich das schaffe.

»Was machst du?«, fragte Guido.

»Ich texte mit meiner Schwester. Wie ist das Auto?«

»Schön. Fühlt sich brandneu an, und die Automatik ist so einfach zu fahren. Außerdem habe ich 'ne Karte gefunden.« Guido hielt ein spiralgebundenes Buch hoch. »Ich lege nur den Besucherparkausweis ins Auto, dann sehe ich mir die Karte an.«

»Okay. Hast du deine Tasche gepackt?«, erkundigte ich mich.

»Nein. Mache ich, bevor ich ins Bett gehe.«

»Okay.« Ich wandte die Aufmerksamkeit wieder meiner Schwester zu.

Euch zwei wünsche ich eine schöne Reise. Wir hören uns nächste Woche wieder.

Ja, danke. Dir auch ein schönes Wochenende.

Freitag

Meine Lider öffneten sich langsam, fielen jedoch bald wieder zu. Der Motor brummte rhythmisch. Das beruhigende Hintergrundrauschen verstärkte meinen Drang zu dösen. Aber mein Gewissen setzte sich gegen meine Lider durch. Statt vor dem Nickerchen zu kapitulieren, streckte ich im beengten Innenraum des Mietwagens die Gliedmaßen. Die strahlende Sonne stand tief im Südosten. Unsere Reise zu den Niagarafällen hatte gerade aber schon im Dunkeln begonnen.

Zweimal täglich staunte ich – einmal über den schnellen Sonnenaufgang, einmal über den rasanten Sonnenuntergang. Zu Hause dauerten Morgen- und Abenddämmerung viel länger. Die Helligkeit war hier irgendwie intensiver.

Durch mein begrenztes naturwissenschaftliches Wissen drängte sich mir dafür keine richtige Erklärung auf. Vielleicht hing die Helligkeit wie der schnelle Wechsel von Tag und Nacht mit meinem neuen geografischen Standort zusammen. Jedoch spiegelte die Ostküste die Jahreszeiten wie in Deutschland wider. Ich zog mein Handy zu Rate, obwohl mir schmerzlich bewusst war, dass mir kein Internet zur Verfügung stand. Dennoch rief ich die Weltkarte auf. Leider zeigte mein Display eine stark verpixelte Auflösung an. Ich vergrößerte und verkleinerte die Ansicht, um unseren aktuellen Standort mit unserem Zuhause zu vergleichen. Leider war es zwecklos.

Zum Glück enthielt die Papierversion die Antwort. Guido verströmte pure Freude, wenn er die Karte studierte. Ich konnte mich nicht mal mehr daran erinnern, wann ich zuletzt eine Papierkarte benutzt hatte.

»Was hast du vor?«, fragte Guido.

»Ich will rausfinden, ob Boston auf derselben Höhe wie Potsdam liegt.« Die bunte Übersicht enthielt hauptsächlich Bildmaterial von Straßen und Ortschaften in Massachusetts. Ganz hinten folgte eine Darstellung der Welt. Mein rechter Zeigefinger schwebte über Boston. Mit der Spitze zeichnete ich eine Linie in Richtung Europa. Aha. Ich atmete aus.

»Die geografische Lage von Boston ist nicht auf einer Linie mit Berlin«, teilte ich meinem Mann mit.

»Oh, wie überraschend.«

»Ja, ist es. Boston liegt viel näher am Äquator.«

»Vielleicht ist das Licht hier deshalb so viel heller«, überlegte Guido laut.

»Ist mir auch aufgefallen. Aber wenn ein Land näher am Äquator liegt, ist das Klima dann nicht tropischer?«, fragte ich. Ein Bild eines Regenwalds tauchte vor meinem geistigen Auge auf.

»Vielleicht ist der Grund für deine Verwirrung die Karte selbst«, kam es von Guido.

»Wie meinst du das?«

»Nun, die Länder auf einer Weltkarte zeigen die Größe nicht proportional an. Die Mercator-Projektion ermöglicht eine 2D-Darstellung der Welt, verzerrt aber die Größe der Länder im Vergleich zur Realität.«

Hitze stieg mir ins Gesicht. »Äh … was?« Ich empfand es immer als Schlag ins Gesicht, wenn mir in Gegenwart meines Ehemanns schwere Wissenslücken aufgezeigt wurden. »Und was heißt das?« Ich schluckte unter der schmerzlichen Erkenntnis, dass mein Mann mein peinliches Unverständnis längst mitbekommen hatte.

»Deutschland passt fasst in Kalifornien rein«, erklärte Guido.

»Hm.« So erstaunlich ich die Information fand, sie beantwortete meine Frage überhaupt nicht. Oder doch? Was, wenn Boston in Wirklichkeit mit Potsdam und nicht mit Barcelona auf einer Linie lag? Nach allem, was ich bisher gesehen hatte, konnte man sogar die Flora mit der zu Hause vergleichen.

Die Bäume zogen schneller vorbei, als Guido beschleunigte. »Was machst du denn?« Ich spähte mit zusammengekniffenen Augen zu meinem Mann. Guido überholte rechts ein Auto.

»Ich überhole«, erwiderte er.

»Das hab ich gesehen. Aber auf der rechten Spur«, rief ich aus, verblüfft von seiner Unbekümmertheit.

Guido war kein schlechter Fahrer, aber auch kein besonders versierter. Ich auch nicht. Zu Hause benutzten wir kaum das Auto, obwohl wir einen Peugeot 103 besaßen. Einmal im Monat brachte er uns zum Wandern in den Harz oder ins Elbsandsteingebirge. Dennoch hatten wir beide bereits im Alter von achtzehn Jahren den Führerschein gemacht. Wir hatten reichlich Erfahrung gesammelt. Das Überholen auf der rechten Spur konnte nicht nur mit Bußgeld geahndet werden, sondern auch zu einem Punkt in Flensburg führen.

Bevor ich meinen Protest kundtun konnte, überholten mehrere Autos auf der rechten Spur jene in der Mitte und einige in der Mitte jene Fahrzeuge auf der linken Spur. Was ist denn hier los?

»Es sieht so aus, als wäre rechts überholen hier erlaubt«, rechtfertigte sich Guido. Autos zogen links und rechts an uns vorbei.

»Vielleicht«, räumte ich ein.

Schilder entlang der Autobahn sausten vorüber. Sie waren grün statt blau. Ich kicherte.

»Was ist so lustig?«, fragte Guido.

»Ist dir schon aufgefallen, dass wir durch die Welt oder eigentlich Teile Europas fahren?«

»Wie meinst du das?«, hakte mein Mann nach.

»Ich hab schon Ausfahrten für Amsterdam, Rotterdam, Verona und Rom gesehen.«

»Ich vermute mal, die ersten Siedler sind von dort gekommen und haben die Orte hier danach benannt«, mutmaßte Guido.

»Wahrscheinlich hast du recht. Aber warum?« Wenn ich mich recht erinnerte, waren die ersten offiziellen Siedler aus wenig erstrebenswerten Gründen in Plymouth gelandet. Oh, die Stadt müssen wir unbedingt auch besuchen. Ich grübelte darüber nach, warum sich diese Menschen damals hier niedergelassen hatten. Erkundungsdrang? Die Suche nach dem großen Glück? Flucht vor widrigen Umständen? In Gedanken merkte ich mir vor, später darüber zu recherchieren.

Ich unterdrückte ein Gähnen. Die Interstate dehnte sich zu einer endlosen, langweiligen Fahrt aus. »Was hältst du davon, wenn wir hier abfahren und schauen, ob wir irgendwas zum Übernachten finden?«, schlug ich vor.

»Ist mir auch gerade in den Sinn gekommen.« Zu Beginn der Reise hatten noch mehrere Schilder auf Tankstellen, Restaurants und Unterkünfte hingewiesen. Seit zwei Stunden jedoch waren keine mehr aufgetaucht. Sogar Ausfahrtsschilder waren ausgeblieben. Mein Blick wanderte zur Tankanzeige. Es fehlten nur noch wenige Millimeter zum roten Bereich.

Meine Schultern spannten sich an. Mein Blick suchte die Seiten der Straße ab. Dann ließ ein Klicken meinen Kopf herumwirbeln. Die Tankanzeige leuchtete orange auf. Die Atmosphäre im Auto wurde bedrückend, und ich kniff die Augen zusammen. Ich hielt nach einer Tankstelle Ausschau.

An einer Verzweigung blinkte mein Ehemann rechts. Guido fuhr von der Autobahn ab. Er schlug eine willkürliche Straße nach Norden ein. Wir gerieten auf eine schmälere Straße, die in zunehmend dichterem Wald verlief. Keine Tankstelle, kein Restaurant, kein Hotel, keine Pension weit und breit.

Die Sonne war im Westen untergegangen. Guido kroch die Straße entlang dahin. Noch langsamer, und ich hätte gewettet, dass er versuchte, ein Klischee aus Horrorfilmen nachzuahmen. Ich stellte mir vor, dass jeden Moment eine gruselige Gestalt hinter einem der Baumstämme hervorspringen würde. Wie zur Betonung der unheimlichen Atmosphäre zog Bodennebel auf. Schattierungen von Blau über Gelb bis hin zu Orange und Rosa verschwanden im Schwarz der Nacht. Guido wurde noch langsamer.

»Was machst du denn?«, kreischte ich beinah.

»Schau.« Er zeigte auf ein drei Meter hohes Schild: Black Forest Motel. Ich rieb mir die Augen. Und tatsächlich standen darunter die Worte des Abends: Freie Zimmer. Mitten im Nirgendwo.

Nein, nicht im Nirgendwo. Mitten in einem dunklen Wald. Wir fuhren weiter. Nach zehn Minuten, die sich wie eine Stunde anfühlten, geriet ein eingeschossiges Gebäude in Sicht. Die Farbe blätterte von den Fensterrahmen ab. Späne ragten von den Holzstützen des Vordachs über dem Gang zu den einzelnen Zimmern. Nur in einem Raum brannte Licht. Drei Autos parkten vor dem Gebäude.

Die Bürotür knarrte, als wir durch den Haupteingang eintraten. Gleichzeitig bimmelte eine Glocke über uns. Eine kesse junge Frau mit rosa Lippen und extra blondem Haar begrüßte uns mit einem herzlichen Grinsen. »Willkommen im Black Forest Motel. Möchten Sie ein Zimmer?« Verblüfft von ihrem Aussehen reagierten wir zunächst beide nicht auf ihre Frage. Ihr Lächeln verblasste, während ihr Blick zwischen uns hin und her wanderte. »Brauchen Sie sonst was?«, hakte sie nach und schien nicht recht zu wissen, was sie mit uns anfangen sollte.

Guido räusperte sich. »Wir brauchen ein Zimmer.« Seine Stimme zitterte leicht. Ich erstarrte, weil das Gefühl, mich in »Bates Motel« zu befinden, meine Realität erneut in Frage stellte. Früher hatte Twilight Zone zu meinen Lieblingsserien gehört. Plötzlich wähnte ich mich selbst in einer Episode. Aufgeregt, bang, scheu und doch voller Freude saugte ich diesen Moment auf.

Die Angestellte gab Guido einen Schlüssel, nachdem er für die Nacht bezahlt hatte. »Ab wann gibt's Frühstück?«

»Wir bieten kein Frühstück an. Wir sind ein Motel.«

Das hier nennt sich Motel, weil's kein Frühstück gibt?, lag mir auf der Zunge.

»Können wir hier irgendwo in der Nähe frühstücken?«, erkundigte sich Guido.

Ich fürchtete ihre Antwort: Zehn Kilometer südlich.

»Zwei Meilen, dann sehen Sie rechts einen Diner.« Eine Flamme loderte in mir auf. Ein Diner! Wie in einem amerikanischen Film.

Wir schleppten uns die Reihe der Türen entlang und blieben vor der stehen, die Nummer neun sein sollte. Allerdings fehlte dem gerosteten Schild ein Nagel. Dadurch sah die Zahl wie eine Sechs aus.

Ich schloss die Tür auf. Guido holte unser Gepäck aus dem Auto. Natürlich parkte unser Mietwagen direkt vor Zimmer Nummer eins.

Die Tür schwang auf. Ich schaltete das Licht ein. Guido schnappte nach Luft. Ich lachte. Wir schienen tatsächlich in unsere persönliche Twilight Zone geraten zu sein. Jede Schattierung von grausigem Braun wetteiferte in unserer Unterkunft um die Vorherrschaft. Der Teppich, das Bettbezug, die Tapete, die Vorhänge, die Kommode, die Nachttische, die Leselampen – ich konnte ehrlich nicht entscheiden, welchen Braunton ich am schlimmsten fand. Leider begleitete das Farbschema auch ein vertrauter Geruch.

Alter Zigarettenrauch saß in den Textilien des Raumes fest. Aschenbecher mit dunklen Schatten warteten auf den Nachttischen darauf, benutzt zu werden, obwohl an der Rezeption Rauchverbotsschilder hingen. Ein weißer Aufkleber neben der Zimmertür verkündete dieselbe Botschaft.

Ich spähte durch die Fenstervorhänge. Dunkelheit verhüllte die Bäume. Im Wald zu übernachten, war auch keine gute Idee. In Horrorfilmen erging es mit dieser Strategie niemandem gut.

Nachdenklich starrte ich zu unserem Mietauto. Guido folgte meinem Blick. »Die Rückbank ist zu klein. Außerdem wird es eiskalt werden.« Ich schürzte die Lippen. Niedergeschlagen zog ich die Vorhänge zu.

»Hast du nach dem Passwort fürs Internet gefragt?« Am Spiegel mit dem mokkafarbenen Holzrahmen hafteten Zahnpastaspritzer. Guido zuckte mit den Schultern. Ich schob den bräunlichen Duschvorhang zur Seite. Und konnte mich nicht überwinden, die Dusche zu benutzen. Geschwärzte Kratzer zierten die Wände.

Ungeduscht schlüpfte ich in meinen Schlafanzug und zog die schokoladenbraune Bettdecke zurück. Darunter entdeckte ich einen dünnen, pissbeigen Matratzenbezug. Mühsam zwängte ich meinen schmerzenden Körper zwischen ihn und das dünne Laken. Ich zupfte an den Seiten des Stoffs und hoffte, mein Mann würde sich beeilen. Vor lauter Frösteln vergaß ich den Drang, mein Handy auf neue Nachrichten zu überprüfen.

Endlich schmiegte sich Guido neben mich. Ich drückte meine kalten Füße an seine warme Haut. Wenigstens lud die Matratze in Kombination mit meinem heißen Ehemann zum Schlafen ein.

»Hörst du das?«, flüsterte Guido.

Ich spitzte die Ohren. Ein rhythmisches Quietschen drang durch die Luft, unterbrochen von einem leisen Stöhnen. Guido grinste erwartungsvoll. Als ein regelmäßiges Klopfen gegen unsere Wand hinzukam, wurde überdeutlich, was unsere Nachbarn trieben.

»Wie wär's, wenn wir das versuchen?«, schlug Guido vor.

»Wir haben schon ein Baby gemacht«, erwiderte ich gähnend.

Samstag

Auf der einspurigen Straße begegnete uns kein anderes Auto. Tiefhängende Wolken verdüsterten die ländliche Umgebung. Nur an Strommasten geheftete Bilder von Basketbällen mit Namen und Nummern steuerten einen Tupfen Farbe bei.

»Weißt du, was das bedeutet?« Ich zeigte auf die Bilder am Straßenrand, die eindeutig keine Wegweiser waren.

»Vielleicht ist es eine Schulmannschaft?«, schlug er vor. Ich holte mein Tagebuch heraus.

1) Warum hängen Schuhe an Oberleitungen?
2) Warum gibt es zwei Türen?
3) Was bedeuten die Bilder am Straßenrand?

Und beinah hätte ich vergessen …

4) Warum geht die Sonne so schnell unter?

Was noch? Meine Finger trommelten mit der Stiftspitze auf das Blatt. Mein Blick heftete sich auf den Horizont. Zwei Häuser links und rechts der Straße kamen in Sicht. Sobald wir sie passierten, tauchten mehrere Wohnhäuser auf. Wir erreichten eine Ortschaft.

»Ich glaube, das ist es.« Guido parkte vor einem Gebäude mit hohen Schaufenstern. Der Diner. Guido zeigte auf einen dösenden Lkw. Wir begutachteten den Transporter. Riesig war das Fahrzeug. Oder besser: kolossal. Die Motorhaube wies locker die Breite von vier Kühlschränken auf.

Wir hatten auf der Autobahn mehrere Nutzfahrzeuge überholt. Diese Langstreckenlaster hatten deutlich mehr Pferdestärken unter der Haube als deutsche Lkw. Ich konnte mich nicht daran erinnern, zu Hause auf Autobahnen je von einem Laster überholt worden zu sein.

Guido stellte sich vor dem Ungetüm der Straße hin – vor dem Kühlergrill sah er geradezu winzig aus. Ich schoss ein Beweisfoto. Dann begann mein Magen, wie ein wütender Hund zu knurren.

Wir traten in das Restaurant. Ich kniff mich. Sechs Tische mit vier Stühlen aus Metall nahmen den Platz vor uns ein. Sechs weitere mit Bänken und Gästen zu beiden Seiten des Gangs säumten die Wände.

Eine ältere Frau in einem babyblauen Kleid mit perlweißer Schürze samt gelb-roten Flecken kam auf uns zu. Mein Lächeln wurde so breit wie das eines kleinen Mädchens, das gerade eine Süßigkeit bekommen hatte. Tatsächlich kam ich mir genau so vor. Ich befand mich mitten in meiner ganz persönlichen amerikanischen Erfahrung.

Die Kellnerin führte uns zu einem Tisch und räumte das benutzte Geschirr darauf ab. Sie wischte den Tisch ab und platzierte eine einseitige Speisekarte sowie zwei Porzellantassen und zwei Plastikbecher voller Eis vor uns. Sie füllte die Becher mit Wasser und schenkte Guido Kaffee ein. Bevor sie meine Tasse füllen konnte, deckte ich sie mit der Hand ab. Ein Tropfen der braunen Flüssigkeit verbrannte mir die Haut.

»Tut mir leid«, entschuldigte sie sich.

Statt mich über die eigene Dummheit zu ärgern, fragte ich: »Habt ihr Kakao?«

»Sicher.«

Wir studierten die Karte. Nur wenige Augenblicke später kam die Kellnerin mit einem großen Keramikbecher zurück, gefüllt mit Schlagsahne, Marshmallows, Schokoladenpulver und grünen Streuseln. Sie stellte die Tasse vor mich hin.

»Was darf's denn sein?«

»Ich nehme die Rösti mit Eiern und Schinken. Danke«, orderte Guido.

Die Frau kritzelte die Bestellung auf ihren Block, bevor sie sich mir zuwandte.

»Ich hätte gern die Pfannkuchen mit Erdbeeren. Vielen Dank.«

»Alles klar.«

Guido griff nach meinen Händen. »Also, ich glaube, das Out-let-Center ist zehn Minuten von hier entfernt. Aber ich kann nicht fassen, dass du ausgerechnet jetzt shoppen gehen willst«, klagte Guido.

»Ich will nicht einfach einkaufen gehen. Ich will in ein Out-let-Center, um für unser Kind Kleidung zu haben, da wir noch nichts haben.«

»Vorsicht! Der Teller ist heiß«, warnte die Kellnerin. Sie stell-te ein brutzelndes, dunkelbraunes und beiges Gericht vor Guido ab. Vor mir landete ein regelrechter Turm aus Pfannkuchen, dazu Schlagsahne und Erdbeeren am Rand des Tellers. Zum Essen beka-men wir auch gleich die Rechnung. »Lasst euch ruhig Zeit«, fügte die Frau hinzu, bevor sie von dannen zog, um andere Gäste zu be-dienen.

Obwohl ich beim Betreten des Lokals am Verhungern gewe-sen war, schaffte ich nicht annähernd alles von meinem Frühstück. Guido hingegen leerte seinen Teller und beäugte danach meine übrig gebliebenen Erdbeeren. »Sobald das Baby auf der Welt ist, wird mein Gewicht wieder runtergehen«, merkte ich schelmisch an.

»Willst du das Essen im Müll landen lassen?«, konterte er.

Guido trat das Gaspedal durch. Der Motor brüllte förmlich auf. »Nächster Halt – Tankstelle«, verkündete mein Mann.

»Und danach fürs Baby einkaufen«, fügte ich hinzu.

»Und anschließend Besuch eines der Weltwunder«, ergänzte Guido.

»Ich bin so aufgeregt. Wir sind stundenlang gefahren, prak-tisch durch die ganze Welt, haben in einem Motel übernachtet, in ei-nem Diner gegessen, kriegen hoffentlich ein paar günstige Babykla-motten und werden ein beeindruckendes Naturwunder sehen.«

»Ja«, erwiderte Guido. Er blinkte links und bog in die Tank-stelle.

»Hast du die Preise gesehen?« Es wurden drei verschiedene für unterschiedliche Treibstoffprodukte angezeigt. Das billigste kostete 3,20 Dollar.

»Vielleicht sollten wir uns mal ausführlicher über unsere Fi-nanzen unterhalten. Ich habe das Gefühl, dass uns das Geld wie

Sand durch die Finger rinnt«, wimmerte ich.

»Die Preise sind pro Gallone, nicht pro Liter«, erinnerte mich Guido. Er fuhr in die Tankstelle.

»Oh.«

»Also ist es in Wirklichkeit sogar billig«, fügte er hinzu.

Kaum war er neben eine Zapfsäule gerollt, kam ein Mann auf uns zu.

»Welchen Sprit wollen Sie?«, erkundigte sich der Unbekannte.

»Tut mir leid, was?«, erwiderte Guido verdattert.

»Das ist eine Tankstelle mit Bedienung«, erklärte der Mann.

»Wie bitte?« Guidos Verblüffung spiegelte meine wider.

»Ich tanke das Auto. Sie bleiben im Wagen. Ich zahle für Sie, wenn Sie mir Ihre Kreditkarte geben«, erläuterte der Mann.

Bei jedem Wort schauderte es mir. Bei der letzten Äußerung hielt ich den Atem an.

»Nein, danke«, antwortete Guido. »Nicht nötig.«

Der Mann deutete auf ein Schild über den Preisen – Serviced Station. Guido schaute hin.

»Aha«, drang ihm über die Lippen. »Wie wär's, wenn ich Ihnen zwanzig Dollar gebe und Sie für den Betrag tanken?« Ein Seufzen entrang sich mir. Guido holte einen Zwanzig-Dollar-Schein aus der Brieftasche. Der Mann tankte das Auto.

»Das ist seltsam«, murmelte ich.

»Davon hab ich schon gehört. Ist in manchen Gegenden anscheinend eine gängige Praxis«, fiel Guido ein.

»Wirklich? Also, ich würde mich nicht wohl dabei fühlen, meine Kreditkarte rauszurücken, während wir im Auto sitzen«, gab ich zurück.

»Ich auch nicht. Deshalb zahlen wir bar.« Guido hatte dem Angestellten den Schein bereits überreicht.

»Sollen wir ihm ein Trinkgeld geben?«, fragte ich Guido.

»Weiß nicht. Vielleicht?« Er holte fünf Dollar in Ein-Dollar-Scheinen heraus. »Was denkst du?«, fragte er mich unsicher.

Ich zuckte mit den Schultern. Guido reichte dem Mann das Geld, als er sich zum offenen Fenster auf der Fahrerseite beugte.

»Da«, beendete der Tankstellenmitarbeiter die Transaktion.

Irgendwie erinnerte sich Guido daran, wohin er fahren musste, ohne dass ihn die Stimme des Navis leitete. Ich staunte darüber, wie er sich die Karte gemerkt hatte. Wir folgten einer Landstraße, bis wir auf eine neu asphaltierte zweispurige Straße gelangten. Dort erblickten wir beide ein Schild: NY Highland Outlet Mall.

Ein Pfeil zeigte nach links. Ein anderer nach rechts. Guido blinkte links und bog auf den Parkplatz des Einkaufszentrums ein. Ich klopfte meinem Mann für seine Leistung auf die Schulter.

Guido stellte das Auto ab. Mindestens sechzig Fahrzeuge hatten hier Platz. Und noch mehr Parkplätze erstreckten sich außen um das gesamte eingeschossige Einkaufszentrum.

Ich streckte die Glieder. Nebel hing in dem Tannenwald. Nur trübes Licht kämpfte sich durch den dicht bewölkten Morgenhimmel.

Frischer schwarzer Mulch zwischen den Büschen entlang des Parkplatzes verströmte Farmgerüche. Grün gekleidete Leute wuschen mit einem Hochdruckreiniger die Gehwege.

Wir schlenderten vorbei an Taschengeschäften, Schuhgeschäften, Damen- und Herrenbekleidungsgeschäften. An jedem hing ein Schild mit derselben Aufschrift: GESCHLOSSEN. Was uns nicht hätte überraschen sollen. Der leere Parkplatz hatte uns einen deutlichen Hinweis darauf geliefert.

»Wann machen sie auf?«, fragte Guido.

»Keine Ahnung.«

»10:30 Uhr«, sagte Guido.

»Nein, es ist 9:30 Uhr.«

»Sie machen um 10:30 Uhr auf. Steht an der Tür«, erklärte Guido.

»Oh«, rutschte mir heraus. Ich musste mich zurückhalten, um mir nicht mit der Hand auf die Stirn zu klatschen.

»Sollen wir schauen, ob wir irgendwo Kaffee auftreiben können?«, schlug ich vor. Guido nickte. Ich hängte mich bei ihm ein und zog ihn mit zum Unterfangen, eine Stunde totzuschlagen.

Um genau 10:29 Uhr standen wir vor dem Babyladen. Eine Frau schloss die Schiebetüren auf. Von der Decke hingen rote Schilder, die Vergünstigungen von 75 Prozent anpriesen. »Guten Morgen. Kann ich Ihnen helfen?« Die junge Frau sah uns mit den

Schlüsseln in der Hand erwartungsvoll an.

»Wir suchen Strampler für Neugeborene.« Meine Stimme hallte im Laden wider.

»Junge oder Mädchen?«, erkundigte sich die Verkäuferin.

»Junge«, antwortete Guido.

»Da drüben finden Sie alles für Neugeborene.« Wir drehten die Köpfe in die angegebene Richtung. »Ich zeige es Ihnen.« Wir folgten der jungen Frau. »Hier finden Sie alles von null bis drei Monate, vier bis sechs Monate und sieben bis zwölf Monate«, erklärte sie uns.

»Danke«, erwiderte ich lächelnd.

»Falls Sie noch irgendwas brauchen, geben Sie mir einfach Bescheid.« Sie kehrte in den vorderen Bereich des Ladens zurück, während wir die Auswahl durchstöberten.

»Oh, sieh dir das an.« Guido hielt einen winzigen Strampler hoch. Die grünen Frösche darauf verniedlichten das Säuglingsoutfit.

»Meinst du, das würde passen?« Der Strampler schien für eine Babypuppe geschneidert zu sein.

Guido überprüfte die Größe. »Hier steht, dass er für Neugeborene ist.« Er hielt den Strampler an meinen Bauch.

Ich verdrehte die Augen, bevor mein Blick auf den Tisch mit Sonderangeboten neben uns fiel.

Ein Outfit war putziger als das andere, ob Strampler oder Zweiteiler. Es gab sie mit aufgedruckten Elefanten, Entchen, Affen und Löwen. Wir kauften von jedem Motiv ein Exemplar. Aber wer hätte gedacht, dass Guido meinen Stapel toppen würde? Er verliebte sich in das Entenmuster. Davon kaufte er insgesamt vier in aufeinanderfolgenden Größen.

Am Ende grinsten wir beide zufrieden. Unser Baby würde bei der Ankunft auf der Welt mindestens dreißig Outfits zur Auswahl haben. Und wieder etwas auf meiner Liste abgehakt. Hurra!

Wir folgten dem gewundenen Weg durch die Herbstlandschaft. Auf einer Seite tauchte ein großer See auf. Eine Mauer mit einem Gebäude dahinter verlief am Ufer entlang. In der Ferne ragte ein Turm mit einer Nadel in den Himmel. »Ist das Toronto?«

31. Woche ➤╌┅ Eine Pause von der Pause

»Ich kann mir nicht vorstellen, dass man Toronto von hier aus sehen kann.«

»Was ist es dann?«, hakte ich nach.

»Weiß nicht. Vielleicht finden wir's raus. Mal sehen«, sagte Guido.

Ich setzte mich aufrechter hin. Wir passierten unser erstes Hinweisschild zu den Niagarafällen.

Nur noch zwei Meilen.

Aufgeregt bemerkte ich das Schild mit der Aufschrift Welcome to Niagara Falls. Mehrere Hochhäuser bildeten eine Skyline.

Wir fuhren bergauf in Richtung eines in den Himmel ragenden Hotels. Im Namen des Gebäudes kam das Wort Casino vor. Davon gab es in Deutschland nur wenige. Weder Guido noch ich waren je in einem gewesen.

Wir checkten in ein Zimmer ein. Essen und der Drang, endlich den Grund für unsere lange Fahrt zu sehen, vertrieben unsere Müdigkeit.

Nach einem kurzen Spaziergang am Ufer fanden wir einen Laden, der Sandwiches verkaufte. In unsere Winterjacken gehüllt begaben wir uns auf parkähnliche Pfade. Laternen erhellten den mit Steinen gepflasterten Weg. Wassertröpfchen vibrierten durch die Luft. Durch einen Pavillon sah man eine Lücke zwischen den Ufern des Flusses. Die Niagarafälle. Na ja, wir sahen sie zumindest teilweise. Wir beugten uns vor. Schattierungen von Blau, Gelb und Rosa färbten die Wassermassen wie riesige Zuckerwattebäusche.

Ich schmiegte mich an Guido. »Können wir morgen noch mal herkommen?«, schlug ich vor. Guido öffnete den Mund zu einer Erwiderung, bevor ich schnell hinzufügte: »Ich bin am Erfrieren.«

Nach schnellen Schritten über verwaiste Straßen erreichten wir den Eingang des Hotels. Das Flackern des Kamins gleich neben dem Empfangsbereich erregte meine Aufmerksamkeit. Der gasbetriebene Kamin wärmte mir den Rücken. Nach einer Weile drehte ich mich um und taute auch die Vorderseite auf. Ein Plakat informierte die Gäste über den geplanten Beginn einer Renovierung des Hotels und Casinos in den nächsten Wochen.

Guidos Blick folgte jeder einzelnen Person, die hinter drei Doppeltüren verschwand.

»Was hältst du davon, wenn wir jeweils fünfzig Dollar in die Hand nehmen und es gut sein lassen, wenn sie aufgebraucht sind?«, schlug ich vor. Guido grinste mich an. Ich fügte hinzu: »Ich hab nur fünf Zwanziger. Hier sind sechzig. Ich nehme vierzig.«

»Bist du sicher?«, fragte Guido mit einer Hand an der Tür.

»Ja, bin ich«, bestätigte ich, als sich der Casinoeingang hinter uns schloss.

Sanftes gelbliches Licht erhellte einen mit Spieltischen und Automaten gefüllten Saal. Wir schlenderten über den Teppichboden an einem Pokertisch vorbei, an dem zwei Leute spielten. Bisher schienen sämtliche Gäste im Schnitt um die sechzig Jahre alt zu sein. Dabei hatte ich mir immer vorgestellt, wie hitzköpfige junge Männer ihr Leben in einer Spielhölle verzockten.

Wir sahen zu. Das Geld der Spieler verschwand innerhalb von Minuten. Ich zog Guido zu den Spielautomaten an der hinteren Wand des Casinos. Wir fütterten beide einen davon mit dem geforderten Betrag und zogen am Hebel. Symbole auf drei Rollen sausten vorüber. Meine Hoffnung auf drei gleiche stieg.

Ding, ding, ding, ding, ding, ding. Wir drehten beide den Kopf nach links. Eine ältere Frau in Begleitung einer anderen stieß einen Schrei aus. Wir schnappten nach Luft. Die Frau hatte gewonnen. Ein Casinomitarbeiter trat an die Glückliche heran. »In welcher Währung möchten Sie die 50.000 Dollar ausbezahlt haben? Wir haben alles da. US-Dollar, Kanadische Dollar, Euro, Yen …«

»Kann ich mehr haben?«, fragte Guido.

Ich biss mir auf die Unterlippe. Er konnte so viel ausgeben, wie er wollte. Allerdings verloren wir hier keine Kleckerbeträge. Ich setzte ein Lächeln auf und säuselte: »Weißt du, mit noch mal hundert Dollar könntest du mir auch einen Gutschein für eine Fußmassage kaufen.«

Ein Schnauben drang an meine Ohren. Guido stand auf. Nachdem wir das Geld verloren hatten, kehrten wir in unser Zimmer zurück. Dort bekam ich eine Fußmassage, bevor ich einschlief.

Andere Länder, andere Sitten...

32. Woche

MTWTFSS
1 2 3 4 5 6 7
8 9 10 11 12 13 14
15 16 17 18 19 20 21
22 23 24 25 26 27 28
29 30

(22) monday

Kalender basteln

(23) tuesday

· Kalenderfüllung
  besorgen

(24) wednesday

· spazieren gehen

(25) thursday

(26) friday

(27) saturday

(28) sunday

Thanksgiving
=> Erntedankfest?

· Adventskalender machen
· Moden? Mochen? Moden.

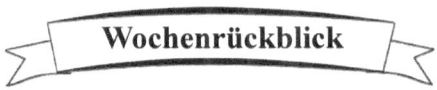

Montag

Woche 32! Erst … oder schon? Für mich zog sich die Schwangerschaft wie Kaugummi hin. Und nicht nur das, ich stellte erschrocken fest, dass gestern der erste Advent gewesen war. Wie konnte das sein? Und wir hatten keinen einzigen Adventskalender.

Guido bekam immer drei, und ich auch. Je zwei Schokoladenkalender bekamen wir von unseren Eltern geschenkt. Einen mit Limonadenproben erhielt ich bei der Arbeit – und meine Schwester versuchte regelmäßig, ihn bereits am zweiten Advent zu leeren, wenn wir unseren ersten Stollen naschten. Auch einige billige Werbeexemplare landeten alljährlich bei uns im Briefkasten. Aber dieses Jahr – nichts, null, nada. Ich seufzte. Wir brauchten mindestens einen Adventskalender, und wenn ich ihn selbst basteln musste wie früher meine Mutter, als Ulrike und ich noch klein gewesen waren.

In waschechter Mamamanier nähte sie damals einen für mich – das Mädchen aus Sterntaler mit herabregnenden Münzen auf schwarzem Hintergrund. Darunter brachte sie 24 Beutel an, die sie jedes Jahr mit Kleinigkeiten füllte. Der Kalender meiner Schwester zeigte Goldmarie, die ihren Lohn von Frau Holle erhielt. Natürlich sorgte gegenseitiger Neid auf die Kalender für heftige Streitereien unter uns Schwestern. Wir besaßen sie immer noch. Meine Mutter hängte sie jedes Jahr als Teil ihrer Weihnachtsdekoration mit auf.

Auf der Suche nach einer Adventskalenideridee zermarterte ich mir das Hirn. Gleichzeitig hielt ich im Wohnzimmer Ausschau nach Inspiration für eine schnell gebastelte Version. Mein Blick landete auf dem Rechnungsstapel der vorherigen Wohnung. Dabei kamen mir Pappkartons in den Sinn. Einer oder zwei wären völlig in Ordnung gewesen. Aber 24 …

Jedes Mal, wenn ich Papier faltete, kam etwas Chaotisches dabei heraus. Ich suchte nach Briefumschlägen. Hatten wir leider nicht. Was noch? Auf dem Boden im Badezimmer lag eine graue Papprolle. Hm. Vielleicht »Süßigkeitenrollen«?

Ich marschierte hinein. Eine Rolle lag auf dem Boden, zwei fand ich im Abfalleimer. Unter dem Waschbecken stapelten sich 24 weitere mit noch unbenutztem Toilettenpapier. Ob es Guido etwas ausmachen würde, es die nächsten Monate lang aus einem wirren Haufen zu verwenden? Wahrscheinlich nicht.

Meine Gedanken kehrten zu der Idee mit den Pappkartons zurück. Ich holte einige alte Rechnungen und Schreiben heraus, die Guido eine Kreditkarte andrehen wollten.

Jeden Tag landete Werbung in unserem Briefkasten, darunter Angebote wie: Geben Sie 1.000 Dollar aus, und Sie bekommen 200 Dollar zurück. Ich musste damals praktisch Berge versetzen, um meine erste Kreditkarte genehmigt zu bekommen. Anfangs verweigerte sie mir die Bank mangels Kreditwürdigkeit. Erst nachdem ich der Bank mit Gehaltszetteln die regelmäßigen Einkünfte aus Teilzeitjobs seit meinem sechzehnten Lebensjahr vorgelegt hatte, wurde mir eine Kreditkarte bewilligt.

Ich faltete einen Zettel nach dem anderen zu einer Schachtel. Stunden später übersäten 48 Hälften den Boden. Ich fügte sie zu 24 kleinen Pappkartons zusammen. Der Text und die Zahlen auf den bezahlten Rechnungen verliehen dem Kalender ein unerwartetes Flair. Mich störte die Beschriftung nicht. Nur ein Problem verblieb: Ich konnte auf den gefalteten Schachteln nicht schreiben. Mein Blick fiel auf mein Arsenal an Schreibwaren. Meine Federtasche enthielt drei Rollen Washi Tape. Ich holte das schwarze mit den goldenen Sternchen heraus, schnitt zwei Streifen davon ab und klebte sie so auf einen gefalteten Karton, dass sie eine Eins ergaben. Ich wiederholte den Vorgang bei den anderen 23. Als Endergebnis erhielt ich einen vollständigen Adventskalender. Und ohne mich übertrieben loben zu wollen, fand ich die Kartons richtig klasse.

Dienstag

Beflügelt von der schieren Niedlichkeit meines selbstgebastelten Adventskalenders suchte ich noch mehr Papier zusammen, um einen weiteren für unsere Nachbarn anzufertigen. Immerhin hatten uns Henrietta und ihr Mann Tanner zum Thanksgiving-Essen eingeladen. Wärme breitete sich durch meinen Körper aus. Mein erster amerikanischer Feiertag mit einer amerikanischen Familie. Da dieser Kalender zugleich als Geschenk herhalten sollte, ging bedrucktes Papier einfach nicht. Das Washi Tape fiel mir ins Auge.

Ich faltete, glättete, faltete erneut, begradigte gefaltete Kanten und faltete wieder. Meine Finger juckten. Die Muskeln in meinen Händen brannten. Nachdem die 48 Kartonhälften vor mir lagen, überklebte ich jeden sichtbaren Druck innen wie außen mit dem gestreiften Washi Tape.

Und so stapelten sich vor mir schwarz-weiß gemusterte Origamischachteln statt gefaltete Kartons aus alten Rechnungen. Ich bewunderte meine Geschicklichkeit, doch ein Haken verblieb noch. In den Kalender mussten kleine Überraschungen.

Ich kramte in meinem Gedächtnis. Unsere füllte jedes Jahr meine Mutter. Statt Süßigkeiten packte sie Stifte, Haarspangen, Flummis, Matchbox-Autos, Haarnadeln und Haargummis hinein. In einem Jahr waren es Papier und Anleitungen für Origami-Formen gewesen, womit ich so gar nichts anfangen konnte. Mehr als Faltschachteln hatte ich nie erfolgreich hinbekommen. Alles andere hatte ich vermasselt.

Da mir die Inspiration für etwas zum Füllen fehlte, bereitete ich mich auf einen Spaziergang vor. Kalte Luft wehte mir ins Gesicht. Normalerweise dehnte ich meine täglichen Spaziergänge aus, doch diesmal kroch mir die Kälte unter die Jacke. Also beschloss ich, dass es ein kurzer, zügiger Ausflug auch tun würde.

Statt ins Schwitzen zu geraten, blieb ich abrupt stehen. Auf der anderen Straßenseite stolzierten fünf Vögel. Wäre ich vor ihnen gestanden, hätten ihre Köpfe fast zu meinen Knien gereicht. Einer der Vögel breitete die Flügel aus. Das braun-schwarze Gefieder entsprach der Spannweite eines Schwans. Die Vögel störten sich nicht an den Menschen auf dem Bürgersteig.

Beeindruckt davon, wie viele Wildtiere in dieser Stadt Seite an Seite mit den Menschen lebten, richtete ich das Augenmerk auf die Apotheke. Die Glastüren glitten auf.

Statt Kürbisgewürz begrüßte mich ein neuer Geruch. Obwohl ich den in der Luft liegenden Duft nicht zuordnen konnte, regte sich etwas in meinem Gedächtnis. Ich vermeinte, dass es sich um Ingwer handelte. Wenn meine Mutter irgendetwas damit kochte, konnte ich das Gewürz schon schmecken, bevor ich die Gabel oder den Löffel auch nur im Mund hatte. Seltsamerweise empfand ich Ingwer in Ginger Ale und Lebkuchen als köstlich.

Der Geruch setzte sich in meiner Nase fest. Mein Magen grummelte. Auf der Suche nach Lebkuchen ging ich von einem Gang zum nächsten. Vielleicht hatten sie hier Nürnberger Lebkuchen.

Ich bog in den Gang mit Süßigkeiten und blieb vor roten Schnüren stehen. Auf der Verpackung stand Twizzlers. Ich begutachtete die Süßigkeit vor mir. Perfekt. Ich griff mir eine Packung der langen roten Schnüre. Bald quollen meine Arme über vor Skittles, Reese's, Hershey's und Mike and Ike. Kurz gesagt, mit allen Süßigkeiten, die ich nicht kannte.

Ich schrammte nur knapp daran vorbei, alles fallen zu lassen, während ich meine Beute zwischen den Armen und der Brust balancierte, bis ich einen Einkaufswagen fand. Erleichtert warf ich die Ladung hinein.

Ich setzte meine Suche nach weihnachtlichen Backwaren fort und schlenderte an den Gängen vorbei. Und siehe da, in der Abteilung mit Saisonwaren entdeckte ich Spekulatius. Ich schnappte mir eine Tüte. Auf der Verpackung stand, dass es sich um Ingwerkekse handelte. Sie sahen überhaupt nicht wie Spekulatius aus. Abgesehen davon, dass sie sich weich anfühlten, fehlten jegliche Abbildungen. Irgendwie fühlte ich mich von einem falschem Versprechen betrogen. Der Duft hatte mich zu dem Glauben verführt, ich hätte ein Stück Heimat gefunden. Ich drehte die Verpackung um. Wann bin ich eigentlich so arrogant geworden? Wen interessierten schon die Bilder auf der Verpackung? Ich warf die Tüte in meinen Einkaufswagen.

Während ich ihn weiterschob, kamen noch Weihnachtsmänner aus Schokolade zu dem wachsenden Berg dazu. Allerdings bereitete mir Kopfzerbrechen, ob Henrietta erfreut darüber wäre, wenn ich ihrem Sohn 24 Tage lang Süßigkeiten bescherte. Mein Blick fiel auf ein Säckchen mit Murmeln. Ich hatte tolle Erinnerungen daran, wie ich mit meiner Schwester Murmelbahnen gebaut hatte. Aber würde der Junge die kleinen Glaskugeln vor seinem jüngeren Geschwisterchen verstecken?

In meinem Kopf drehte sich alles. Wer hätte gedacht, dass es so schwer sein könnte, schöne Geschenke für ein Kind zu finden? Ich hoffte, es würde einfacher werden, wenn ich mein eigenes hatte. Als ich schon aufgeben wollte, tauchte ein Verkaufsständer mit Matchbox-Autos vor mir auf. Prompt wanderten zwei auf meinen Einkaufsberg.

Zufrieden mit dem gelösten Problem der Adventskalenderfüllung bewegte ich mich auf die Kasse zu. Ein Verkaufsständer mit Karten versperrte mir den Weg. Der Pappständer enthielt Weihnachtskarten. Ich griff mir zwei Sets mit je zehn Karten. Während die junge Angestellte einen Artikel nach dem anderen einscannte, genoss ich die Wärme des Ladens. Mir graute bereits vor der Kälte, die mich nach dem Bezahlen meiner Ausbeute erwartete.

Zu Hause

Eingewickelt auf dem Sofa überprüfte ich meinen Posteingang. E-Mails von der Arbeit trudelten ein, die ich vielleicht beantworten würde, vielleicht auch nicht. Immerhin war ich nicht im Dienst. Ich hatte vor Jahren aufgehört, im Urlaub auf dienstliche Anrufe oder E-Mails zu reagieren. Diesmal jedoch verwässerten Schuldgefühle meine Grenzen. Während ich darüber nachdachte, warum meine Einstellung zu meinen eigenen Regeln aufgeweicht war, hörte ich, wie sich die Eingangstür unserer Wohnung öffnete.

»Hi, Schatz«, grüßte mein Mann.

»Hi. Wie war dein Tag?«, gab ich zurück.

»Gut. Bin gerade Henrietta über den Weg gelaufen.«

»Hast du sie gefragt, was wir zu Thanksgiving mitbringen können? Ich will mich nicht wieder so unvorbereitet wie bei der Babyshower fühlen.«

»Sie hat uns gebeten, was Deutsches mitzubringen.«

»Etwas Deutsches?«, flüsterte ich.

»Ja, typisch deutsches Essen halt.«

»Was zum Beispiel? Sauerkraut oder Thüringer?«

»Denke schon«, antwortete er schulterzuckend.

Mein Verstand rotierte. Was kochten wir zu Hause normalerweise zu Mittag oder am Abend? Sauerkraut oder Thüringer hatte ich in den USA noch nicht gesehen. Andererseits hatte ich auch nicht wirklich darauf geachtet. Immerhin befand ich mich in einem fremden Land und war neugierig darauf, regionale Gerichte zu probieren.

»Irgendeine Idee?«, hakte Guido nach.

»Nein. Nicht wirklich. Du?«

»Auch nicht.« Guido tippte auf seiner Tastatur. »Also, Currywurst wäre etwas typisch Deutsches«, las er laut vor.

»Hast du das schon mal gemacht?« Ich kannte niemanden, der Currywurst selbst machte. Man kaufte sie einfach wie Broiler, Wiener und natürlich Döner. Ich leckte mir über die Lippen.

»Was hältst du von Stollen? Ist ja nicht mehr lange bis Weihnachten«, riss Guido mich aus meinen Essensträumen.

»Wie viele Leute kennst du, die Stollen selbst backen?«

»Hast du schon welche im Supermarkt gesehen?«, konterte Guido.

»Oder vielleicht Quarkkeulchen. Meinst du, wir kriegen hier irgendwo Quark?«

Guido schüttelte den Kopf. »Ich hab hier noch nicht viele bekannte Produkte gesehen. Vielleicht gibt's ja Rollmops«, fuhr Guido fort. »Ich hab zwar noch nicht wirklich danach gesucht, aber Quark und Rollmops könnte ich mir gut vorstellen.«

Über den Vorschlag grinste ich. »Mmm, lecker.«

»Kartoffeln gibt's jedenfalls. Also sollte Kartoffelsalat möglich sein«, fügte Guido hinzu.

»Das ist 'ne gute Idee«, kommentierte ich.

»Kartoffelsalat ist einfach. Und vielleicht kriegen wir als Nachtisch sogar Quarkkeulchen hin«, meinte mein Ehemann.

Begeistert nickte ich. »Klingt nach einem Plan.«

»Ich gehe einkaufen.« Guido schlüpfte in seine Jacke, um die Zutaten aus dem Supermarkt zu holen.

»Okay«, antwortete ich.

Kaum hatte ich die Küche aufgeräumt und gesäubert, kam Guido mit weniger Lebensmitteln als erwartet zurück nach Hause.

»Die hatten weder Quark noch Rollmöpse. Nebenbei hab ich auch nach Roter Grütze und Puddingpulver gesucht, vergeblich.«

»Du bist so süß. Aber was sollen wir jetzt machen?«, stöhnte ich.

Guido zuckte mit den Schultern. Er holte einen Sack Kartoffeln, eine Zwiebel, ein Glas saure Gurken und eine Packung Speck aus der Einkaufstüte.

»Zumindest sieht es für den Kartoffelsalat vielversprechend aus«, stellte ich fest.

»Ja«, stimmte Guido mir zu und machte sich in der Küche daran, die Kartoffeln zu schälen.

»Wenn wir Mehl, Zucker und Butter haben, kann ich vielleicht Mürbeteigplätzchen backen«, schlug ich vor. Mein Bildschirm zeigte mir mehrere Hundert Rezeptoptionen an. Mit Guido an der

Seite würde ich die Kekse im Ofen vielleicht nicht anbrennen lassen.

»Das ist spitze. Falls du was brauchst, das wir nicht haben, kann ich es besorgen«, bot Guido an.

»Mal sehen. Ich brauche Mehl, Zucker, Butter, Eier, Vanillezucker und Backpulver«, las ich aus einem Rezept mit dem Titel Die einfachsten Kekse, die Sie je backen werden vor.

Guido stöberte in den Schränken. Eine Zutat nach der anderen erschien auf der Arbeitsplatte.

»Wunderbar«, dankte ich meinem Mann. »Wer hätte gedacht, dass wir Backpulver und Vanillezucker besitzen?«, merkte ich an.

Ich suchte nach einer Schüssel. Kein Glück. Aber unser Suppentopf würde es auch tun. Während ich die Zutaten las, trommelte ich mit dem Zeigefinger auf die Arbeitsplatte.

»Wie viel Gramm sind in einer Tüte Backpulver?«, fragte ich. Guido legte die Stirn in Falten. »Im Rezept steht ein Beutel, aber wir haben nur das hier mit 8,1 Unzen.«

»Weiß nicht. Such einfach danach«, schlug Guido vor.

»Okay, ich brauche also 17 Gramm.« Ich überprüfte die anderen Zutaten. »Haben wir eine Waage? Das Rezept ist in Gramm und Litern angegeben.«

»Glaub ich nicht«, antwortete mein Mann

»Wie soll ich die Zutaten dann messen?«, klagte ich.

»Ich glaube, wir haben Becher«, erwiderte Guido.

»Becher? Ich glaube, davon haben wir zwei. Aber wie soll mir das helfen?«

»Es sind Messbecher. Du musst nur die Einheiten umrechnen.« Guido stellte verschieden große Messbecher mit Griffen heraus. An der Seite wiesen sie eine Skala für 1 Tasse, ¾ Tasse, ½ Tasse, ⅓ Tasse, ¼ Tasse. Das Gleiche gab es für Teelöffel und Esslöffel.

Ich maß die Zutaten in den Topf, vermengte sie, formte die Masse zu einer Rolle und schnitt Scheiben wie bei einer Salami ab. »Soll ich noch Zucker-Zitronen-Glasur mit Streuseln draufmachen?«, schlug ich vor.

»Gute Idee, nur haben wir weder Zitronen noch Streusel. Kann ich aber gleich morgen früh besorgen«, erwiderte Guido.

»Ist morgen nicht ein Feiertag?«

»Ja«, bestätigte Guido. Er gab die geschnittenen Kartoffelhälften in den mit Wasser gefüllten Topf.

Verwirrt zog ich eine Augenbraue hoch. »Ist der Supermarkt dann nicht geschlossen?«

»Ich denke nicht. Die meisten haben sonntags geöffnet. Nicht nur das, ich musste am Unabhängigkeitstag, am Tag der Arbeit, am Tag der Ureinwohner und erst vor zwei Wochen am Veteranentag arbeiten«, erklärte mir Guido, während er die Gürkchen schnitt.

Das überraschte mich. »Und musst du morgen arbeiten?«

»Nein.« Mein Mann kniff die Lippen zusammen.

»Okay, es geht auch ohne Glasur. Soll ich schon mal mit dem Abwasch anfangen?«, bot ich an. Guido nickte zustimmend, während er den Speck zerkleinerte. Ich streckte die Hand nach dem Schalter, um das Licht über dem Spülbecken anzumachen. Ein plötzliches Rasenmähergeräusch ließ mich erstarren. »Was ist das?«, entfuhr es mir.

»Der Küchenabfallzerkleinerer«, klärte Guido mich auf. Mit großen Augen starrte ich auf den Schalter.

Guido machte das Gerät aus. »Steck nie die Hände in den Abfluss.«

Mein Blick schnellte zum Abfluss im Becken und zurück zum Schalter. Der Lichtschalter befand sich unmittelbar daneben. Beide sahen identisch aus. Und es warnte auch kein Etikett: Vorsicht oder Krankenhaus!

Donnerstag

Mit dem Kartoffelsalat in einem Topf, auf einem Teller gestapelten Keksen und einer Tüte mit dem Adventskalender unter dem Arm warteten wir darauf, dass sich die Tür der Nachbarn öffnete.

»Nur herein«, rief Henrietta.

Der Duft von in Öl brutzelndem Fleisch und glasiertem Gemüse in einer Pfanne ließ mir das Wasser im Mund zusammenlaufen.

»Oh, jetzt wäre ein Glühwein gerade richtig«, träumte ich vor mich hin.

»Nächstes Jahr«, erwiderte mein Mann mit einem Blick auf meinen Bauch.

Drei sonnenblumengelbe Ukulelen hingen an der Wand über einer moosgrünen Gitarre in Kindergröße, flankiert von zwei Gitarren aus Walnussholz für Erwachsene. Im Wohnzimmer stapelten sich bunte, zur Seite geschobene Kinderspielsachen. In der Mitte des Esszimmers stand ein Tisch mit einer perlweißen Tischdecke, sechs Porzellantellern samt Silberbesteck und Weingläsern. Ein rotes Mousse, das wie eine erwachsene Version von roter Grütze aussah, verlieh dem Tisch einen Farbklecks. Auf einem anderen Teller türmten sich Brötchen.

»Spielt ihr sie?«, erkundigte sich Guido.

»Ja, Tanner. Er unterrichtet in Berklee«, antwortete Henrietta.

Tanner stellte unseren Kartoffelsalat – jetzt in einer cremefarbenen Keramikschüssel – neben das rote Dessert.

»Was ist Berklee?«, hakte ich nach.

»Ein College für Musik«, antwortete Tanner. Henrietta folgte als Nächste mit einer Schale voller grüner Bohnen und einem Kuchen.

»Was ist der Unterschied zwischen einer Universität und einem College?«, fragte Guido.

»Colleges bieten Studien nur bis zum Bachelorabschluss an, Universitäten darüber hinaus«, klärte uns Henrietta auf.

Tanner kam mit einem riesigen gebratenen Vogel zurück. Einem Huhn auf Steroiden. Mein Blick wanderte über all das Essen auf dem Tisch. Mindestens zehn Personen könnten locker satt davon werden.

»Setzt euch«, lud Henrietta uns ein. »Was darf's zu trinken sein? Wasser, Limonade, Cranberrysaft oder Cider?«

Ich kniff die Augen zusammen. Äh …. »Aber in Cider ist doch Alkohol.«

»Nein«, entgegnete Henrietta. Sie reichte mir die Flasche. Das weiße Etikett enthielt tatsächlich keinerlei Angaben zum Alkoholgehalt.

Tanner legte die Stirn in Falten. »Gibt's in Deutschland keinen Cider?«

Ich presste die Lippen zusammen. Guido schmunzelte. »Doch, aber nur mit Alkohol.«

Henriettas Augen wurden groß. »Wie nennt ihr ihn dann ohne Alkohol?«

»Apfelschorle mit oder ohne Kohlensäure«, sagte ich mit einem Lächeln.

»Interessant«, sagte Tanner.

»Wenn das so ist, nehme ich gern was davon.« Ich hielt mein Glas hoch. Henrietta schenkte die bräunliche Flüssigkeit ein.

Tanner eilte zurück in die Küche. Henrietta rief Mercer an den Tisch und schnallte Attila in einen Hochstuhl. Guido setzte sich neben mich, und Tanner schenkte Wein in ihre beiden Gläser ein.

»Vielen Dank für die Einladung.« Ich erhob meinen prickelnden Saft. Guido, Henrietta und Tanner taten es mir gleich.

»Danke, dass ihr gekommen seid«, sagten unsere Gastgeber. Die vier Gläser klirrten aneinander.

»Und danke für den Adventskalender«, fügte Henrietta mit einem Blick zu dem Kartonstapel auf einem Bücherregal hinter uns hinzu.

»Gern geschehen. Ich hoffe, er gefällt den Kindern.« Ich lächelte verhalten. Guido rieb mir den Rücken, um mein Selbstvertrauen zu stärken.

»Und fangt ihr mit dem Kalender am 25.?«, erkundigte sich Henrietta, nachdem sie von ihrem Glas genippt hatte.

Ich tat es ihr gleich. Der süße Geschmack und die Kohlensäure ergaben eine angenehme Mischung in meinem Mund. »25.? Bei uns gibt es nur den 24.«, erklärte ich überrascht.

»Kein 25.? Wann kommt denn dann der Weihnachtsmann?«, rief Mercer von seinem Stuhl.

»In Deutschland kommt der Weihnachtsmann am 24. Als ich klein war, musste ich für ihn ein Lied singen oder ein Gedicht aufsagen.«

»Du hast den Weihnachtsmann gesehen?«, rief Mercer uns aufgeregt entgegen.

Instinktiv wusste ich, dass ich was Falsches gesagt hatte. Ich hielt den Mund, damit mir nicht noch etwas Verheerendes herausrutschte. Mein Opa hatte sich früher immer mit einem falschen weißen Bart, einem roten Mantel und zwei gesäuberten, zusammengenähten Kohlensäcken verkleidet. Offen gestanden hatte ich mindestens acht Jahre gebraucht, um den Mann im roten Anzug zu erkennen.

»Von uns hat ihn noch nie jemand gesehen«, erklärte Mercer.

»Wir stellen ihm Milch und Kekse hin, um einen Blick auf ihn zu erhaschen«, fügte Henrietta hinzu.

»Ich verpasse ihn immer. Aber er trinkt die Milch und isst die Kekse.« Der Blick des Jungen heftete sich auf mich.

Ich schaute meinerseits zwischen den blass gewordenen Erwachsenen hin und her, bevor ich wieder den Jungen ansah. »Weißt du …«, spielte ich auf Zeit, während ich krampfhaft überlegte, wie ich mich aus der Affäre ziehen könnte, ohne einem Kind den Glauben zu zerstören. Plötzlich kam mir eine Idee. »Weißt du, ich glaube, ich hab ihn nur gesehen, weil er so früh zu uns kommen musste, damit er es schafft, rechtzeitig nachts hier zu sein, während ihr schlaft.« Hilfesuchend sah ich mich um.

»Das versteh ich nicht. Warum kann er nicht am 24. zu uns kommen und sich sehen lassen?«, protestierte Mercer.

Warum kam er in zwei verschiedenen Ländern an unterschiedlichen Tagen? Galt dasselbe auch für andere Länder? Russland feierte Weihnachten im Januar, wenn ich mich recht erinnerte. Und was war eigentlich mit dem Nikolaus?

»Kommt zu euch auch der Nikolaus?«, fragte ich.

»Der Nikolaus?«, wiederholte Mercer. Henrietta und Tanner schauten verständnislos drein.

»Am 5. Dezember putzen wir am Abend unsere Winterstiefel und stellen sie vor die Tür. Am nächsten Morgen sind Schokolade und kleine Geschenke drin, die der Nikolaus reintut«, erklärte ich.

»Das will ich auch!«, rief Mercer.

»Also, wir hängen unsere ›Stiefel‹ über den Kaminsims«, beschrieb Tanner.

»Ihr hängt die Stiefel auf?«, hakte Guido nach.

»Nicht wirklich Stiefel, eher Stiefelchen, und wir nennen sie Strümpfe. Traditionell werden sie am Kamin aufgehängt. Aber da wir keinen haben, hängen wir sie an den Türrahmen«, erklärte Henrietta.

»Ah, ich verstehe«, sagte ich. Henrietta stupste ihren Mann. Tanner stand auf, um den großen Vogel zu tranchieren.

»Was ist als Füllung in dem Truthahn?«, fragte Guido neugierig.

»Ein Hühnchen in einer Ente in einem Truthahn«, antwortete Tanner.

»Nennt sich Turducken«, fügte Henrietta hinzu.

Ich kratzte mich an der Stirn. Etwas Derartiges hatte ich noch nie gesehen.

»Haben wir extra für euch besorgt«, sagte Tanner, als er eine Scheibe aus drei verschiedenen Fleischsorten auf meinen Teller lud.

Eingehend betrachtete ich das Stück. Mein Gehirn versuchte, den Anblick zu verarbeiten. Es handelte sich ausschließlich um geschichtetes Fleisch.

»Hier, nimm ein bisschen Cranberrysauce«, bot Henrietta an. Ein Klecks der gallertartigen roten Masse landete auf meinem Teller.

Guido lud sich auf seinen einen Löffel Bohnen und nahm sich ein Brötchen. Ich zerlegte das Fleisch in mundgerechte Stücke und spießte einen Mix von jeder Sorte auf die Gabel.

»Habt ihr euch schon auf einen Namen geeinigt?«, wollte Henrietta wissen.

»Nicht wirklich«, antwortete Guido.

»Ich finde es sehr schwer, einem Kind einen Namen zu geben«, warf ich ein.

Tanner schaute lächelnd zwischen uns beiden hin und her. »Ich fand es sehr einfach.«

»Wir wollen, dass der Name sozusagen universell ist«, erklärte ich.

»Was meinst du damit?«, hakte Henrietta nach.

»Guidos Großeltern kommen aus Frankreich, und er hat dort noch Verwandte. Deshalb soll der Name für Franzosen einfach auszusprechen sein. Und natürlich auch für Deutsche.«

»Und ich glaube, in Deutschland gibt es strengere Gesetze über Namensgebung«, fügte Guido hinzu.

»Inwiefern?«, wollte Tanner wissen.

»Der Name muss einfach als Name einer Person erkennbar sein, und er darf nicht beleidigend sein – um zu verhindern, dass man sich darüber lustig macht«, erklärte ich.

Tanner und Henrietta schauten ausdruckslos drein.

»Wir dürften das Kind zum Beispiel nicht VW nennen, weil man die Buchstaben mit einem Auto assoziiert, nicht mit einem Menschen«, fügte Guido hinzu.

»Und was, wenn einem ein ausgefallener Name so gefällt, dass man ihn dem Kind unbedingt geben will?«, erkundigte sich Tanner.

»Dann könnte man den Staat verklagen. Alle paar Jahre mal

lese ich, dass es jemand macht«, teilte ich unseren Gastgebern mit.

»Das wusste ich gar nicht«, gestand Guido.

Henrietta wechselte das Thema. »Und wie ist dein erster Eindruck von Boston?«

Ich zuckte mit den Schultern. »Bisher scheinen die Leute sehr nett zu sein. Obwohl ich noch nicht viele kenne.«

»Und was ist der größte Unterschied zwischen Deutschland und den USA?«, fuhr Tanner fort.

»Die Größe. In Deutschland kann man in zwölf Stunden vom nördlichsten zum südlichsten Ende fahren, und vom westlichsten zum östlichsten in vielleicht sechs.«

»Das ist unheimlich interessant«, befand Henrietta.

»Wir sind mal übers Wochenende von Fredericksburg nach Indianapolis gefahren, weil meine Eltern Eintrittskarten für das Indy-500-Rennen hatten. Wir waren vierzehn Stunden unterwegs«, schilderte Tanner.

»Wow«, kam von Guido.

»Ich glaube, in vierzehn Stunden nach Süden wären wir schon in Rom.«

Guido nickte zustimmend, während ich meine grobe Schätzung in Gedanken nachrechnete.

»Wann kommt Mercer in die Schule?«, fragte ich und nahm einen Bissen von meinem Essen.

»Er fängt nächstes Jahr mit dem Kindergarten an«, antwortete Henrietta.

»Aber ist er nicht schon im Kindergarten?« Guido klang verwundert.

»Jetzt ist er in der Vorschule«, stellte Tanner klar.

»Aber …«, begann ich und wusste nicht recht, wie ich die Frage formulieren sollte. »Aber die Vorschule kommt doch nach dem Kindergarten, oder?«

»Nein, der Kindergarten ist das erste Schuljahr.«

»Ist nicht die erste Klasse das erste Jahr in der Schule?« Verwirrt sah ich Guido an.

»Das ist der Kindergarten. Ist es in Deutschland anders?«, fragte Tanner.

»Schon. Den Kindergarten besuchen die Kleinen vor der Schule, Vorschulen so gut wie gar nicht. Wenn doch, dann ist die

Reihenfolge Kindergarten, Vorschule, erste Klasse.«

»Oh.« Plötzlich schaute Henrietta so verwirrt drein, wie Guido und ich uns fühlten.

»Und geht ihr morgen auf Schnäppchenjagd?«, wechselte Tanner erneut das Thema.

»Was ist morgen?«, fragte ich neugierig.

»Morgen ist Black Friday«, erklärte Henrietta.

Davon hatte ich schon gehört. Zu Hause fingen allmählich auch alle Geschäfte an, mit dem Slogan zu werben, nur hatte ich die Kampagne nie richtig verstanden. Endlich wusste ich, woher das kam.

»Ich könnte es voll verstehen, wenn du dir das nicht antun willst«, meinte Henrietta mitfühlend.

»Wir bräuchten schon noch ein paar eher teure Sachen, zum Beispiel einen Kinderwagen.«

»Vielleicht sollten wir uns das mal ansehen. Könnte ja sein, dass wir wirklich ein Schnäppchen finden«, schlug Guido vor.

»Wisst ihr schon, welchen ihr wollt?«, erkundigte sich Henrietta.

»Leider nein. Ich hatte zwar schon ein Auge auf einen geworfen, aber den gibt's hier nicht. Also muss ich mit der Suche von vorn anfangen.« Ich kratzte die letzten Essensreste von meinem Teller. »Das war köstlich«, lobte ich. War es wirklich, nachdem ich verarbeitet hatte, dass Fleisch mit Fleisch und noch mal mit Fleisch gefüllt worden war.

Nachdem wir alle den Tisch abgeräumt hatten, trug Henrietta kleinere Teller ins Wohnzimmer. Ihr Mann folgte ihr mit dem Nachtisch.

»Was gibt's denn für Kuchen?« Ich überlegte, wie ich noch mehr reinbekommen sollte.

»Es ist ein Pie – mit Apfelfüllung«, klärte Henrietta uns auf.

»Von Petsi«, fügte Tanner hinzu.

Tanner verteilte Stücke des Apfelkuchens.

»Wie sieht denn ein traditionelles Weihnachtsessen bei euch aus?«, fragte uns Henrietta.

»Also, am 24. gibt's Kartoffelsalat und Würstchen«, sagte Guido.

»Und am 25. normalerweise Hühnchen und Bratäpfel. Und

am zweiten Weihnachtsfeiertag Ente mit Kartoffelknödeln und Rotkohl«, fügte ich hinzu.

»Am zweiten Weihnachtsfeiertag?«, hakte Tanner nach.

»Ja, am 26.«, bestätigte ich.

Guido nahm einen Bissen vom Apfelkuchen. »Den gibt's hier nicht.«

»Oh«, machte ich.

»Wir gehen am 26. in der Regel wieder arbeiten«, erklärte Tanner.

»Kann ich mal die Toilette benutzen?«, fragte ich.

»Ja. Sie ist gleich neben der Eingangstür«, erklärte Henrietta.

Ich stand auf und machte mich auf die Suche. »Autsch«, rutschte mir heraus.

»Alles in Ordnung?«, fragte Tanner.

»Ich bin auf was Spitzes getreten«, erwiderte ich. Als ich mich danach streckte, musste ich vor meinem Bauch kapitulieren.

Guido hob es stattdessen auf. Zwischen seinen Fingern klemmte ein Dorn.

»Was ist das?«

»Bin mir nicht sicher. Ist zwar spitz, aber keine Nadel«, sagte Guido.

»Könnte es ein Igelstachel sein?«, fragte Tanner.

»Ein Igelstachel?«, wiederholten Guido und ich gleichzeitig.

»Ja, das ist unser Haustier«, erklärte Henrietta.

»Soll das heißen, ihr habt einen echten Igel als Haustier?«, hakte ich nach.

»Ja. Und wir lassen ihn jeden Abend im Wohnzimmer raus«, erwiderte Henrietta.

»Ihr habt also einen Igel, der keinen Winterschlaf hält«, sagte ich.

»Genau. Es ist eine afrikanische Zwergigelin. Diese Art hält keinen Winterschlaf. Bei dem Versuch würde sie eingehen«, erklärte Tanner.

Ich kannte Leute, die von Zeit zu Zeit Igelbabys aufnahmen. Wenn sie ihre Eltern verloren hatten, überwinterten sie in einem Karton irgendwo im Haus ihrer Retter, wurden aber im Frühling wieder in die freie Natur entlassen.

»Ihr könnt den Stachel behalten, wenn ihr wollt«, bot Tanner an.

»Oh nein, danke. Vielleicht möchte Mercer ihn ja für seine Sammlung haben.« Wie auf ein Stichwort rannte der Junge zu Guido, um Anspruch auf den Fund zu erheben.

Hm. Vielleicht würde er sich als besserer Elternteil auszeichnen, während mir immer die falschen Worte herausrutschten. Nein, ich durfte nicht negativ denken. Vielleicht konnte ich ja von ihm lernen, wie man mit Kindern redete. Zumindest schien mein Ausrutscher mit dem Weihnachtsmann vergessen zu sein.

Wir lagen im Bett und gingen zu unserer nächtlichen Routine über. Ich genehmigte mir eine Bauchmassage. Guido sah sich auf dem Laptop wieder mal an, wie muskulöse Männer auf halbgeschmolzenes Metall einhämmerten. Meine Gedanken kehrten zum Abendessen zurück und dem peinlichen Gespräch über den Weihnachtsmann. Dabei fielen mir die Karten ein, die ich gekauft hatte.

»Hast du die Weihnachtskarte für deinen Bruder und deine Eltern unterschrieben?«

»Nein, noch nicht.«

Ich streckte die Hand nach einem Stapel Karten mit einer Haftnotiz aus: Bitte unterschreiben. M. »Wenn du's jetzt machst, kann ich sie morgen abschicken. Keine Ahnung, wie lang es dauert, bis sie ankommen.«

Guido sah auf die Armbanduhr, bevor er den Kartenstapel betrachtete. Ich ahnte seine Antwort. »Wie wär's, wenn ich sie am Wochenende durchsehe? Vielleicht schreibe ich selbst ein paar.«

»Klar«, willigte ich ein, bevor ich eindöste.

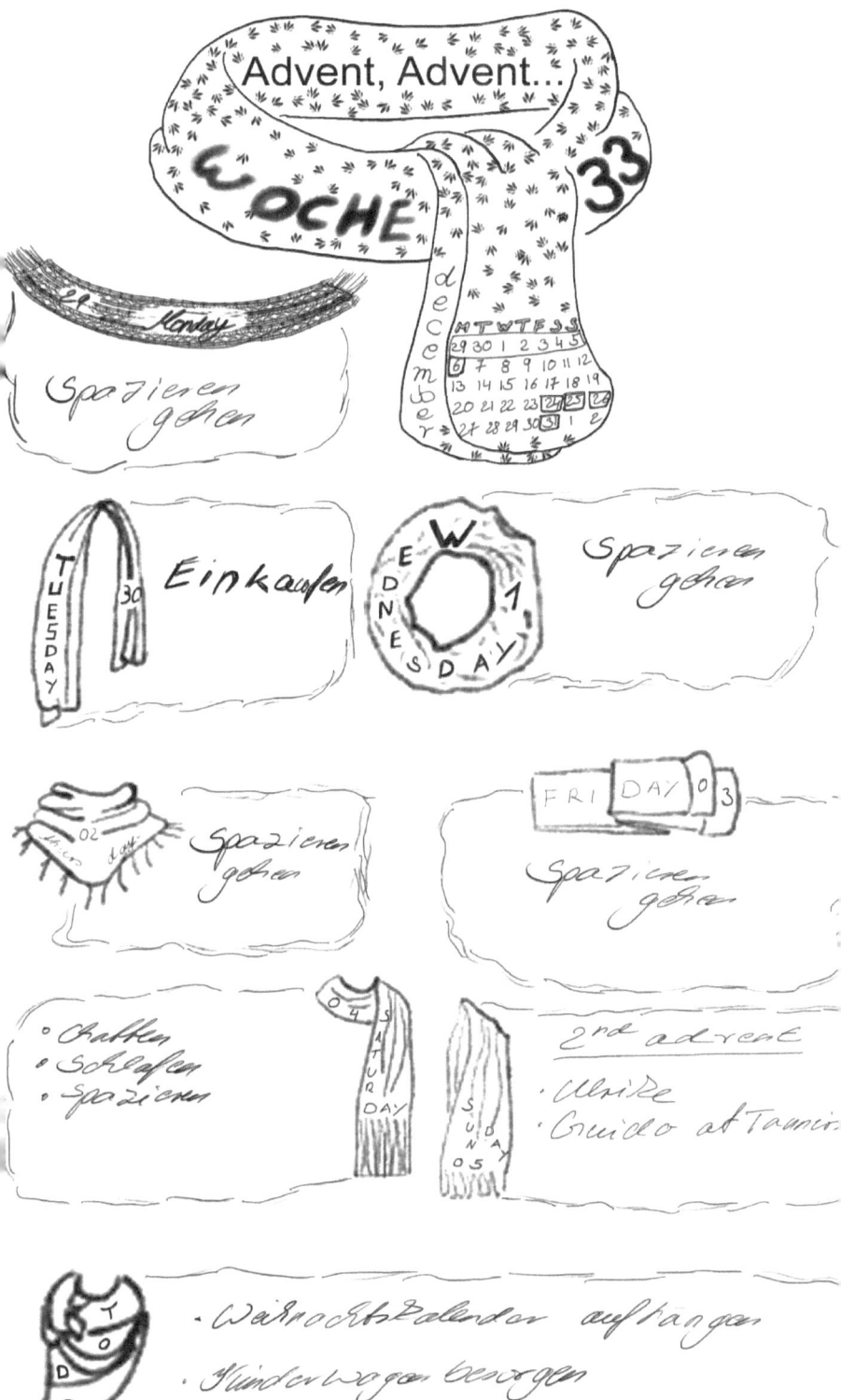

Advent, Advent...

WOCHE 33

december

M	T	W	T	F	S	S
29	30	1	2	3	4	5
6	7	8	9	10	11	12
13	14	15	16	17	18	19
20	21	22	23	24	25	26
27	28	29	30	31	1	2

Monday 29

Spazieren gehen

TUESDAY 30   Einkaufen

WEDNESDAY 1   Spazieren gehen

02   Spazieren gehen

FRIDAY 03   Spazieren gehen

• Chatten
• Schlafen
• Spazieren

04 SATURDAY

05 SUNDAY   2nd advent
• Ulrike
• Guido at Taunin

TODO
• Weihnachtskalender aufhängen
• Kinderwagen besorgen

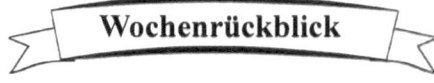

Wochenrückblick

Dienstagabend

Mein Telefon vibrierte. Ich drückte die Schlummertaste und kuschelte mich an Guido. Seine Körperwärme lullte mein Bewusstsein ins Traumland zurück. Sekunden später vibrierte mein Handy erneut unter dem Kopfkissen.

Ich schaltete den Wecker aus. Zwei Uhr morgens. Mühsam öffnete ich die Lider. Ich streckte die Arme aus und schleppte mich aus dem warmen Bett.

»Wie spät ist es?« Guido gähnte.

»Ich muss mal«, flüsterte ich.

»Okay«, murmelte er. Ich hielt inne. Seine Atmung flachte ab. Ich holte einen braunen Stoffbeutel unter meiner Seite des Betts hervor und schlich auf Zehenspitzen zum Türrahmen des ehemaligen Wohnzimmers.

Leise holte ich meine Dezemberdekoration heraus. Ich befestigte jedes einzelne Kästchen des Adventskalenders unsortiert an weißen Weihnachtslichtern, die Henrietta mir überlassen hatte. Guidos Atemgeräusche hallten von den Wänden wider, während meine Finger die Lichterkette festmachten. Ich brachte die Kistchen an den kleinen Lämpchen am Türrahmen an. Als ich die Lichterkette an die Steckdose anschloss, schimmerten die Lämpchen in der Dunkelheit.

Freudige Weihnachtsstimmung breitete sich in mir aus. Ich liebte die Jahreszeit, nicht so sehr wegen Weihnachten selbst, sondern wegen allem, was damit einherging. Lebkuchenherzen, Glühwein, Stollen an Sonntagen und bei jeder Gelegenheit, Weihnachtsmänner, Weihnachtsmärkte, Kaufen und Schmücken des Baums, Spieleabende und natürlich Unmengen an Schokolade aus Adventskalendern.

Zu Hause würde bereits ein Baum seinen Tannenduft in der Wohnung verbreiten. Am ersten Advent holten wir sonst immer unsere Nussknacker heraus, zündeten die erste Kerze auf der Weihnachtspyramide an, stellten zwei oder drei Schwibbogen in unsere Fenster, schmückten den Weihnachtsbaum. Und natürlich läuteten wir die Weihnachtszeit mit unseren Freunden bei einer

Glühwein- und Lebkuchenherzverkostung an jedem Stand jedes Weihnachtsmarkts in der Nähe ein. Jedes Wochenende besuchten wir einen anderen. Bei dem Gedanken wurde ich so aufgeregt, dass ich es kaum erwarten konnte, die Weihnachtsmärkte in der Gegend zu erkunden. Natürlich ohne den Glühwein.

Mittwochmorgen

Grinsend fiel ich zurück ins Bett. Nur wenige Minuten, nachdem ich eingedöst war, weckte mich ein unangenehmer Geruch. Er erinnerte mich an … an … Ich konnte ihn nicht einordnen. Mir lag's aber auf der Zunge: Erdnüsse! Mir drehte sich der Magen um. Ich hielt mir die Nase zu. Mein bereits zum Aufbruch fertiger Ehemann kaute etwas. Ich hätte die Süßigkeiten vorher probieren sollen.

»Ist es nicht zu früh zum Naschen?«, zog ich ihn auf.

»Nicht nach einer so schönen Überraschung. Wann hast du das alles gemacht?«

»Hier und da … und letzte Nacht«, antwortete ich. »Wie schmeckt's?«

»Köstlich. Und was hast du heute vor?«

»Ich hab beschlossen, Lebensmittel einzukaufen.«

»Musst du nicht. Ich kann sie gern nach der Arbeit holen«, bot Guido an.

»Ehrlich, ist mir total unangenehm, dass ich's noch nicht gemacht habe«, gestand ich.

»Der Laden liegt bei mir praktisch auf dem Heimweg. Aber wie du willst. Nur nichts Schweres«, erinnerte mich Guido. Nachdem er gegangen war, trank ich meinen Kaffee, stärkte mich mit einer Scheibe Toast mit Marmelade und trabte dann zum Einkaufen los.

Der Supermarkt ragte über mir auf. Allein das Gebäude versprach mehr Produkte, als ich je brauchen würde. Ein zweiter Eingang erregte meine Aufmerksamkeit – FLASCHENRÜCKGABE stand über den Schiebetüren. Meine Mundwinkel verzogen sich zu einem Lächeln.

Gewappnet trat ich mit meiner Tüte voller Pfandartikel ein. Drei zwei Meter hohe, moosgrüne Maschinen erwarteten mich. Plastiktüten, Verschlüsse, zerdrückte Kunststoffflaschen, Etiketten und Getränkedosen übersäten den Boden. Nicht besonders einladend, ging mir durch den Kopf. Trotzdem rückte ich weiter vor. Ich wollte mein Pfand zurück.

An einer der Maschinen überflog ich die Anzeige. Sie ähnelte jenen, die ich kannte. Ich wollte die erste Flasche in die Aufnahmeöffnung schieben, doch sie passte nicht hinein. Also versuchte ich es mit einer anderen.

Sie wurde in die Maschine gerollt, durchlief sie und kam auf der anderen Seite wieder heraus. Auf der Anzeige stand: Flasche nicht akzeptiert. Sie war unversehrt, hatte den Verschluss und einen lesbaren Strichcode. Ich überprüfte das Etikett auf einen Hinweis über den Pfandbetrag. Ganz unten stand in schwarzer Tinte: Pfand 5 c in VA und NH. Fünf Cent in VA und NH? In Virginia und New Hampshire? Das verstand ich nicht. Ich hatte noch nie gesehen, dass sich ein Pfand auf nur ein, zwei Bundesstaaten beschränkte. Während ich in dem beengten Raum zu begreifen versuchte, warum die Maschine vor mir die Flaschen nicht annehmen wollte, breitete sich Frustration in mir aus. Ich überprüfte alle anderen Flaschen. Keine konnte zurückgegeben werden. Ich leerte die Tasche. Die Flaschen landeten in einer Tonne zur Wiederverwertung. Danach marschierte ich in den eigentlichen Laden.

Dort schnappte ich mir einen Einkaufswagen – mit einem Fassungsvermögen, neben dem sich die von mir gewöhnten Einkaufswagen wie Spielzeug ausnahmen. Meine Füße trugen mich zu den Regalreihen mit Lebensmitteln. Mein ursprüngliches Gefühl erwies sich als richtig. In dem Supermarkt hätten drei Aldis mühelos Platz gefunden.

Mir war durchaus bewusst, dass ich mich im Ausland aufhielt – hallo, Sprachproblem. Aber als ich die überwältigende Größe des Supermarkts überwunden hatte, fühlte ich mich bereit, mich auf die riesige Anzahl fremdartiger Lebensmittel einzulassen. Die meisten Produkte wie Milch und Säfte waren leicht erkennbar, doch die Obst- und Gemüseabteilung verschlug mir die Sprache.

Zuerst schob ich den Wagen hinter einer Reihe von geschäftigen Kassiererinnen und Kassierern vorbei. Beinahe-Kollisionen mit berghoch gefüllten Einkaufswagen hielten mich auf Trab, bis ich den Anfang der randvollen Regale erreichte. Rechts neben mir erschien die Kühlabteilung. Ich betrachtete jedes Produkt. Es gab eine so überwältigende Auswahl – Käse, Joghurt, Milch, Säfte.

Der größte Milchbehälter fasste eine Gallone – eine gehörige Menge Milch. Auch die kleineren sah ich mir an – ein Quart und eine halbe Gallone. Guido und ich brauchten normalerweise nur einen halben Liter Milch pro Woche. Dennoch setzte sich die Pfennigfuchserin in mir durch. Ich stellte den eine Gallone fassenden Behälter in den Einkaufswagen und nahm mir vor, einfach Buttermilch zu machen, falls die Milch sauer wurde. Ein Klacks.

Praktischerweise schloss direkt an die Milchprodukte die Saftabteilung an. Mein Herz setzte einen Schlag aus. Es gab eine 1,5-Liter-Flasche mit Aloe-Vera-Saft. Ohne nachzudenken, verfrachtete ich die Flasche neben die Milch in meinen Einkaufswagen.

Am Ende des Gangs folgten Cornflakes, allerdings hatte Guido bereits Schoko-Pops der Eigenmarke des Supermarkts gekauft. Als ich zum ersten Mal die Größe des Beutels gesehen hatte, hatte ich unwillkürlich lachen müssen. Die Verpackung hätte wie ein Kleid gepasst. Ich hatte damit gerechnet, dass die Cornflakes wochenlang reichen würden, doch zu meiner Überraschung hatte Guido sie in zwei Wochen verputzt – natürlich mit meiner Hilfe.

Mein Blick wanderte über die Artikel in meinem Einkaufswagen, um abzuschätzen, wie viel mehr ich nach Hause tragen konnte. Vorerst verblieb mit nur zwei Sachen noch jede Menge Platz im Metallkorb des Wagens. Ich brauchte aber noch Hühnchen, frisches Gemüse und Obst, um unseren Vorrat an gesunden Lebensmitteln für gesunde Mahlzeiten aufzustocken.

Also streifte ich durch die Gänge, um den Rest von meiner Liste einzusammeln. Ich schaute mir alles an, was der Laden zu bieten hatte. So viele verschiedene Geschmacksrichtungen – nicht nur bei den Chips, sondern auch bei Kaffee und Joghurts und allem dazwischen. Neben den neuen Entdeckungen faszinierten mich vor allem die Größen der Verpackungen.

Die Haushaltswaren übersprang ich und ging stattdessen zu Obst und Gemüse weiter. Aus der Ferne wirkte die Abteilung recht normal, doch kaum hatte ich sie betreten, erfasste mich ein Schwindelgefühl. Wurzeln aller Art reihten sich nebeneinander, echte Aloe und stachelige Kaktusblätter rundeten eine der Auslagen ab. Gegenüber befanden sich frisch gegossene grüne Blätter, unter anderem etwas mit einer weißen Knolle. Ich ging näher hin. Auf dem Schild stand Fenchel. Ich hatte noch nie eine Fenchelpflanze gesehen, obwohl ich mit Fencheltee aufgewachsen war.

Als ich um die Ecke bog, landete ich in der Obstabteilung. Die roten Erdbeeren fielen mir verlockend ins Auge. Unwillkürlich musste ich über das englische Wort dafür kichern – strawberries, Strohbeeren. Ein Bild von Beeren aus Stroh tauchte vor meinem geistigen Auge auf. Andererseits klang auch das deutsche Wort dafür mit seinem Bezug zu Erde nicht wirklich einladend für die Geschmacksknospen. Ich hielt mir eine davon unter die Nase und schnupperte daran. Nichts. Kein gutes Zeichen. Die große, köstlich aussehende rote Frucht verströmte keinerlei Aroma. Mit einem Anflug von Enttäuschung legte ich sie zurück.

Am Ende landete nur Altvertrautes in meinem Einkaufswagen – Äpfel, Spinat, Salat und Mandarinen. Keine Aloe-Blätter, Maisschalen oder unbekannte Wurzeln.

Ich stellte mich hinter einer Frau an, die gerade bezahlte, als ich damit fertig wurde, alles aufs Förderband zu legen. Die Kassiererin begrüßte mich mit: »Wie geht es Ihnen?« Ich nickte nur, weil ich nicht recht wusste, was ich darauf erwidern sollte.

Sie scannte die Waren nacheinander. Ein älterer Mann tütete sie für mich ein – und ich meine richtig alt. Unter der papierdünnen Haut zeichneten sich deutlich die Knochen ab. Altersflecken bedeckten den Großteil seines faltigen Gesichts. Als ich ihm helfen wollte, winkte er mich weg.

Wenig später baumelten fünf Plastiktüten in meiner linken Hand, fünf weitere in meiner rechten. Meine Arme spannten sich unter dem Gewicht an. Schon vor der Schwangerschaft hatte ich beinah unterentwickelte Armmuskeln gehabt.

Meine Hände kämpften mit den Tüten. Meine Innenschenkel meldeten ein Gefühl von Feuchtigkeit. Ich redete mir ein, dass es sich bloß um Schweiß handelte. Immerhin trug ich schwer. Aber ich wusste es besser. Ein Tropfen war aus mir gesickert. Ich wollte es nicht wahrhaben. Aber der Druck in meiner Blase wuchs unaufhörlich.

Ich suchte die Straße ab. Eine süße, kleine Cupcake-Bäckerei an der nächsten Kreuzung lockte mit einem Schild, das Geöffnet verkündete. Mit watschelndem Gang schleppte ich mich hin.

Die Tüten schnitten mir in die Handgelenke. Das Gewicht zog mich zusätzlich zu dem in meinem Unterbauch angesammelten

Wasser nach unten. Ich spannte die Lendenmuskeln an. Schweiß bildete sich auf meiner Oberlippe. Ich beschleunigte die Schritte. Die Bäckerei rückte näher. Mein Herzschlag und meine Atmung beschleunigten sich. Ich bekam einen Tunnelblick. Die Kraft in meinem Unterkörper ließ nach. Aber ich durfte nicht schwach werden. Immerhin befand ich mich mitten auf der Straße. Leute liefen ständig an mir vorbei. Weit und breit keine Bäume oder Büsche, hinter denen ich mich hätte verstecken können. Aber ich hatte es nicht mehr weit zum Laden. Der Geruch von frischen Backwaren wurde intensiver. Ich unterdrückte den Drang, mich an Ort und Stelle hinzuhocken.

Schwungvoll riss ich die Tür auf. Keine Glocke über dem Rahmen kündigte meine Ankunft an. Ich hielt Ausschau nach einem Erleichterung verheißenden Schild – nur entdeckte ich keins. Zu meiner Rechten befanden sich zwei weiße Holzregale an der Wand. Wunderschön dekorierte Cupcakes in allen Farben des Regenbogens zierten sie. Davor bediente ein junger Mann eine ältere Dame. Links standen zwei kleine Tische mit je zwei Stühlen am Fenster.

Geradezu panisch schwenkte mein Kopf zurück zum Ausgangspunkt. Mein Harndrang wurde schier unerträglich. Schweiß beschichtete meine Haut. Eine Perle kullerte mir über die rechte Wange. Meine Augen weiteten sich vor Angst vor einem möglichen Malheur. Geduldig wartete ich darauf, dass der Smalltalk vor mir endete. Auf Zehenspitzen verlagerte ich das Gewicht von einem Bein aufs andere. Meine Hand ballte sich in einem nervösen Takt immer wieder zur Faust, bis ich mich nicht mehr zurückhalten konnte.

»Wo ist die Toilette?«, platzte ich heraus.

Die Frau vor mir und der junge Mann hinter dem Tresen musterten mich. »Tut mir leid, wir haben keine«, sagte der Bäcker.

»Sie haben keine?«, bestürmte meine ungläubige Stimme den jungen Mann.

»Sie können es in dem Restaurant um die Ecke versuchen«, schlug er vor.

Mein Mund klappte auf. Dieser Déjà-vu-Moment schien nichts Gutes zu verheißen. Flüssigkeit lief mein Bein hinab. Mein Herz pochte heftig. Ohne ein weiteres Wort wandte ich mich ab, um das Unvermeidliche zu vermeiden.

Mit Müh und Not behielt ich die Flüssigkeit in mir. Ich marschierte in Richtung unserer Wohnung. Nur noch ein Stück die Straße rauf, nur noch ein Stück die Straße rauf, wiederholte ich in Gedanken unablässig. Ich konzentrierte mich ganz auf die Worte, während ich mich weiterschleppte. Ich erreichte das Ende des Blocks, in dem unser Apartment lag – mein Ort der Erleichterung. An der Ecke stand ein Papasansessel mit einem roten Kissen. Wie eigenartig, schoss es mir durch den Kopf, als ich mit den um meine Beine baumelnden Einkaufstüten weiterhastete.

Ich fummelte mit den Schlüsseln herum, bevor es mir endlich gelang, den richtigen ins Schloss zu bekommen. Dabei sank ich auf die Knie, weil ich den Drang der Notdurft kaum noch bändigen konnte. Die Tür öffnete sich, und ich stürzte hinein, ließ die Lebensmittel im Flur zurück und stürmte zum Badezimmer. Unterwegs knöpfte ich die Hose auf. Aaah. Erleichterung durchflutete mich, als ich mich auf die Toilette setzte.

Danach fühlte ich mich wie ausgewechselt und verstaute die Einkäufe, wo sie hingehörten. Meine entspannten Gedanken kehrten zu dem Sessel an der Straßenecke zurück. Die zufällige Begegnung rüttelte eine Erinnerung wach. Guido hatte mir erzählt, dass die Leute hier ständig Sachen auf der Straße stehen ließen. Handelte es sich hierbei um einen solchen Fall? Ich schlüpfte wieder in meine Jacke, um mir die Sache genauer anzusehen. Zwanzig Minuten waren vergangen, seit ich an dem Sessel vorbeigekommen war – oder eher vorbeigestürmt. Ich schaute nach links, nach rechts und um die Ecke. Es juckte mich in den Fingern, aber meine Eltern hatten mich gut erzogen. Was, wenn jemand brüllte, dass ich eine Diebin sei?

Ich konnte mir den Sessel nicht einfach nehmen. Stattdessen ließ ich mich darauf nieder und überlegte, ob es mir überhaupt gelingen könnte, alle drei Teile auf einmal zu tragen – den Sitz, das Kissen und den Sockel.

Ich überprüfte die Stabilität des Möbelstücks. Meine Freundin Franziska hatte im Frühling, Sommer, Herbst und Winter einen solchen Sessel auf dem Balkon stehen. Eines Sommers hatten ihre Kinder darauf gespielt, und der Sockel war zusammengebrochen. Passiert war zwar nichts, aber ich wollte nicht, dass Passanten miterlebten, wie eine Schwangere mitten auf der Straße auf einem fremden Sessel umkippte.

Allerdings passte mein Hintern wunderbar darauf. Ich lehnte mich zurück. Einen Papasansessel wollte ich schon immer haben, hatte mir jedoch nie einen zugelegt. Sie waren mir immer zu teuer gewesen. Deshalb fiel es mir so schwer, mir vorzustellen, dass jemand diesen Sessel einfach so auf der Straße stehen gelassen hatte. Ich schlug die Beine übereinander und schloss die Augen.

»Mareike«, rief eine männliche Stimme. Ich erschrak. Oh nein, ich bin eingeschlafen. Unwillkürlich versteifte ich den Körper. Guido stand direkt vor mir. Meine Wangen loderten. Ich lungerte auf dem Sessel, als wäre die Straße mein Wohnzimmer.

»Äh, also …« Ich stemmte mich hoch. Leider verschwor sich die Physik gegen mich. Mein Körper zog mich zurück auf das Kissen.

»Willst du lieber hierherziehen? Stimmt schon, dass es hier geräumiger ist. Man darf sich halt nur nicht an den Abgasen, dem Staub und den Leuten stören«, witzelte Guido.

»Sehr komisch. Ich hab den Sessel hier draußen gesehen und überlegt, ob wir ihn mit nach Hause nehmen sollen.«

»Oh, ich verstehe. Wie lange sitzt – ich meine döst – du hier schon?« Ich zuckte mit den Schultern. »Ich denke, wir sollten ihn auf jeden Fall mitnehmen.« Guido zog mich hoch. Er ergriff den Sitz mit der rechten Hand, das Kissen mit der linken. Ich trug den Sockel.

Freitag

Die Sonne schien mir ins Gesicht. Der Papasansessel stand direkt vor dem Fenster. Drei nummerierte Pappkartons lagen in der Küche verstreut. Jedes geöffnete Adventskalenderschächtelchen brachte uns einen Tag näher zur 24. Und nicht nur das, in drei Tagen würde der Nikolaus vor der Tür stehen.

Ich blätterte in meinem Tagebuch. Die Seiten mit der Übersicht meiner Anforderungen an einen Kinderwagen fielen schon auseinander. Seit ich von meiner Schwangerschaft erfahren hatte, nahm ich ständig Kinderwagen um mich herum wahr. Insbesondere in einen hatte ich mich verguckt. Große Räder, ein bequemer Korb, ein verchromtes Gestell und wasserabweisender babyblauer Stoff hatten mein Herz zu einem Spontankauf gedrängt. Allerdings hatte mein Verstand meine Brieftasche zugeschnürt.

Zuerst hatte ich eine Liste erstellt, um Gewicht, Faltmaß, Herstellergewährleistung, Alltagstauglichkeit, Breite und Mobilität miteinander zu vergleichen. Meine Schwester drängte mich damals, weitere Punkte zu berücksichtigen, zum Beispiel die Befestigungsmöglichkeiten in einem Auto, weil wir ja eines besaßen. Je mehr ich recherchierte, desto schwieriger wurde die Entscheidung.

Ich schleppte Ulrike in mehrere Geschäfte mit, um ein Gefühl für die Kinderwagen auf dem Markt zu bekommen. Die Suche verwandelte sich in einen Realitätscheck. Das atemberaubende Design meiner ersten Wahl brachte mein Blut in Wallung. Aber die Räder des Wagens hatten keine Lenkfunktion, der Rahmen ließ sich nicht zusammenfalten, und es gab keine Federung zum Dämpfen von Erschütterungen der kostbaren Fracht. Unser begrenzter Stauraum hielt mich davon ab, einen Kinderwagen zu kaufen, den ich nicht zusammenfalten konnte.

Meine Mutter schlug vor, ihn einfach vor der Tür stehen zu lassen. Bei ihren Worten wurde mir ganz anders. Gelegenheit macht Diebe, erinnerte ich sie damals.

Auf der Suche nach dem perfekten Kinderwagen für unsere Familie rollte, faltete und hob ich Kinderwagen in vier verschiedenen Geschäften von Potsdam bis Berlin. Gekauft hatte ich keinen. »Du hast mich umsonst durch die Stadt geschleppt«, klagte Ulrike nach unserer erfolglosen Jagd.

»Ich habe Angst davor, den Kauf später zu bereuen«, gestand ich.

Das galt noch immer. Allerdings wurde ein Kinderwagen immer dringender. Plötzlich kam mir eine Idee. Da ich keine Geschenke für Guidos Schuhe hatte und uns noch Babyausstattung fehlte, konnte ich zwei Fliegen mit einer Klappe schlagen.

Immerhin hatten wir beide nicht vor, das Baby ständig herumzutragen. Wir brauchten einen Kinderwagen. Nicht meinen ursprünglichen Favoriten. Irgendeinen. Und ich hatte genau den richtigen Laden dafür im Kopf. Nur die Frage nach dem Wann galt es noch zu lösen.

Nikolaus fiel auf einen Montag. Der Freitag war bereits halb vorbei. Am Samstag und Sonntag würde Guido zu Hause sein. Ich brauchte einen Plan. Natürlich hätte ich früher daran denken sollen oder eigentlich müssen. Hatte ich aber nicht. Vielleicht litt ich wirklich unter Schwangerschaftsdemenz, wie eine meiner Kolleginnen vorausgesagt hatte. Die Unordnung in der Wohnung und die mangelnden Babysachen bewiesen täglich, wie sehr sich mein Verhalten verändert hatte. Aber es bestand Hoffnung. Sobald das Baby auf der Welt wäre, würde sich alles wieder normalisieren.

Ein Klopfen an der Tür unterbrach meine Überlegungen.

»Hallo, Henrietta«, begrüßte ich meine Nachbarin.

Sie strahlte. »Hi. Wie geht's dir? Ich hab mich gefragt, ob ihr am Sonntag vorbeikommen wollt, um mit uns Football zu schauen.«

»Football?« Die Rädchen in meinem Kopf drehten sich.

»Ihr müsst natürlich nicht, wenn ihr nicht wollt«, reagierte Henrietta auf mein Zögern.

»Nein, nein, nein. Ich bin mir … Mir ist bloß durch den Kopf gegangen, dass Guido wahrscheinlich gern kommen würde«, erklärte ich. »Und ich habe mir gerade überlegt, wie ich mich davonstehlen kann, um einen Kinderwagen als Überraschung zu kaufen.«

»Oh. Wohin willst du dafür?«, fragte Henrietta.

»Nur zu dem Gebrauchtwarenladen um die Ecke.« Laut zuzugeben, auch mir selbst gegenüber, dass ich in einem Gebrauchtwarenladen einkaufen wollte, erwies sich als befreiend. Früher wären mir die Worte nie und nimmer über die Lippen gekommen. In meiner Jugend waren Gebrauchtwarenläden heruntergekommen und schäbig gewesen. Aber in dem Geschäft hatte ich saubere, makellose Ware gesehen, die verborgene Schätze erahnen ließ. Unwillkürlich fragte ich mich, ob sich diese Läden auch zu Hause so gemausert hatten.

Ich spürte, dass sich eine neue Liste anbahnte: Orte zum Wiederentdecken in Potsdam.

»Ich liebe den Laden! Wann immer Attila aus irgendwas herauswächst, bringe ich es dorthin. Vielleicht kann ich es ja von jetzt an dir weitergeben«, bot Henrietta an.

»Oh … äh … Ja. Danke«, stammelte ich, überwältigt von ihrer Großzügigkeit.

Sonntag

Ich atmete die frische, winterliche Luft ein. »Okay, die Jungs sind alle versorgt.« Henrietta stellte sich neben mich. Zielstrebig marschierten wir auf unser Ziel zu. An einer Kreuzung blieben wir stehen und warteten darauf, dass die Fußgängerampel von Rot auf Weiß umschaltete. Meine Augen wurden groß. Ich hatte gerade ein mutmaßliches Muster entdeckt.

»Verlaufen Straßen, die Road im Namen haben, in nördliche Richtung?«, dachte ich laut nach. Henrietta betrachtete prüfend die grünen Straßenschilder. Ich folgte ihrem Blick. »Und Avenues nach Osten?«

»Ehrlich gesagt bin ich mir nicht sicher. Ich hab nie wirklich darüber nachgedacht. Heutzutage gibt es so viele Straßen mit Road, Avenue, Square, Lane, Terrace, Boulevard, Drive und Street im Namen.«

»Hm.« Ich hoffte, ich würde es noch herausfinden, damit ich es meiner Schwester unter die Nase reiben könnte. Jedenfalls bedeutete es, dass eine Avenue nicht zwangsläufig eine Allee sein musste, wie ich ursprünglich gedacht hatte.

Mir lag eine Folgefrage auf der Zunge, die sich auf die Reihenfolge der Hausnummerierung bezog. Doch schon bald geriet der Secondhandladen in Sicht. Also konzentrierte ich mich wieder auf das Ziel unseres Spaziergangs. Ich schob die Tür auf. Ein Babyschrei machte darauf aufmerksam, dass Kunden eingetreten waren. Der kleine Laden quoll vor Kleidung, Taschen, Spielzeug und den Objekten meiner Begierde, Kinderwagen, über.

Fünf reihten sich direkt neben der Ladentheke aneinander. »Kann ich die mal ausprobieren?«, fragte ich die Ladenbesitzerin.

»Gerne.« Die Frau näherte sich mir. »Brauchen Sie Hilfe?«

»Weiß ich noch nicht.« Ich begutachtete das Angebot.

»Ich will nur sagen, dass der hier Knöpfe am Lenker hat, die man drücken muss, um ihn aufzuklappen.« Die Frau führte es am letzten, marineblauen Kinderwagen der Reihe vor und platzierte einen Sitz in der Mitte der Konstruktion.

Ich rollte den Kinderwagen hin und her.

»Ein Kinderkörbchen gehört dazu«, ergänzte die Verkäuferin. Sie holte eines und kam wieder auf mich zu. Mit geübten Handgriffen entfernte sie den Kindersitz und ersetzte ihn durch das Körbchen.

»Danke.« Der Wagen gefiel mir. Ich schob ihn mit dem Körbchen herum, baute den Sitz wieder ein, klappte den Rahmen zusammen, überprüfte die Breite und das Gewicht. Am Ende war ich begeistert. »Wie viel kostet er?«, erkundigte ich mich.

»75 Dollar«, antwortete sie.

Mir stockte der Atem.

»75 Dollar?«

»Das ist ein Schnäppchen«, befand Henrietta. Meine Nachbarin kniete sich hin, um die Räder und die Stabilität des schwarzen Alurahmens zu überprüfen.

Ich begutachtete das Kinderkörbchen. Dabei entdeckte ich keinerlei Mängel am Innen- oder Außenmaterial oder auf der weichen Matratze am Boden. Henrietta brachte den Kindersitz am Rahmen an. Ein paar verwaschene Flecken an der Fußstütze bildeten die einzigen erkennbaren Gebrauchsspuren.

Ganz gleich, was der Wagen ursprünglich gekostet haben mochte, er entsprach genau dem, wonach ich gesucht hatte. »Ich nehme ihn.« Meine Worte hallten in dem kleinen Laden wider.

»Wunderbar.« Die Ladenbesitzerin gab den Kauf in die Kasse ein, ich bezahlte und schob den Wagen nach Hause.

»Das war jetzt so einfach, dass ich kaum fassen kann, was für einen Aufwand ich vorher bei der Suche betrieben habe.«

»Ist mir genauso gegangen. Man merkt erst nachher, dass man sich so viel Stress hätte sparen können. Beim zweiten Kind tut man sich das nicht mehr an«, erklärte Henrietta.

»Ich hoffe, du hast recht«, erwiderte ich seufzend.

Sie lächelte, während wir weitergingen. »Für dich ist das neu. Aber du wirst an den Herausforderungen wachsen und dich bald nur noch um die echten Probleme kümmern.«

»Zum Beispiel?«, hakte ich lachend nach.

»Zum Beispiel, hart zu bleiben und Nein zu sagen. Du hast noch keine Ahnung, wie Kinder einen auf die Probe stellen können. Aber wenn du sie davon abhältst, alles aus dem Regal zu holen, beliebige Stecker zu ziehen, hinter den Fernseher zu kriechen und hundert Wattestäbchen im ganzen Badezimmer zu verteilen, wird dein Leben deutlich weniger stressig«, meinte meine Nachbarin.

Der Kinderwagen glitt wunderbar leicht über den Asphalt und ließ sich mühelos nach links und rechts lenken. Vor unserer Haustür hatte ich keine Schwierigkeiten dabei, die Vorderräder hochzudrücken und den Rahmen zusammenzuklappen.

»Wir können den Kinderwagen bei uns in der Wohnung verstecken. Tanner kann ihn vor die Tür stellen, wenn er zur Arbeit geht.

Ich glaube, er verlässt das Haus vor Guido«, bot Henrietta an.

»Das wäre super«, erwiderte ich mit strahlender Miene.

Sonntagabend

Als wir die Wohnungstür nach der Rückkehr von den Nachbarn schlossen, fiel mein Blick auf Guidos Winterschuhwerk.

»Hast du deine Stiefel schon geputzt?«

Er glotzte mich an, als wäre ich eine Außerirdische und hätte ihn gerade um eine Urinprobe gebeten.

»Der Nikolaus bringt dir nichts, wenn du's nicht machst«, warnte ich grinsend.

»Du solltest wissen, dass ich nichts für dich habe«, gestand Guido mit einem Dackelblick. Er ließ die Schultern hängen. Normalerweise beschenkte Guido mich am 6. Dezember mit einem Gutschein für eine Massage, Pediküre oder Maniküre. Tatsächlich handelte es sich dabei um sein Geschenk für mich zu jeder Gelegenheit. Und ich freute mich jedes Mal unheimlich über solche Gutscheine. Selbst würde ich mich nie damit verwöhnen.

Aber angesichts der neuen Stadt, der neuen Nachbarschaft und der neuen Büroumgebung verstand ich vollkommen, warum er den Anlass vergessen hatte. Aber in wenigen Monaten würden wir wieder zu Hause sein, und dann lagen Ostern, mein Geburtstag und der Frauentag vor uns.

»Keine Sorge, der Nikolaus besucht uns trotzdem«, tröstete ich Guido und stellte seine geputzten Stiefel neben die Tür.

»Das hättest du nicht tun sollen«, meinte er schulterzuckend.

»Ist nichts weiter«, erwiderte ich und biss mir auf die Unterlippe. Natürlich passte das Geschenk nicht in seine Stiefel, aber ich wollte die Überraschung nicht verderben.

»Was immer du geplant hast, ich hoffe, du musst nicht wieder mitten in der Nacht dafür aufstehen.«

Ich grinste. »Muss ich nicht.« Hoffte ich zumindest, als ich ins Bett ging.

Wenn man's nicht weiß,
dann weiß man's nicht

34. Woche

M	T	W	T	F	S	S
29	30	1	2	3	4	5
6	7	8	9	10	11	12
13	14	15	16	17	18	19
20	21	22	23	24	25	26
27	28	29	30	31	1	2

December

TO DO

6 **Monday**
Nikolaus

7 **Tuesday**
Spazieren gehen

8 **Wednesday**
Gynäkologe

9 **Thursday**
Spazieren
Spazieren
Spazieren

10 **Friday**
Spazieren

11 **Saturday**
· Baby prep class

12 **Sunday**
3. Advent

Ulrike anrufen

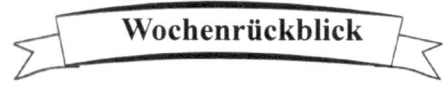

Montag

Wie kann es sein, dass sich Weihnachten in verschiedenen Ländern unterschiedlich entwickelt hat? Wir putzten unsere Stiefel für den Nikolaus. Dafür bekamen wir Vollmilchschokoladenweihnachtsmänner und mit Marmelade gefüllte Lebkuchenherzen hinein.

In den USA wurden die an den Kaminsims gehängten Strümpfe gefüllt, allerdings erst zu Weihnachten.

So sehr ich den Nikolaus liebte, zwei Männer brachten Geschenke im selben Monat. Warum? Und wie konnte es sein, dass der Weihnachtsmann bei uns am 24. kam, hier hingegen am 25.? Ich konnte darüber scherzen, dass der Weihnachtsmann erst von Europa in die USA reisen musste. Aber wir würden unser Kind wahrscheinlich so erziehen, wie man uns erzogen hatte. Somit würde das hinfällig sein. Und früher oder später fand man als Kind ohnehin heraus, dass es den Weihnachtsmann nicht gab.

Warum also taten wir überhaupt so, als gäbe es ihn? Ich glaubte, den Grund zu kennen. In gewisser Weise glich er den Grimm'schen Märchen – er sollte uns dazu ermahnen, unser Verhalten zu hinterfragen. Richtig? Ich jedenfalls war als Kind oft gewarnt worden, dass ich nur Kohle statt Geschenke bekommen würde, wenn ich mich danebenbenahm. Allerdings hatte ich unabhängig von meinem Verhalten nie wirklich Kohle gekriegt. Würden Kinder heutzutage überhaupt noch wissen, was Kohle war, wenn man ihnen damit drohte?

Ich erinnerte mich noch an meterhohe Kohlehaufen auf dem Bürgersteig, die irgendjemand in seinen Keller schleppen oder schaufeln musste. Und mir hatte immer davor gegraut, welche in einem Metallkübel aus den schmutzigen, dunklen Gewölben unter dem Haus holen zu müssen. Bei der Erinnerung an den tiefschwarzen Staub auf meiner Haut, meiner Kleidung und in meinem Haar lief mir ein Schauder über den Rücken.

Zu noch etwas hatten unsere Eltern uns vor Weihnachten immer ermutigt – einen Wunschzettel für Weihnachtsgeschenke zu schreiben. Bei mir hatte immer dasselbe ganz oben gestanden – eine

Rakete, um wie Juri Gagarin ins All zu fliegen. Meine Mutter musste mich regelmäßig daran erinnern, dass man das Geschenk einpacken können musste. Also kritzelte ich stattdessen in meiner schönsten Handschrift ein Pferd. Worüber meine Mutter nur immer die Lippen schürzte. Tatsächlich bekam ich eine Flöte oder Ähnliches. In der Stille der Nacht schüttelte ich die alten Erinnerungen ab.

Das Aroma von frisch gebrühtem Kaffee weckte mich auf. Ich schlüpfte in meine Strickjacke und zog den weichen Gürtel sachte etwas enger um das Baby.

Guido saß bereits mit einem Becher in der Hand im Wohnzimmer. Vor ihm auf dem Tisch reihten sich Jelly Beans wie eine Perlenkette aneinander. »Unfassbar, dass wir die früher nie hatten«, sagte Guido.

»Ich hab sie gesehen und gehofft, sie würden dir schmecken. Und wie sind sie?«

»Köstlich. Danke«, sagte Guido mampfend.

Ich küsste ihn. »Gern geschehen.«

»Hast du heute schon was vor?«

»Vielleicht packe ich endlich die Babytasche und beantworte ein paar E-Mails.« Aus dem Augenwinkel beobachtete ich, wie Guido von einem Zimmer zum nächsten ging.

»Was suchst du?« Meine Stimme hallte in unserem ehemaligen Wohnzimmer wider.

»Meine Stiefel«, antwortete Guido. »Bitte sag mir, wo sie sind.«

»Vielleicht hat der Nikolaus sie vor der Tür vergessen«, meinte ich schulterzuckend.

Guido öffnete unsere Eingangstür. Ich hörte, wie er nach Luft schnappte.

»Mareike«, entfuhr es ihm mit schriller Stimme. Guido zog den Kinderwagen in die Wohnung. »Wie? Wann?« Am Griff des Kinderwagens hing eine blaue Blume aus einer Papierserviette mit einer Notiz.

»Danke, dass du dieses Jahr deine Stiefel geputzt hast. Ich habe überlegt, den Kinderwagen zu schrumpfen, damit er hineinpasst, aber ich dachte mir, dass er in normaler Größe nützlicher ist. Der Nikolaus«, las Guido laut vor. »Das ist spitze. Ein Punkt weniger auf der Liste. Danke, Mareike.« Guido umarmte mich, bevor er die Stiefel anzog und mit beschwingten Schritten von dannen zog.

Ein Punkt weniger auf der Liste. Er hatte recht. Ich holte mein Tagebuch heraus und strich Kinderwagen durch. Erleichterung entspannte meine Muskeln. Ein Seufzen rutschte mir heraus. Langsam bekam die Babyvorbereitung Hand und Fuß. Mit einer Last weniger auf den Schultern trat ich meinen täglichen Spaziergang an.

Mittwoch

Zufrieden grinsend ignorierte ich vorläufig, dass wir noch etwas dringend brauchten – ein Kinderbett.

»Mrs Korn!« Ich folgte einer Frau in einer fliederfarbenen Krankenpflegerinnenuniform. Wieder wollte ich sie fragen, ob sie schon so gekleidet zur Arbeit kam oder sich erst hier umzog. Aber mein holpriges Kommunikationsgeschick und die Sorge, ich könnte unhöflich wirken, ließen mich den Mund halten.

Eine andere Frau mit Instrumenten auf Rädern kam in mein Untersuchungszimmer. »Guten Morgen. Ich bin Melissa.«

Wie viele Leute hier hatten denselben Job? Oder anders gefragt: Wie groß war diese Praxis eigentlich? Während die Pflegerin die übliche Routine mit meinem Blutdruck und dem Rest abspulte, rief ich mir die Namen der Betreuerinnen bei meinen letzten Besuchen ins Gedächtnis. Joan und Karen. Lobend klopfte ich mir in Gedanken dafür auf die Schulter, dass ich mich daran erinnerte – normalerweise verflüchtigten sich Namen in meinem Kopf wie Wasser bei hundert Grad Celsius. Bisher waren alle Pflegespezialistinnen Frauen gewesen. Dasselbe galt für die Krankenpflegerinnen, die bei jedem Besuch meinen Blutdruck und Puls gemessen hatten. Früher hatte man Letztere als »Krankenschwestern« bezeichnet, was an sich schon auf Frauen hinwies. Aber übten nicht mittlerweile auch Männer diesen Beruf aus? In Gedanken merkte ich mir vor, die Geschlechtsstatistiken für Pflegepersonal zu recherchieren.

Ich wartete im Untersuchungsraum. Weder Stimmen noch irgendwelche Alarme oder Pieptöne drangen an meine Ohren. Ich genoss die Ruhe. Ein solcher Ort vermittelte das Gefühl einer Zuflucht, an der man seine Ängste ablegen konnte.

Schließlich trat eine Frau mit fast weißem Haar ein. »Guten Tag. Ich bin Dr. Mitchel. Wie geht es Ihnen?«, begrüßte sie mich.

Mittlerweile kannte ich also Claire, Skylar und Dr. Mitchel. »Hallo, ich bin Mareike«, stellte ich mich vor.

Wieder lag ich auf dem gepolsterten Krankenbett mit Kopfstütze, das Shirt hochgezogen, die Hose aufgeknöpft. Wie üblich landete das warme Gel auf meiner Haut, und die Bewegungen des Ultraschallgeräts beruhigten mich zusätzlich. Für solche Augenblicke lebte ich. Still, entspannend, stressabbauend.

»Hatten Sie schon Wehen?«, erkundigte sich die Ärztin.

»Nein«, murmelte ich.

»Falls Sie das Gefühl haben, es könnten sich welche anbahnen, aber nicht sicher sind, können Sie uns jederzeit anrufen. Braxton-Hicks-Kontraktionen können schmerzhaft sein und leicht mit echten Wehen verwechselt werden. Und wir wollen doch nicht, dass Sie ins Krankenhaus kommen und man Ihnen dann sagt, dass Sie gleich wieder nach Hause können«, erklärte sie.

Ich verdaute ihre Worte. Fragen gingen mir durch den Kopf, doch ich konnte sie nicht richtig artikulieren. Ich hatte null Erfahrung mit all dem – würde ich die Schmerzen wirklich unterscheiden können? Klar, Platzwunden, Schnitte oder blaue Flecken konnte ich leicht einordnen. Aber Wehen waren völlig neu für mich. Meine Wirbelsäule kribbelte. Dass ich mich plötzlich so unvorbereitet fühlte, machte meine gute Laune von vorhin zunichte.

Die Ärztin vermaß das Baby und hörte den Herzschlag ab.

»Ich habe gesehen, dass Sie entschieden haben, das Baby im Brigham and Women's zu bekommen.«

Ich nickte.

»Waren Sie schon in dem Krankenhaus?«, fragte Dr. Mitchel.

»Noch nicht, aber wir haben uns für einen Rundgang nächste Woche angemeldet«, sagte ich.

»Wunderbar. Es ist ein großes Krankenhaus. So kriegen Sie eine Vorstellung davon, wohin Sie müssen, wenn es so weit ist«, erklärte die Ärztin. Ein zaghaftes Lächeln huschte bei ihren Worten über meine Züge. »Und ist Ihre Babytasche schon gepackt?«

Eine weitere Frage von dieser Frau, die zu spüren schien, dass ich nicht vorbereitet war.

34. Woche ☀ dann weiß mans nicht

»Wir arbeiten daran.« Die Tasche war noch nicht ansatzweise fertig. Tatsächlich stand sie nach wie vor im Wohnzimmer, wo wir sie zurückgelassen hatten – leer. Wieder mal verfluchte ich mich dafür und konnte mir nicht erklären, was mit mir nicht stimmte. Sonst war ich immer organisiert und vorbereitet. Aber seit meiner Ankunft in den USA hatte ich zum ersten Mal seit den Sommerferien nach der 10. Klasse mehr Zeit und hinkte trotzdem mit allem hinterher. Meine Erledigungsliste schien jeden Tag länger zu werden. Wenigstens war das Baby noch nicht da.

»Möchten Sie Ultraschallbilder mit nach Hause nehmen?«, fragte die Ärztin. Den Herzschlag zu hören, bescherte mir jedes Mal eine Gänsehaut.

»Gern«, antwortete ich.

Der Papierstreifen kroch mit einem ausgedruckten Bild meines Babys aus der Maschine. Ich säuberte mich, bevor ich meinen nackten Bauch bedeckte.

»Da Sie in der 34. Woche sind, ist der nächste Termin in zwei Wochen. 22. Dezember. Sollen wir die gleiche Zeit vereinbaren?«

»Gern.« Ich nickte. Nachdem ich meine Formulare für den nächsten Termin erhalten hatte, wandte ich mich zum Gehen.

Wie schnell diese Termine doch zur Routine geworden waren. Abgesehen von ein paar Minuten im Wartezimmer gestaltete sich der eigentliche Zweck der Übung kurz und schmerzlos. Zum Glück. Kaum waren mein Gewicht und Puls erfasst und das Baby vermessen, wurde ich mit einem neuen Termin in der Hand meiner Wege geschickt.

Nachdem ich den Reißverschluss meiner Jacke bis zum Anschlag zugezogen hatte, holte ich meine Handschuhe aus den Taschen. Aus der linken purzelten Briefe und Karten. Zwei weiße Umschläge landeten auf dem Bürgersteig. Bisher hatte ich weder ein Postamt noch Briefkästen gesehen. Aber ich würde schon noch darüber stolpern, genau wie zu Hause. Die knallgelben Kästen mit einem schwarzen Posthorn konnte man ja kaum übersehen.

Ich trabte die Mass Avenue entlang. Ein Wort auf einem Schild über einem Laden fiel mir ins Auge: Buchhandlung. Im Harvard Bookstore gab es reihenweise Bücher. Bislang hatte ich mich in den USA damit zurückgehalten, mir physische Bücher anzusehen. Den Großteil der Sachen, die Guido und ich hier besaßen – oder uns

34. Woche ⁕ Wenn mans nicht weiß

noch zulegten –, würden wir vor der Rückkehr nach Deutschland wieder loswerden müssen. Aber ein kleines Buch wäre eher ein Andenken zum Mitnehmen. Vielleicht würde meine Schwester es auch lesen wollen. Nur was sollte ich besorgen? Ich schlenderte durch die Reihen und hielt Ausschau nach der Abteilung für Jugendliche. In Großbuchstaben beschriftet entdeckte ich Bereiche für Erwachsene und junge Erwachsene. Aber nichts für Jugendliche.

»Entschuldigung«, wandte ich mich an eine junge Frau und hoffte, dass sie in dem Laden arbeitete.

»Ja?«, erwiderte sie.

»Ich suche die Abteilung für Jugendliche«, sagte ich.

»Die Abteilung für junge Erwachsene ist gleich hinter Ihnen.«

Ich legte die Stirn in Falten. Statt meine Verwirrung zu äußern, antwortete ich nur: »Danke.« Unterwegs zum genannten Bereich grübelte ich über den Unterschied zwischen Jugendlichen und jungen Erwachsenen nach. Offensichtlich verstand man in den USA darunter dasselbe. Nur wo zog man die Grenze zu Kindern? Gab es zwischen ihnen und jungen Erwachsenen nichts? Anscheinend nicht. Wieder etwas gelernt. Wird wohl nicht das letzte Mal sein, dachte ich bei mir.

Ich sah die Titel in der Abteilung für junge Erwachsene durch. Schließlich griff ich zu Percy Jackson, weil mir die deutsche Fassung gefallen hatte. Mein Blick wanderte noch einmal über die anderen Buchrücken im Regal. Aber Percy schien mir eine gute Wahl zu sein. Da ich das Buch bereits gelesen hatte, wusste ich, was die Worte bedeuten sollten. Vielleicht würde mir das helfen, mein Englisch zu verbessern. Und ich könnte das Buch beenden, bevor wir zurück in die Heimat ziehen würden.

Ich trat den Weg zur Kasse an. In der Nähe stand ein Regal mit Büchern für werdende Eltern. Die Cover zeigten glückliche Mütter mit glücklichen Babys und vielversprechenden Titeln. Wieder spürte ich einen Knoten im Magen, weil die Zeit dahinraste und der Geburtstermin des Babys näher und näher rückte. Ich widerstand dem Drang, durch eines der Bücher zu blättern. Weil ich bereits wusste, was wir brauchten. Ich hatte eine Liste.

Ich trat entschlossen an die Kasse, um Abstand zwischen mich und die Versuchung zu bringen. Nachdem ich bezahlt hatte, legte sich der Drang, einen weiteren Elternratgeber zu kaufen. Die

Gedanken an die bevorstehende Veränderung in unserem Leben jedoch blieben.

»Möchten Sie das Buch als Geschenk verpackt haben?«, erkundigte sich die junge Verkäuferin.

»Nein, danke«, antwortete ich abwesend.

»Ich glaube, die haben Sie woanders gekauft«, merkte die Frau an, nachdem sie mein Buch eingescannt hatte.

Mein Blick fiel auf die Ladentheke. Dort lagen meine Weihnachtskarten. »Äh, ja. Verkaufen Sie zufällig auch Briefmarken? Oder können Sie mir sagen, wo das nächste Postamt ist?«, fragte ich.

»Ja, wir haben tatsächlich Briefmarken. Erste Klasse oder international?«, fragte sie.

Erste Klasse? Ich glotzte die Frau mit großen Augen an. Gab es auch Briefmarken zweiter Klasse? Statt die Frage auszusprechen, erwiderte ich: »International.«

»Wie viele brauchen Sie?«

»Zehn.«

»Das macht dann 13,30 Dollar«, sagte die Frau.

Ich legte einen Zwanziger auf den Tresen. Die Frau gab mir das Wechselgeld zurück. Ich packte mein glänzendes neues Buch, die Briefmarken und die Postkarten ein.

Die frostige Luft draußen brannte mir auf der Haut. Ein Schild mit der Aufschrift Pastry lockte mich. Mein Verstand assoziierte damit auf Anhieb eine Bäckerei. Mit großen Schritten überquerte ich die Straße und überlegte bereits, was ich bestellen wollte. Mürbegebäck, Kekse oder vielleicht auch nur ein einfaches Croissant. Andererseits würde es womöglich sogar Rumkugeln oder erfrischenden Obstkuchen geben. Aber wahrscheinlich würde ich am Ende das Übliche bestellen – leckeren Käsekuchen. Mit großen, hungrigen Augen betrat ich die Bäckerei. Leicht verblüfft blieb ich stehen. Die weißen Wandkacheln mit einem blauen Muster erinnerten mich an die altmodische Metzgerei, in der meine Oma früher immer eingekauft hatte – nicht an eine Bäckerei. Aber statt Leberwurst, Bratwurst oder Mettwurst stapelten sich hinter der Glastheke bunt dekorierte Kekse und interessant geformte Backwaren.

Ich erkannte nichts davon.

Bei genauerer Betrachtung musste ich bei einigen der köstlich aussehenden Kreationen an jene im North End denken. Ich bückte mich, um die Etiketten zu lesen. Cannoli und Hummerschwanz. Ich kaufte je zwei, damit auch Guido davon probieren konnte. Bevor ich mir die weiße, cremig gefüllte Nachmittagsleckerei genehmigte, holte ich die Briefmarken, Briefe und Postkarten heraus.

Als ich die Briefmarken vom Trägerpapier löste, fiel mir auf, dass sie rund waren. Wie cool ist das denn? Ich nahm an, die Form sollte die Erde symbolisieren.

Ich machte mich über mein Cannolo her, schaffte jedoch nur die Hälfte. Die üppige Füllung sättigte mich schneller als gedacht. Ich packte den Rest zurück in die Schachtel und marschierte los. In einer Hand trug ich die Leckereien, in der anderen die Weihnachtsbriefe.

Ich schaute den Bürgersteig entlang nach links, bevor ich nach rechts abbog. Auf dem Harvard Square herrschte trotz der Kälte reger Betrieb. Weit und breit entdeckte ich keinen Briefkasten. Die Kälte kroch durch die Nähte meiner Jacke. Auf dem Heimweg hielt ich weiter nach einem Briefkasten Ausschau. Dieses Rätsel schien sich nicht von selbst lösen zu wollen. Ich fragte mich, ob ich vielleicht längst an einem Briefkasten vorbeigekommen war, ihn jedoch nur nicht bemerkt hatte. Vielleicht standen sie an bestimmten Orten, zum Beispiel im Stadtzentrum auf Plätzen, damit die Post die Sendungen leichter einsammeln konnte. Aber ich war schon auf dem Union Square, dem Harvard Square, dem Porter Square und dem Davis Square gewesen. Wie wahrscheinlich war es, dass ich überall den Briefkasten übersehen hatte?

Samstag

Die U-Bahn raste unter den Straßen von Cambridge dahin, als wir uns auf dem Weg zum Geburtsvorbereitungskurs befanden. Aus irgendeinem Grund nannte man den Zug T. In Berlin stand die Kurzbezeichnung U-Bahn für Untergrundbahn, und S-Bahn für … Tatsächlich wusste ich das gar nicht. Jedenfalls nicht für die Straßenbahn, die oberirdisch fuhr. Logischerweise hätte ein oberirdisch fahrender Zug ja eigentlich O-Bahn heißen müssen. Konnte sich das T vielleicht auf Terra beziehen? Verflixt, ich hatte mein Tagebuch nicht dabei, um die Frage auf die wachsende Liste von Dingen zu setzen, die ich recherchieren musste.

Seit meiner Ankunft in den USA benutzte ich meine Handtasche immer seltener. Allzu oft ging ich ohnehin nicht raus. Und bei meinem täglichen Schwangerschaftssport – einem Spaziergang um den Block – boten die zahlreichen Taschen von Guidos Jacke mehr als genug Platz für mein Handy und mein Portemonnaie.

Mein Blick wanderte über die anderen Leuten im Zug. Dabei blieb er an den Händen einer jungen Frau hängen. An ihrem rechten Ringfinger funkelte ein weißlich transparenter, murmelgroßer Stein. Damit sah ich zum ersten Mal aus nächster Nähe einen Diamanten. Ich hatte immer gedacht, solche Ringe kämen nur in Liebeskomödien vor.

Ich zog die Hände aus den Taschen. Mein rechter Zeigefinger drehte den Ring an meinem linken Ringfinger gegen den Uhrzeigersinn. Als Guido mir den Verlobungsring überreicht hatte, da hatte ich gewusst, dass er mein langfristiger Partner war. Er wies zwei einander überkreuzende Blätter auf. Das schlichte Design rührte mein Herz noch immer.

Die sogenannte rote Linie hielt an der Park Street. Guido zog mich vom Sitz, und wir verließen die U-Bahn. Über dem öffentlichen Verkehrsmittel empfing uns kalte Luft. Guido ergriff meine Hand, und wir schlenderten durch den Park.

»Vielleicht können wir nach dem Geburtsvorbereitungskurs ins Prudential Center. Dort gibt's ein Restaurant, in dem wir zu Mittag essen könnten«, schlug Guido vor.

»Klingt nach 'nem guten Plan«, stimmte ich begeistert nickend zu.

Als wir die Boylston Street betraten, änderte sich die gesamte Umgebung. Mehr Autos, mehr Menschen, mehr Geschäfte entlang der Straße. Die Lebendigkeit der neuen Atmosphäre holte mich aus meinem Dämmerzustand.

Normalerweise wäre ich an jedem Schaufenster stehen geblieben, um mir das Warenangebot anzusehen, doch mich plagten unterschwellig meine Füße und meine Hüfte. Mein Bauch war so sehr angewachsen. Neben dem zusätzlichen Wasser unter der Haut hatte ich auch noch zugenommen, obwohl man mir immer noch das Kompliment unterbreitete, man könnte meine Schwangerschaft kaum sehen.

Eigentlich eher ein Fluch als ein Kompliment. Winterjacken

und Pullover verdeckten meinen Bauch noch mehr, weshalb in den öffentlichen Verkehrsmitteln niemand für mich aufstand und mir seinen Sitzplatz überließ.

Wir fuhren die Rolltreppe vor dem Prudential Center hoch und betraten das Einkaufszentrum. Vom Boden bis zur Decke reichende Schaufenster präsentierten schicke Kleidung und allerlei technische Spielereien.

»Bist du sicher, dass wir hier richtig sind?«, fragte ich.

Die Hochglanzumgebung entsprach nicht meiner Vorstellung von einem Ort, an dem man etwas über das Wunder der Geburt lernte. Obwohl ich eigentlich keinen weiteren Unterricht gebraucht hätte. Das hatte ich schon zu Hause hinter mich gebracht. Allerdings wollte ich die Worte auch auf Englisch hören. Außerdem eignete sich der Kurs hervorragend für Guido.

Im Zickzack bahnten wir uns einen Weg durch das Labyrinth der Geschäfte. Allmählich gelangten wir in ruhigere Gefilde. Vor einer Glastür blieben wir stehen. Auf einem Schild stand Werdende Eltern.

Statt eines sterilen Seminarraums betraten wir einen Laden mit Babywaren. Obwohl ich mich bereits in dem Einkaufszentrum im Bundesstaat New York mit Babykleidung eingedeckt hatte, konnte ich nicht widerstehen. Die puppengroße Mode zog mich geradezu magisch an.

Warum müssen sie das Zeug auch so süß gestalten?

Hinter den hängenden Stramplern standen drei Babybetten aus Holz. Ich inspizierte ein kastanienbraunes. Als ich mich vorbeugte, um das Preisschild zu beäugen, wäre ich beinah hineingefallen. Mein Schwerpunkt musste sich verschoben haben. Anscheinend sollte man es in Woche 33 tunlichst vermeiden, sich zu weit vorzubeugen. Allerdings fragte ich mich unwillkürlich, ob es für Guidos oder meinen Rücken gut wäre, das Baby in einem so steilen Winkel hineinlegen und herausheben zu müssen.

Ich betrachtete das Preisschild. Die vertauschten Satzzeichen bei der amerikanischen Angabe verwirrten mich jedes Mal wieder. Der Punkt vor den Cents und das Komma vor der Hunderterstelle verknoteten meine Gehirnzellen. Das Babybett kostete nicht zwei Dollar und 430 Cent. Tatsächlich belief sich der Preis auf 2.430,00 Dollar zuzüglich Steuer.

34. Woche ✳ dann weiß mans nicht

Guido stützte mich. Er zog mich in einen Raum mit untereinander plaudernden Leuten. Sechs Paare saßen in einem Besprechungsraum mit beigen Wänden. Wir ließen uns auf zwei freien Plätzen nieder, bevor eine Frau in einem zebragestreiften Einteiler vor die Wartenden hintrat.

»Guten Morgen«, grüßte die Vortragende mit rauchiger Stimme. »Ich bin Vanessa und seit 25 Jahren Geburtshelferin. Da ihr alle hier seid, nehme ich an, dass ihr das erste Mal ein Baby in eurem Leben begrüßen werdet.« Die künftigen Mütter und Väter murmelten und nickten. »Wie ihr sicher schon mit eurem Gesundheitsdienstleister besprochen habt, solltet ihr unbedingt das Krankenhaus besichtigen, in dem euer Baby zur Welt kommen soll. Heute erfahrt ihr alles über die verschiedenen Möglichkeiten der Geburt. Neben der normalen Entbindung bieten einige Krankenhäuser auch Wassergeburten an. Und damit ihr eine bessere Vorstellung davon bekommt, wie so etwas abläuft, haben wir ein Video vorbereitet, in dem ihr die verschiedenen Arten sehen könnt.«

Ich starrte auf das Whiteboard. Das Video zeigt drei Geburtsszenarien. Eine Frau brachte ihr Kind in einem Wassertank zur Welt. Eine andere auf Händen und Knien. Die dritte lag auf dem Rücken. Aber damit endete das Video noch nicht. Nach zehn Minuten zeigte der Film eine traditionelle Geburt. Ich hielt mich zwar nicht für prüde, dennoch war ich nicht darauf vorbereitet zu sehen, wie der Kopf eines Babys zwischen den Beinen einer Frau herausglitt, gefolgt vom Rest des kleinen Wesens. Eine glibberige, zähflüssige Masse bedeckte die Haut des schreienden Neugeborenen, die nassen Haare klebten am Köpfchen. Das Gesicht der Mutter verzog sich zu einer Grimasse, ihr Körper krümmte sich, ihre Hand krallte sich in den Stoff unter dem schwitzenden Leib.

Ich vermochte nicht zu sagen, was mich am meisten schockierte – das Erscheinen des Babys, die Schreie der Gebärenden oder dass ich noch nie eine Frau in einer solchen Lage gesehen hatte. Wahrscheinlich entsetzte mich alles gleich.

Nach dem Video trat bedrückte Stille ein. Keinerlei Fragen wurden gestellt. Niemand gab auch nur einen Mucks von sich. Vanessa setzte den Unterricht fort. Sie informierte uns über die Anzeichen von echten Wehen im Gegensatz zu Braxton-Hicks-Kontraktionen, die Dauer der Wehen, Atemtechniken zur Schmerzbewältigung und

Möglichkeiten einer Epiduralanästhesie während der Geburt und mögliche Komplikationen. Außerdem ging sie darauf ein, wie unsere Partner uns während der Prozedur unterstützen konnten.

Offen gestanden bekam ich es wegen der visuellen Präsentation mit der Angst zu tun. Theoretisch wusste ich, wie eine Geburt ablief. Ich hatte ja schon mehrere Kurse besucht. Etliche Frauen aus meinem Umfeld hatten schon Kinder bekommen. Unwillkürlich fragte ich mich, warum es so unheimlich beschwerlich aussah.

Plötzlich fielen mir verschiedene Geschichten über Geburten ein. Und auf einmal wollte ich das alles nicht mehr. Ich bekam eine Heidenangst. Irgendwie hatte ich mir vorgestellt, eine Geburt wäre etwas, das man einfach hinter sich brachte.

»Geht's dir gut?«, erkundigte sich Guido und drückte sanft meine Hand.

»Ich hab Angst«, murmelte ich.

Guido zog mich näher an sich. »Ich bin ja da«, säuselte er mir ins Ohr.

Vanessa stellte eine Tasche mit einem Muster in Form von rosa Rosen vor sich. »Es wäre klug von euch, die Krankenhaustasche rechtzeitig vorzubereiten und immer dabei zu haben.«

Sie öffnete den Reißverschluss und zeigte uns ein Blatt Papier in einer Plastikhülle. »Auch den Geburtsplan solltet ihr immer mitführen.« Als Nächstes holte sie ein winziges weißes Jäckchen heraus. »Etwas zum Anziehen für euer Baby«, erklärte die Vortragende. Dann legte sie Socken auf den Stapel. »Socken und was Bequemes für die Mama.« Auf den Socken landete ein gelber Schlafanzug.

»Das sind nur ein paar der wichtigsten Dinge, aber es gibt noch viele mehr, um den Aufenthalt im Krankenhaus angenehmer zu gestalten. Wir haben eine Liste für euch zusammengestellt, außerdem ein paar Proben und Gutscheine, die ihr mit nach Hause nehmen könnt.«

Jedes Paar holte sich einen Stoffbeutel mit Produktproben und der versprochenen Checkliste für das Krankenhaus.

»Und was hast du gelernt?«, fragte Guido mich verschmitzt.

»Dass eine Geburt sogar im 21. Jahrhundert noch gefährlich für Frauen ist«, antwortete ich düster.

Da er mit meiner plötzlich alles andere als begeisterten Einstellung zur Schwangerschaft nicht gerechnet hatte, entschied er sich für einen anderen Ansatz. »Lass uns was essen gehen. Vielleicht fühlst du dich danach besser.«

Ich trabte neben meinem Ehemann her. Er hatte recht. Ich gehörte zu den Menschen, die unleidlich wurden, wenn sie Hunger hatten. Aber wer nicht?

Nun ja, mein Mann. Das gehörte zu den wenigen Dingen, die manchmal zu Knatsch zwischen uns führten.

Ich seufzte. Wenn das nur das Einzige bliebe, wären wir gut bedient.

Wir betraten den Aufzug. Guido drückte den Knopf neben Top of the Hub. Als ich das Bedienfeld genauer betrachtete, wurde ich stutzig. Sämtliche Stockwerke waren vertreten, nur zwischen 12 und 14 klaffte eine Lücke.

»13 fehlt.« Ich zeigte hin. Guido warf einen Blick auf die Knöpfe.

»Weißt du, das ist mir schon im Sheraton aufgefallen, aber da hab ich mir nichts weiter dabei gedacht.«

»Wie merkwürdig.« Ich textete mir selbst, um mich daran zu erinnern zu recherchieren, was es mit der 13. Etage auf sich hatte und warum man in den USA Komma und Punkt bei Zahlen vertauschte. Aber ich hatte keine Internetverbindung.

Ein weitläufiger Raum erstreckte sich vor uns, als wir auf der Ebene des Restaurants ausstiegen. Glasfenster umgaben den Gästebereich.

»Wie viele Personen?«, erkundigte sich eine junge Frau.

»Zwei«, antwortete Guido.

Wir folgten ihr zu einem Tisch mit zwei Stühlen direkt neben einem Fenster, und sie legte die Speisekarten vor uns hin. »Kuck mal, die haben Rindssuppe«, sagte ich, nachdem ich die Gerichte überflogen hatte.

»Wow, schau dir das an.« Ich drehte den Kopf in alle Richtungen und ließ den Blick über eine Stadt wandern, die ich gerade erst zu entdecken begann.

»Möchten Sie schon etwas zu trinken bestellen?« Eine Kellnerin mit kupferrotem Haar stand mit einem Notizblock in der Hand neben unserem Tisch und schaute zwischen uns hin und her.

»Limonade wäre toll«, antwortete ich.

»Für mich auch«, sagte Guido.

34. Woche ⁎ Wenn mans nicht weiß

»Und zu essen?«

»Guido, weißt du schon, was du nimmst?« Ich zog die Augenbrauen hoch.

»Ja, die Filetspitzen«, sagte mein Mann.

»Gern. Und Sie?« Die Kellnerin schaute von ihrem Block auf, nachdem sie Guidos Bestellung notiert hatte.

»Für mich bitte den Rindfleischeintopf. Danke.«

»Die nehme ich Ihnen ab.« Die Kellnerin entfernte die Speisekarten von unserem Tisch.

Mein Blick heftete sich aufs Meer. Das große Gewässer wirkte so nah, dennoch fühlte sich unser derzeitiges Zuhause so weit im Landesinneren an. Jedes Mal, wenn wir an die Ostsee fuhren, spürte man deren Nähe schon kilometerweit entfernt. Die Bäume veränderten sich, der Boden wurde sandiger, und zuletzt nahm man in der Luft die winzigen Salzpartikel wahr. Alles wies darauf hin, dass man sich einem Ozean näherte.

»Wir müssen uns unbedingt das Meer ansehen«, meinte ich, als mein Rindereintopf kam.

»Auf jeden Fall«, pflichtete Guido mir bei.

Nach dem Essen leerte ich den Beutel mit Geschenken vom Kurs. Ein in Plastik verpackter Schnuller, eine Broschüre für eine Brustwarzencreme mit einem winzigen Probentütchen, ein Heft mit Coupons für Säuglingsartikel und Proben für Babybadeprodukte fielen heraus. So sehr ich kostenlose Sachen liebte, wir hatten bereits beschlossen, keine Schnuller zu benutzen. Die Vierjährige meiner Cousine lief immer noch permanent mit einem im Mund herum. Und jedes Mal, wenn sie einen verlor, kam es einer Tragödie gleich.

Nachdem wir bezahlt hatten, schlenderten wir durch das Restaurant. Einige Selfies später fuhren wir mit dem Aufzug hinunter ins Erdgeschoss und kehrten zur Somerville Avenue zurück.

Ich deutete mit dem Kopf in Richtung der Apotheke. »Vielleicht sollten wir schon mal anfangen, Windeln zu horten.«

»Klar, sehen wir uns mal um«, stimmte Guido zu.

Ein schwacher Kunststoffgeruch lag in der Luft, vermischt mit Zimtaroma. Grün, Rot und Weiß beherrschten das Farbspektrum der Saisonartikel in der Apotheke. Ein künstlicher, beleuchteter Weihnachtsbaum mit Geschenkattrappen zierte den Kassenbereich.

Wir machten uns auf die Suche nach der Babyabteilung. Eine

Unmenge an Windeln in verschiedenen Größen stapelte sich in zwei Reihen auf zwei Regalen.

»Welche nehmen wir?«, fragte Guido.

»Keine Ahnung.« Auf den Kartons standen unterschiedliche Mengen und Größen. Je größer die Windeln wurden, desto weniger enthielten die Verpackungen, trotzdem stiegen die Preise.

»Was meinst du, wie schwer das Baby sein wird?« Guido kniete sich hin, um einen Windelkarton genauer zu untersuchen.

Ich verdrehte die Augen. »Ich kann nicht in die Zukunft schauen.« Nach kurzem Schweigen fügte ich hinzu: »Nehmen wir die Größen eins und zwei.«

»Welche Marke?«, fragte Guido. Er zog eine Schachtel heraus, hielt jedoch inne, bevor er eine zweite ergriff.

»Ich weiß nicht. Vielleicht einfach die günstigste.« Auch ich sank auf die Knie.

»Schau, da gibt's ein Sonderangebot. Wenn wir für dreißig Dollar Windeln kaufen, kriegen wir fünf Dollar Rabatt«, las Guido von einem Aufsteller ab.

»Gar nicht übel. Weißt du was? Ich glaube, in dem Beutel war ein Coupon.« Ich kramte darin herum und holte das Heft hervor. Dann blätterte ich durch die Coupons, bis ich die richtige Marke fand. Tatsächlich entdeckte ich sogar drei geeignete Coupons.

Wir stapelten die beiden Kartons mit Windeln auf der Ladentheke.

»Haben Sie eine Kundenkarte bei uns?«, erkundigte sich der Mann an der Kasse.

»Nein«, sagte ich.

Gleichzeitig antwortete Guido: »Ja.« Er gab seine Kundennummer ein. Mit zusammengekniffenen Augen beobachtete ich das Geschehen.

»Sie haben Bonuspunkte im Wert von zehn Dollar. Möchten Sie die einlösen?«, erkundigte sich der Kassierer.

»Ja«, antwortete Guido lächelnd.

Der Mann scannte unsere Windeln. Die Kasse zeigte 59,98 an. Gleich darauf verringerte sich der Betrag auf 49,98. Ich schob dem Mann zwei Coupons hin. Er scannte sie ein. Der Preis sank auf 43,98.

Und durch die Einlösung von Guidos Treuepunkten verringerte sich der Gesamtbetrag noch einmal auf 33,98.

»Zahlen Sie bar oder mit Karte?«

»Bar.« Guido zückte die Brieftasche.

»Was ist mit der Steuer?«, fragte ich.

»In Massachusetts gibt es keine Steuer auf Babyartikel«, klärte mich der Kassierer auf.

Unterwegs nach Hause mit unserer Ausbeute meinte ich zu meinem Mann: »Wir haben 26 Dollar gespart. Das ist eine Menge Geld.«

»Auf jeden Fall«, pflichtete er mir bei. »Trotzdem hat es sich komisch angefühlt.«

Ich strahlte. »Ich weiß. Ich bin mir ein bisschen wie eine Couponsammlerin vorgekommen. Jedenfalls sind wir jetzt einen Schritt weiter damit, wirklich vorbereitet auf unser Baby zu sein.«

Sonntag

Ich zeichnete Babyfläschchen, um die Zeit bis zum Anruf meiner Schwester totzuschlagen. Nachdem ich sie ausgemalt hatte, ließ ich den Blick über meinen Kalender wandern.

Nur noch sieben Wochen.

Kaum leuchtete das Display meines Handys auf, nahm ich den Videoanruf an. »Guten Morgen«, begrüßte ich Ulrike.

»Was soll das heißen? Wir haben nach Mittag«, scherzte meine Schwester. »Was hast du heute vor?«

»Nicht viel«, gestand ich. »Und was ist mit dir?«

»Ich gehe zu Mama und Papa zum Stollenessen«, teilte Ulrike mir mit.

»Oh. Ja. Richtig. Dritter Advent.« Meine Wangen röteten sich. Dritter Advent! Zum ersten Mal überhaupt war ich in der Adventszeit nicht bei meiner Familie. Nachdem ich meiner Schwester einen schönen Nachmittag mit unseren Eltern gewünscht hatte, rieb ich mir mit der rechten Hand über die Stirn, um die ungläubigen Falten darauf zu glätten. Außer dem Adventskalender zeugte rein gar nichts in unserer Wohnung von Weihnachten.

Hier feierte niemand den Advent. Ein Anflug von Unbehagen senkte sich über mich. Mit der freien Hand streichelte ich meine Strickjacke – etwas von zu Hause. Mir wurde klar, was mir aufs Gemüt drückte. Ich fühlte mich einsam.

34. Woche ☀ dann weiß mans nicht

Damit hatte ich schon einmal zu kämpfen gehabt, doch da war es mir gelungen, es zu verdrängen. Das Abenteuer, mich in einer neuen Stadt in einem fremden Land aufzuhalten, verstärkte sämtliche Empfindungen in mir. In letzter Zeit jedoch stieg jenes bestimmte Gefühl öfter in mir auf, als mir lieb war. Zu Hause herrschte bei allen vorweihnachtliche Stimmung. Hier hingegen wollte sich bei mir weder im Herz noch im Kopf unbeschwerte Fröhlichkeit einstellen.

Die meisten Tage verbrachte ich allein, schlug die Zeit tot und unternahm praktisch gar nichts. Doch Momente wie dieser, in denen die Wahrheit hinter dem Vorhang hervorlugte, erschütterten meine Realität.

Als ich beschlossen hatte herzukommen, um in dieser bedeutenden Zeit unseres Lebens bei meinem Mann zu sein, hatte ich keinerlei Zweifel gekannt. Nun jedoch, da ich in diesem ungewohnten Apartment saß und niemanden für einen Kaffeeklatsch oder für Gespräche über das Baby hatte, holte mich die Isolation ein. Aber ich behielt meine Gefühle für mich. Weil ich überzeugt davon war, dass es sonst zu einem Streit ausarten würde. Dafür fühlte ich mich derzeit emotional nicht gewappnet. Also hielt ich mir vor Augen, dass ich schon bald Gesellschaft in Form eines kleinen Kinds bekommen und wenig später Flugtickets in der Hand halten würde.

Wo ist die Weihnachtsstimmung?

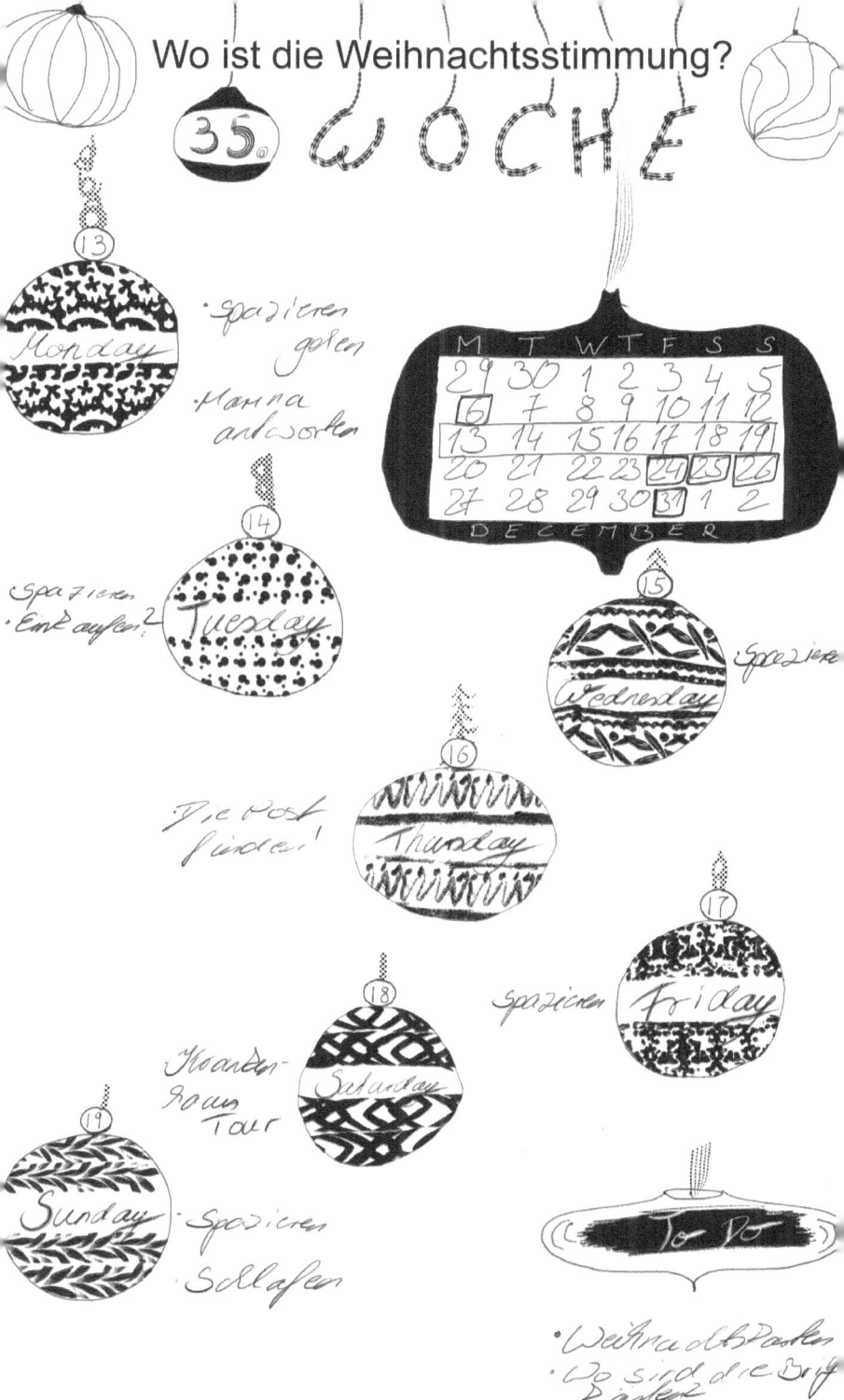

35. WOCHE

Monday (13)
- spazieren gehen
- Marina antworten

Tuesday (14)
- spazieren
- Einkaufen?

Wednesday (15)
- spazieren

Thursday (16)
- Die Post finden!

Friday (17)
- spazieren

Saturday (18)
- Krankenhaus Tour

Sunday (19)
- spazieren
- Schlafen

DECEMBER

M	T	W	T	F	S	S
29	30	1	2	3	4	5
6	7	8	9	10	11	12
13	14	15	16	17	18	19
20	21	22	23	24	25	26
27	28	29	30	31	1	2

To Do
- Weihnachtskarten
- Wo sind die Brief Marken?

Wochenrückblick

Montag, Dienstag, Mittwoch, Donnerstag ... oder doch

Freitag?

Die Tage verschmolzen dank unspektakulärer Routinen miteinander. Zwischen Spaziergängen sah ich mir neidisch von meinen Freunden gepostete Videos und Fotos an. Ihre Leben bereicherten lächelnde Gesichter, geselliges Beisammensein und Gruppenausflüge. Ich hingegen ruhte den von Wehwehchen geplagten Körper weit von ihnen entfernt auf einem Sofa aus.

Zum ersten Mal im Leben hatte ich schier endlos Zeit zur Verfügung. Wenn ich viel zu tun hatte, gestresst oder überwältigt war, ging mir immer eine ellenlange Liste von Dingen durch den Kopf, was ich lieber tun würde. Im Augenblick hatte ich zwar reichlich Zeit, aber weder irgendwelche Ideen für Aktivitäten noch Energie. Nur winzige Höhepunkte bereicherten mein Leben. Natürlich auch ein nicht so kleiner – bei meinem Mann zu sein und Teile der Babyvorbereitung mit ihm zusammen zu absolvieren, beispielsweise unseren Besichtigungsbesuch im Krankenhaus. Der aufregende Gedanke an jenen Ausflug half mir durch das Nichts der Woche.

Samstag

Eine kalte Brise wehte uns über die Gesichter. Auf dem Bürgersteig begegnete uns nur eine Handvoll Leute. Keine Autos fuhren vorbei, während wir von einem Bein aufs andere traten. Trotz der Ruhe um Guido und mich herum lag für uns Aufregung in der Luft. So sehr, dass ich nicht in der Wohnung auf unser Rideshare-Auto warten wollte. Der Besuch im Krankenhaus brachte Schmetterlinge in meinem Bauch zum Flattern. Ich wünschte nur, wir könnten unser Baby näher bei unserem Zuhause zur Welt bringen. Mindestens ein Krankenhaus wäre für uns zu Fuß erreichbar. Leider wusste Guido auch nicht, warum wir für die Entbindung quer durch die Stadt fahren mussten. Ein brummender Motor näherte sich. Ich drehte mich dem Fahrzeug zu, als es direkt vor uns zum Stehen kam. Das Fenster auf der Beifahrertür eines silbernen Kleinwagens senkte sich.

»Guten Morgen«, begrüßte uns eine Frauenstimme. Wir beugten uns vor. Eine Frau mit Fältchen um die Augen sah uns an. »Sind Sie Mareike?«

»Ja«, antwortete ich. Prompt streckte ich die Hand nach dem Griff der hinteren Tür aus.

»Guten Morgen«, wiederholte die Fahrerin. Das rote glatte Haar reichte ihr bis zu den Schultern. Ihr Blick fiel auf die Wölbung unter meiner Jacke.

»Herzlichen Glückwunsch«, gratulierte uns die Frau.

»Danke«, riefen Guido und ich vom Rücksitz.

»Fahrt ihr euch das Krankenhaus anschauen?«, erkundigte sie sich.

»Ja«, bestätigte Guido.

Wir schnallten uns an, und das Auto bahnte sich einen Weg durch die mittlerweile vertrauten Straßen. Die Häuser, die Menschen und die Luft waren mir bei meinen täglichen Spaziergängen ans Herz gewachsen. Schließlich gelangten wir auf neue Straßen mit neuen Häusern und mehr Verkehr, aber die Umgebung des Autos beruhigte meine Nerven. In der Stille des Augenblicks kehrten meine Gedanken zu dem Moment zurück, in dem ich von meiner Schwangerschaft erfahren hatte.

Vor sechs Monaten

Meine ständige Müdigkeit deutete auf eine Veränderung meiner Konstitution hin. Zuerst dachte ich, dass sich eine Erkältung oder sogar eine ausgewachsene Grippe anbahnte. Meine Mutter drängte mich seit Wochen, einen Untersuchungstermin zu vereinbaren, doch mein Energieverlust reichte noch nicht, um mich zu einem Arztbesuch zu bewegen. Ich dachte, das Unbehagen würde von selbst vergehen. Die Zeit vertrieb ich mir, indem ich in die Glotze schaute. Einer der Sender warb für eine neue Doku-Serie mit dem Titel Ungeahnt schwanger.

Wie kann man nicht merken, dass man schwanger ist? Dann fiel bei mir der Groschen in Zeitlupe. Das kann nicht sein …

Die Erkenntnis setzte nicht etwa mit Freude, Glücksgefühlen oder sonst irgendeiner positiven Emotion ein. Stattdessen wurde mir schlecht. Wir hatten keine Schwangerschaft geplant. Nicht, dass wir etwas gegen Kinder hatten. Guido und ich hatten eine feste Beziehung. Und Freunde in unserem Umfeld steuerten auf die nächste Stufe ihrer Beziehung zu. Nur hatten wir nie wirklich über ein Baby gesprochen.

Ich brauchte einen Beweis. Eine Vermutung genügte nicht. Der im Laden gekaufte Test zeigte zwei blaue Linien an. Meine Augen zuckten. Mein Mund trocknete aus. Meine Knie erweichten. Vielleicht irrte sich der Test. Allerdings bestätigte der Arzt meinen Zustand. Die neue Erkenntnis nistete sich in meinem Bewusstsein ein – ich war tatsächlich in anderen Umständen. Ob ich bereit war oder nicht, ich würde ein Baby bekommen.

Die Neuigkeit platzte nicht aus mir heraus. Mehrere Tage vergingen, bevor ich die andere Person einweihte, die es wissen sollte. Ich kaufte dafür ein Buch mit dem Titel Vermassle es nicht, Papa, verpackte es als Geschenk und versah es mit einer Glückwunschkarte für Guido.

»Oh, danke. Was ist denn der Anlass?« Guido zog an der frühlingsgrünen Schleife.

»Es ist eine Überraschung.« Das silbergestreifte Geschenkpapier öffnete sich.

Guido ergriff die Karte. »Nächstes Projekt: Erweiterung. Startdatum: 14. Januar. Enddatum: 18 Jahre plus«, las Guido laut vor. Seine Züge erstarrten, als er den Einband des Buchs betrachtete. Dann musterte er mich von oben bis unten. Und las erneut die Karte. Sein Mund klappte auf. Und schloss sich wieder. Dann erschienen Fältchen um seine Augen, als sich ein strahlendes Lächeln auf seinem Gesicht ausbreitete.

»Wirklich?« Guido umarmte mich.

»Ja«, flüsterte ich.

»Wie lange weißt du es schon? Hast du es Ulrike gesagt? Oder deinen Eltern?«

»Nein. Du bist der Erste«, versicherte ich ihm.

»Ich kann's noch gar nicht glauben! Wollen wir es allen erzählen? Wir könnten unsere Eltern zu uns einladen. Oder einen Tisch im Fliegenden Holländer reservieren«, schlug Guido überschwänglich vor.

»Ja«, stimmte ich glücklich zu.

Mein Ehemann strahlte übers ganze Gesicht. »Ich kann nicht fassen, dass wir Eltern werden. Wie willst du ihn taufen? Oder wird es ein Mädchen?«

»Weiß ich noch nicht«, brachte ich heraus.

»Was müssen wir für das Baby besorgen? Oh, willst du dich nicht setzen? Brauchen wir ein extra Zimmer? Müssen wir vielleicht umziehen? Was meinst du?« So ging es weiter mit Fragen über Fragen – auf die ich keine Antworten hatte. Seine Aufregung hob meine Laune. Allerdings dämpfte die Angst vor dem Unbekannten meine Freude.

Es dauerte ein paar Tage, bis ich damit meinen Frieden schloss, dass in meinem Bauch ein kleiner Mensch heranwuchs. Wenig später erfuhr ich durch eine weitere Neuigkeit wieder einen Dämpfer. Nur Wochen, nachdem wir von unserem bevorstehenden Neuzugang erfahren hatten, wurde Guidos Auslandsaufenthalt zum Thema. Ein paar Tage später dämmerte mir, dass ich bei der Geburt womöglich allein sein würde. Vermutlich würde meine Mutter mir gern helfen, aber nicht sie hatte daran mitgewirkt, das Baby zu erschaffen, also war es auch nicht ihre Verantwortung. Erst Monate später kristallisierte sich unverhofft, wie das Leben manchmal so spielte, die Möglichkeit heraus, zu Guido über den großen Teich zu reisen.

Damals beherrschten mich Zorn und Verwirrung, und ich hatte ursprünglich nicht die Absicht gehabt, zu ihm zu fliegen. Schon aus Trotz nicht. Immerhin hatte er unser Zuhause verlassen. Tatsächlich jedoch war ich leichter zu überzeugen, als ich gedacht hätte. Ulrike köderte mich damals mit einem einfallsreichen Argument.

»Weißt du noch, wie du wegen deiner Blinddarmoperation nicht zu dem zweiwöchigen Schüleraustausch mit nach Fredericksburg konntest?«

»Natürlich. Das wäre das erste Mal gewesen, dass ich Europa verlassen hätte«, erwiderte ich.

Sie lächelte. »Das ist deine Gelegenheit.«

Zurück im Auto

»Da wären wir.« Der Wagen hielt an.

»Danke«, sagte Guido, bevor er ausstieg.

»Alles Gute«, wünschte uns die Fahrerin.

»Danke, Ihnen auch«, gab ich zurück und schob mich aus dem Auto.

Ich streckte die Glieder, während mein Blick an Glas emporwanderte, das sich dem Himmel entgegenstreckte. Vor uns ragte ein Hochhaus auf. Ich drehte mich im Kreis. Verwirrt zeigte ich auf das verglaste Gebäude vor uns. »Das ist das Krankenhaus?«

»Steht da zumindest.« Guido deutete auf die Buchstaben über dem Eingang. Brigham and Women's Hospital.

»Es ist riesig und sieht überhaupt nicht wie ein Krankenhaus aus«, merkte ich an. Die elegante Fassade erinnerte mich eher an ein gehobenes Hotel.

»Hast du vielleicht die falsche Adresse angegeben?«, löcherte mich Guido, der von meiner Unsicherheit leicht genervt wirkte.

»Ich glaube nicht, aber lass uns nachsehen.« Ich fasste in die Jackentasche, um mein Handy herauszuholen, entdeckte aber nur meine Handschuhe. Rasch überprüfte ich die andere Tasche. Nichts. Ich tastete die gesamte Jacke ab.

»Was ist?«, fragte Guido.

»Ich glaub, ich hab mein Handy verloren«, gestand ich.

»Gerade eben?«

»Bin mir nicht sicher. Ich hab das Auto für uns bestellt. Dann ist die Bestätigung gekommen. Wir haben unsere Jacken und Stiefel angezogen. Ich glaube, ich hatte das Handy in der Hand, als wir gegangen sind.«

»Ich rufe dich mal an«, schlug Guido vor.

»Okay.« Meine Mundwinkel senkten sich.

Guido bedeutete mir mit erhobenem Zeigefinger, still zu sein.

»Ihr Guthaben reicht leider nicht aus. Bitte laden Sie es auf, bevor Sie den Anruf fortsetzen«, teilte uns eine automatische Stimme in der Leitung mit.

Innerlich verdrehte ich die Augen. »Warum hast du nicht ausgewählt, dass es automatisch aufgeladen werden soll, wenn du das Limit erreicht hast? Dann wärst du immer erreichbar.«

»Ist wirklich nicht der richtige Zeitpunkt, mir so zu kommen«, rügte mich Guido.

Statt etwas zu kontern, meinte ich scherzhaft: »Egal, mein Handy würde ohne gültige SIM-Karte eh nicht klingeln. Trotzdem müssen wir es irgendwie wiederfinden.«

»Nur wie? Ich kann mit meinem Handy jetzt nicht mal ein Taxi rufen.«

»Keine Ahnung«, musste ich zugeben.

35. Woche 🔘 Wo ist die Weihnachtsstimmung?

»Ich weiß, ich hab dir gesagt, du sollst das GPS auf deinem Handy ausschalten. Aber hast du's auch gemacht?«, fragte Guido.

Ich vermochte nicht zu sagen, ob es eine Fangfrage war oder nicht. Er hatte mich tatsächlich mehrmals aufgefordert, die Funktion auszuschalten, um einen Standortstempel auf digitalen Bildern zu vermeiden. Aber wie sollte ich die Kartenfunktion nutzen, wenn das Gerät nicht orten konnte, wo es sich befand?

Wenn ich das Argument brachte, bekam ich in der Regel zu hören: Wie wir es vor Smartphones gemacht haben – mit einer Karte auf Papier.

Darauf wollte ich jedes Mal am liebsten lautstark erwidern, dass niemand mehr mit gedruckten Karten durch die Straßen lief und ich mich außerdem damit immer hoffnungslos verirrte. Ich brauchte Orientierungspunkte oder jemanden, der mir sagte, wann ich links oder rechts gehen musste, vor allem in einer mir unbekannten Stadt in einem Land, dessen Sprache ich nicht ausreichend beherrschte.

Kleinlaut gestand ich: »Das GPS ist noch an.«

»Super«, erwiderte Guido unerwartet freudig.

»Super?«, wiederholte ich.

»Ja. So können wir es aufspüren.«

»Wie? Mit deinem Handy?« Ich klang unbeabsichtigt sarkastisch. Immerhin war ich selbst schuld. Und ihm war eine Lösung eingefallen.

»Nein, aber wir brauchen nur ein Internetcafé«, erwiderte Guido.

Ich konnte die Zunge nicht im Zaum halten.

»Weißt du, ich glaube, Internetcafés sind so gegen 2010 aus der Mode gekommen.«

Mein Ehemann bedachte mich mit einem pointierten Blick.

»Das ist nicht hilfreich. Warum lässt du dir dann nicht eine Lösung einfallen?«

»Wie wär's, wenn wir einfach jemanden fragen, ob er uns sein Handy benutzen lässt?«, schlug ich vor, als ein Mann im Anzug an uns vorbeiging.

»Ich würde nie jemandem, den ich nicht kenne, mein Handy überlassen«, argumentierte Guido.

»Was? Das ist ein Notfall!«, entfuhr es mir.

»Und genau die Taktik wenden auch Betrüger an«, entgegnete Guido. Seine Erklärung darüber, was Menschen taten, um das Vertrauen anderer zu missbrauchen, ließ die Stimmung abstürzen, und wir sahen uns beide nur um. Dann fiel mir ein magisches Wort ins Auge: Bibliothek.

Zum Glück konnten wir dort an einen der Computer heran. Und ich erinnerte mich sogar an mein Passwort für das Online-Portal vom Rideshare. Ich klickte mich durch das Menü, um mein verlorenes Handy zurückzubekommen. Und natürlich lautete die erste Aufforderung, den Fahrer oder die Fahrerin anzurufen. Ich biss mir auf die Unterlippe. Den Computer anzubrüllen, würde noch mehr Probleme verursachen. Also suchte ich stattdessen nach einer anderen Lösung. Fünf lange, panische Minuten später fand ich auf der Website ein Formular, in dem ich die Situation erklärte. Am Ende gelangte ich zur Möglichkeit, die Fahrerin zurückkommen zu lassen.

Nervös beschlossen wir, das nächstgelegene Café aufzusuchen. Gleich um die Ecke köderte uns Seeds of the Earth mit einladend geschmückten Fenstern. Ein kräftiges Aroma aus meiner Kindheit ließ mich die Schultern straffen. Hagebutte. Diesen Geschmack hatte ich seit dem Fall der Mauer nicht mehr gekostet, weil ich zu Fenchel und Kamille gewechselt hatte. Ha, was für eine seltsame Korrelation. Guido bestellte einen Kaffee, ich Hagebuttentee. Ich verliebte mich in das Regal mit Gläsern, die andere Tees der gleichen Marke enthielten: Xylem Sunflower.

Während ich Nostalgie trank, atmete ich den Duft meiner Vergangenheit ein. Der Geschmack war aromatischer, als ich ihn in Erinnerung hatte. Jedenfalls beruhigte das heiße Getränk meine Nerven, unterstützt von den Blumendrucken an den weißen Wänden.

Nachdem Guido bezahlt hatte, steckte er die Brieftasche nicht ein, sondern zählte seine Scheine und Münzen. »Ich glaube, wir müssen ihr ein Trinkgeld geben, wenn sie zurückkommt. Wie viel hast du?«, erkundigte er sich. Obwohl mich seine Frage überraschte, tat ich es ihm gleich.

Ich legte einen Zwanziger auf den Tisch. »Wie viel hast du?«

»Fünfundvierzig Dollar und ein paar Cent«, antwortete Guido.

»Glaubst du, das reicht?«, fragte ich.

»Ich weiß nicht. Sie muss extra herkommen, wenn sie dein

Telefon zurückbringen soll. Und in der Zwischenzeit kann sie keine anderen Leute fahren«, sagte Guido.

Ich nickte zustimmend. »Wenigstens mussten wir nicht quer durch die Stadt, um mein Handy zu holen.«

Die schwarzen Zeiger der Uhr an der Wand unter dem Regal mit Tee bewegten sich kaum. Ich nippte regelmäßig an meinem abkühlenden dunkelroten Getränk.

»Was machen wir wegen dem Krankenhausrundgang?«, fragte ich schließlich.

»Ich glaube, sie bieten über den Tag verteilt mehrere an«, erwiderte Guido.

»Und was, wenn sie alle ausgebucht sind?«

Mein Mann zuckte mit den Schultern. »Weiß nicht. Dann müssen wir wohl an einem anderen Tag noch mal herkommen.« Ich hätte für ihn auch das Offensichtliche ausgesprochen.

Nachdem wir minutenlang – nein, gefühlte Stunden – nur herumgesessen, unsere Getränke geschlürft und Kekse in CD-Größe genascht hatten, gingen wir nach draußen und liefen dort auf und ab, wo die Fahrerin uns abgesetzt hatte. Dabei schwanden sowohl unsere Nerven als auch die Hoffnung, mein Handy je wiederzubekommen. »Alle meine Bilder, Kontakte und E-Mails sind weg«, jammerte ich.

»Nichts davon ist verloren. Ist ja alles gesichert. Du musst nur ein neues Gerät kaufen, dann kannst du alles wiederherstellen«, versicherte mir Guido.

Ich presste die Lippen zusammen. Zu Hause hätte ich behauptet, dass uns mein Telefon mehr miteinander verband als vorher. Doch da ich mittlerweile hier bei ihm war, stimmte das nicht mehr. Und indem wir uns zankten, würde die Zeit auch nicht schneller vergehen.

Die Zeit kroch so langsam wie eine Schnecke dahin. Meine Hoffnung, dass die Fahrerin überhaupt noch auftauchen würde, ließ allmählich nach. Rastlos marschierte ich auf dem Bürgersteig hin und her. Gelegentlich blieb ich stehen und hielt an jeder Kreuzung, jedem Stoppschild, jeder Ampel Ausschau nach dem Auto. Und plötzlich hielt unsere Rideshare-Fahrerin neben uns an.

»Vielen Dank!«, rief ich der Frau durchs offene Fenster zu. Ich drückte ihr Geld in die Hand und entriss ihr mein Handy, als wäre es ein lang verschollenes Familienerbstück. Bevor Guido meine Erleichterung darüber sehen konnte, dass ich mein Handy wiederhatte, wischte ich rasch eine Träne weg.

Ich hielt mein Handy so innig fest wie bald mein Kind, als wir mit zwei Stunden Verspätung endlich das Krankenhaus betraten.

»Oh wow«, platzte es aus mir heraus.

Innen entsprach die Einrichtung ganz dem Äußeren. Die hohen Decken der Eingangshalle bestärkten mich in dem Verdacht, dass ein Hotelarchitekt dieses Gebäude entworfen hatte.

»Es hat gerade ein Rundgang angefangen. Da schließen wir uns noch schnell an«, sagte Guido. Nervosität verdrängte meine Aufregung darüber, dass wir es tatsächlich ins Krankenhaus und zum Aufzug geschafft hatten.

Die Türen glitten auf. Eine Gruppe von fünfzehn Erwachsenen stand um eine offene Tür herum. Ich schlich auf Zehenspitzen hin und spähte über die Schultern der erwartungsvollen Eltern. Vor uns befand sich ein Einzelzimmer mit Fenstern, die von der linken bis zur rechten Wand reichten. »Man kann sogar das Stadion sehen«, sagte eine Frau irgendwo zu meiner Linken.

»Welches Stadion?«, hörte ich mich fragen.

»Das der Sox«, klärte mich eine Schwangere neben mir auf. Vor meinem geistigen Auge tauchte ein Bild meiner speziellen Kiste für einzelne Socken auf. Statt etwas vom Geheimnis der in unserem Haushalt verschwindenden Socken zu erwähnen, wandte ich mich an meinen Ehemann.

»Sox? Socken?« Ich bedachte Guido mit einem fragenden Blick. Er zuckte nur mit den Schultern.

»Wie kann's sein, dass ihr die Red Sox nicht kennt?«, fragte die Frau neben mir.

»Wir sind Deutsche«, brachte ich entschuldigend heraus, um meine Ahnungslosigkeit über die lokale Sportszene zu überspielen. Eigentlich über jede Sportszene in jedem Land, jeder Region und jeder Stadt … einschließlich meiner eigenen.

»Oh, dann mögt ihr bestimmt Fußball, richtig?«, fragte die Frau, die mir den Namen des Stadions genannt hatte.

»Ich verstehe nicht das Geringste von Fußball.« Im Hinterkopf konnte ich praktisch sehen, wie Guido die Augen verdrehte.

Der Mund der Frau klappte auf. Ihr Mann sprach die Worte

aus, die ihr durch den Kopf gehen mussten. »Wie können Sie nichts von Fußball verstehen? Sie sind doch Deutsche.«

Die Annahme, dass man als Angehörige einer bestimmten Nationalität automatisch das Interesse aller Bürgerinnen und Bürger an einer bestimmten Sportart teilte, verblüffte mich. Mein Kopf wurde leer.

Tatsächlich war ich Guido zuliebe schon bei etlichen Spielen gewesen, aber wirklich denkwürdig fand ich nur die bei Weltmeisterschaften. Da kam man ohnehin kaum daran vorbei, etwas von den Spielen mitzubekommen. Riesige Bildschirme wurden dann an verschiedenen zentralen Orten aufgestellt, sogar in Parks. Und damit war Public Viewing geboren. Die Atmosphäre dabei kehrte den Gemeinschaftsgeist hervor. Man traf sich mit Freunden und lernte neue kennen.

»Ja, völlig richtig. Das ist das Stadion der Red Sox. Deshalb sollten Sie deren Spielplan im Auge behalten. Bei Heimspielen kann ganz schön viel Verkehr herrschen. Und Sie wollen Ihr Baby bestimmt nicht am Straßenrand bekommen«, erklärte unsere Rundgangsleiterin, bevor sie uns zum nächsten Halt führte.

Die künftigen Eltern bewegten sich zu einer in Hüfthöhe beginnenden Fensterfront. »Und hier sind unsere Neugeborenen.« Hinter der riesigen Scheibe lagen etwa zehn Babys, die im Schlaf an Tannenzapfen in rosa und blau gestreiften Decken erinnerten. Jeder der puppengroßen Menschen trug eine beigefarbene Mütze mit einer blauen oder rosa Schleife oben. Ich tätschelte meinen Babybauch.

»Warum sind sie nicht bei ihren Eltern?«, rief eine piepsige Stimme von jemandem zu meiner Linken.

»Wir kümmern uns um die Kleinen, wenn die Mütter schlafen wollen, und wir bringen sie zurück, wenn sie hungrig sind«, antwortete die Krankenpflegerin, die uns führte. »Weil die meisten Babys eingewickelt sind, kann man nicht sehen, dass jedes einen Anhänger hat.« Die Krankenpflegerin zog ein weißes Bändchen aus der Tasche. »Damit wird verhindert, dass es zu Verwechslungen bei den Neugeborenen kommt oder dass jemand ein Baby einfach mitnimmt. Es wird erst abgenommen, wenn Sie das Krankenhaus verlassen.«

Als sich die Frau abwandte und in Richtung des Empfangs

weiterging, gerieten mir ihre Worte erst richtig zu Bewusstsein.

Ich hatte schon von gestohlenen Babys gehört. Im Radio, in den Nachrichten. Irgendwo weit, weit weg. Nicht in meiner Nähe. Ich drückte Guidos Hand, um mich zu beruhigen.

Die Gruppe drängte sich in den Eingangsbereich der Neugeborenenstation. Alle Blicke hefteten sich auf die Pflegerin. »Bitte vergessen Sie nicht, dass Sie das Krankenhaus mit einem Autokindersitz verlassen müssen und wir überprüfen, ob sein Haltbarkeitsdatum abgelaufen ist.«

»Was?« Mir fiel die Kinnlade runter. »Wir haben kein Auto. Also werden wir auch keinen Autositz mitbringen«, platzte ich heraus.

»Und wie wollen Sie dann nach Hause kommen?«, merkte die Frau neben mir abfällig an.

»Wissen Sie, man kann auch zu Fuß gehen oder mit dem Bus oder der U-Bahn von A nach B kommen«, konterte Guido.

»Unabhängig davon, ob Sie ein Auto besitzen oder nicht, sind Sie gesetzlich verpflichtet, das Krankenhaus mit einem Autobabysitz zu verlassen. Ohne können wir Sie nicht gehen lassen.« Nach einer kurzen Pause fügte die Krankenpflegerin hinzu: »Vielen Dank, dass Sie hergekommen sind, und alles Gute.« Damit löste sich die Menschenmenge auf.

»In welche Richtung sollen wir gehen?« Wir standen vor dem Krankenhaus. Ich hielt mich zum ersten Mal in diesem Teil der Stadt auf. Auf den ersten Blick war keine Bus- oder Straßenbahnhaltestelle oder ein U-Bahn-Station zu sehen, was in Großstädten jedoch nichts bedeuten musste. Gleich um die Ecke könnten welche sein.

»Ich weiß es nicht«, antwortete Guido schulterzuckend.

»Ich komme mir ein bisschen unvorbereitet vor«, gestand ich.

»Aber dafür sind wir ja hier. Um etwas dazuzulernen, nicht wahr?«

»Stimmt«, pflichtete ich ihm bei.

»Also, was denkst du? Welche Richtung sollen wir nehmen?«

»Ich weiß auch nicht.« Ich klinkte mich in eine öffentliche Internetverbindung ein. »Anscheinend ist um die Ecke eine Bushaltestelle. Mit der Linie kommen wir bis zur Beacon Street. Von dort ist es nur noch ein kurzer Fußmarsch nach Hause.«

35. Woche 🌑 Wo ist die Weihnachtsstimmung?

»Gibt's keine T-Station?«

»Doch, auch gleich um die Ecke. Die grüne Linie, glaube ich«, gab ich zurück.

»Die nehmen wir bis zur Park Street, dort steigen wir in die rote Linie um. Dann steigen wir am Harvard Square aus und sehen uns den Weihnachtsmarkt dort an«, schlug Guido vor.

Aber … Meine Sicht verschwamm. Meine Hand suchte nach Guidos Arm.

»Geht's dir gut?« Ich konzentrierte mich auf seinen besorgten Gesichtsausdruck.

»Nein. Nicht wirklich.«

Guido hielt mich sanft an den Schultern fest. »Was ist los?«

»Wir bekommen ein Baby«, sagte ich. Als ich Tränen wegwischte, erblickte ich ein Grinsen in Guidos Gesicht. »Wieso ist das witzig?«

»Du bist seit Monaten schwanger.«

»Aber … aber mir ist gerade bewusst geworden, dass wir wirklich ein Kind haben werden. Nachdem ich herausgefunden hatte, dass ich schwanger bin, war ich so ungefähr fünf Minuten lang aufgeregt. Dann ist das Leben wie üblich weitergegangen. Klar, ich musste mich hin und wieder übergeben, hatte ein paar unruhige Nächten, hie und da kleinere Schmerzen – aber im Großen und Ganzen war alles wie immer. Sogar die Kurse und die Untersuchungsterminen sind in den letzten Monaten bloß ein Bestandteil einer neuen Normalität geworden. Aber jetzt ist mir gerade klar geworden, dass es in unserem Leben einen neuen Menschen geben wird. Sieh dir nur all die Sachen an, die wir schon für ihn haben. Und jetzt müssen wir auch noch einen Autositz besorgen. Ich bin mir einfach nicht mehr sicher, ob ich bereit dafür bin, Mutter zu werden.«

Guido drückte meine Schultern. »Wir kriegen das hin. Irgendwie schaffen wir das schon und werden Eltern. Danach geben wir unser Bestes, und das wird reichen. Wie wär's mit Lebkuchen? Der könnte deine Stimmung heben.«

Abend

Unsere Körper schwankten mit den Bewegungen der U-Bahn der grünen Linie. »Eine wichtige Frage haben wir noch nicht entschieden«, warnte ich Guido vor.

»Und die wäre?«

»Wie kommen wir ins Krankenhaus und später wieder nach Hause?«, fragte ich. »Das Auto zum Krankenhaus haben wir uns nur gerufen, weil wir zu spät dran waren.«

»Wir könnten es trotzdem beide Male so machen«, erwiderte Guido.

Trotzdem blieben viele Fragen offen. Was, wenn das Auto ewig braucht, um uns abzuholen? Oder schlimmer noch, was, wenn mir auf dem Rücksitz die Fruchtblase platzt? Innerlich zog sich mir alles zusammen. Angeblich reichte die Flüssigkeit aus der Babyblase, um eine Limonadenflasche zu füllen. Unglaublich.

Unabhängig davon, wie viel ich davon produzierte, ich würde nicht wollen, dass Körperflüssigkeiten eines anderen Menschen meine Rückbank durchnässten.

»Wo kriegen wir einen Autositz her?«, murmelte Guido.

»Vielleicht von Target. Ich glaube, ich hab dort welche gesehen«, schlug ich vor.

»Wir bestellen einfach einen online«, meinte Guido nüchtern, als wäre es völlig normal.

»Online bestellen?« Ich zog die Brauen zusammen.

Der Mann hatte noch nie etwas online bestellt. Manchmal fand ich unbegreiflich, wie er in der modernen Welt überlebte. Aber er hatte ja mich. Obwohl er mich nie wirklich bat, etwas für ihn zu bestellen, profitierte er definitiv von meinen Gewohnheiten. Er musste nicht in einen Laden gehen oder überflüssige Anrufe tätigen, um zu bekommen, was er brauchte.

Sogar unser beider Eltern kannten sich mit den aktuellen Trends und Apps aus. Tatsächlich hatte meine Mutter mir ihr altes Smartphone angeboten, als sie sich das neueste Modell besorgt hatte.

Guido hingegen ersetzte ein altes Klapphandy durch ein anderes. Er scherte sich nicht darum, auf dem Laufenden zu bleiben. Mein Mann war in seiner Ahnungslosigkeit rundum zufrieden. Guido benutzte nur für die Arbeit einen Computer nach dem neuesten Stand der Technik, abseits davon zog er es vor, offline zu sein. Er hatte Freunde, seine Familie und einen Job, den er liebte. Was konnte man mehr wollen?

Aber ich konnte der Verlockung einfach nicht widerstehen. Alle meine Freunde waren online. Leider hatte das bei manchen unserer Bekannten eine unverhoffte Persönlichkeit zum Vorschein gebracht. Einige Kommentare und Bilder, die sie teilten, brachten mein Blut zum Kochen. Deshalb hatten wir sie aus unserem Leben verdrängt. Meines Erachtens wirkten die sozialen Medien auf manche Menschen wie hochprozentiger Alkohol. Und bekanntlich offenbaren Betrunkene ja ihr wahres Ich.

Wir rumpelten von einer Station zur nächsten. In Gedanken fügte ich meiner Liste für das Baby einen Autositz hinzu. Wenn wir einen solchen Sitz kauften, würden wir uns wohl auch einen Adapter für den Kinderwagen zulegen müssen. Ich seufzte. Noch etwas zu organisieren. Aber immerhin hatten wir dafür noch vier Wochen Zeit.

Frostige Luft wehte uns beißend ins Gesicht, als wir von der Rolltreppe stiegen. Die Sonne war bereits untergegangen, aber die zwischen den Laternenmasten aufgehängten Weihnachtsdekorationen erhellten den belebten Platz. Leute drängten sich um uns herum.

Wir steuerten in Richtung des Zentrums, entdeckten jedoch nirgends in den von Norden nach Süden und von Osten nach Westen verlaufenden Straßen einen Weihnachtsmarkt. Kein Baum in der Mitte des Platzes, keine vorübergehend aufgebauten Hütten, die Früchtebrot, Lebkuchen oder Glühwein verkauften.

»Sollen wir mal um den Platz herumgehen?«, schlug Guido in gedrücktem Ton vor.

»Ich glaub, hier gibt's keinen Weihnachtsmarkt«, sagte ich.

»Das kann nicht sein. Gehen wir die Brattle Street runter. Dort könnte das Zentrum sein. Vielleicht war hier einfach zu wenig Platz.«

Seine überzeugter Ton schürte meine Hoffnung. Vielleicht hatte er ja recht. Dennoch zweifelte etwas in mir daran. Ich suchte die Umgebung nach irgendwelchen Hinweisen auf einen Weihnachtsmarkt in der Nähe ab. Aber niemand ließ einen leicht torkelnden Gang von zu viel Glühwein erkennen. Ich achtete darauf, ob jemand essbare Herzen mit witzigen Sprüchen aus Zuckerguss um den Hals trug. Fehlanzeige. Und vor allem hörte ich keine aus Lautsprechern dringenden Weihnachtslieder.

35. Woche ● Wo ist die Weihnachtsstimmung?

Ungeachtet dessen schlenderten wir die Straße hinunter. Aber schon nach einem kurzen Spaziergang wurde durch das Fehlen jeglicher Hinweise deutlich, dass wir auch hier nicht fündig werden würden. »Sollen wir's am Porter Square versuchen? Vielleicht ist dort das Zentrum«, meinte Guido schulterzuckend. »Zu Fuß oder mit der U-Bahn?«

»Lass uns spazieren. Mir ist gerade nicht danach, mich in eine Blechbüchse zu zwängen.« Wir wendeten und traten den Weg zum nächsten Platz an.

Wir trabten die Massachusetts Avenue entlang. Mein Radar einer werdenden Mutter schlug an. Ich entdeckte so viele Kinderwagen mit verschiedenen Arten von Kindersitzen und Körbchen. Ein paar wiesen sogar Autositze auf, die ich neugierig beäugte. Aber nicht nur Kinderwagen bemerkte ich, auch Tragen. Babys schliefen, guckten und weinten in verschiedensten Modellen vorn oder hinten an ihren Eltern. Das musste ich unbedingt auf meine Liste setzen, denn Guido und ich wollten auf jeden Fall die Hände frei haben.

»Weißt du, wir haben uns noch immer nicht auf einen Namen geeinigt«, merkte Guido an.

»Willst du einen vorschlagen?«, lud ich ihn ein.

»Wie wär's mit Klara für ein Mädchen?«

»Klara?«, wiederholte ich. Der Name entsprach keinem auf unserer Auswahlliste.

Mein Ehemann grinste. »Klara Korn.«

Gelächter brach aus mir hervor. Angeregt von seinem Wortspiel kam mir eine weitere Möglichkeit in den Sinn. »Der Name könnte auch mit einem A beginnen, zum Beispiel Astrid oder Alexander. Dann hätten wir ›A. Korn‹.«

»Auch nicht schlecht.« Mein Mann lachte.

Dann erregte eine Bewegung in der Luft über den Dächern meine Aufmerksamkeit. Dort drehte sich etwas. Zwei weitere Exemplare des gleichen Objekts tauchten auf.

»Was ist das?« Ich zeigte auf das Gebilde in der Ferne. Mein Ehemann zuckte mit den Schultern. Als wir näher hingelangten, erkannten wir eine mindestens sieben Meter hoch aufragende Stange. Oben bewegten sich drei drachenähnliche Objekte wie ein Windspiel in der Brise, unmittelbar neben der Station der roten Linie am Porter Square.

35. Woche 🔘 Wo ist die Weihnachtsstimmung?

Allerdings fanden sich die Menschen auf keinem Weihnachtsmarkt ein. »Nichts.« Die Resignation in seiner Stimme spiegelte meine eigene Stimmung wider. Auch er suchte etwas Vertrautes, das ihn emotional der Heimat näherbrachte.

»Vielleicht gibt's so was hier nicht. Immerhin sind wir in einem anderen Land.« Nachdem ich meine Enttäuschung überwunden hatte, als wir den Harvard Square verließen, stellte ich mich wieder darauf ein, dass es keine vorweihnachtlichen Festlichkeiten geben würde.

»Aber sie haben das Oktoberfest importiert. Wenn sie das gemacht haben, warum dann nicht auch einen guten alten Weihnachtsmarkt?«, merkte Guido an.

»Weiß nicht. Vielleicht, weil's dort kein Bier gibt«, gab ich zurück.

Wir sahen uns auf den kalten Straßen um.

»Aber es gibt Glühwein«, erklärte Guido und hob die behandschuhten Hände. Wir gingen noch ein Stück weiter, um uns zu vergewissern, dass wir keine Weihnachtsstände übersehen hatten.

»Stimmt, aber …« Ich sprach nicht weiter. Das viele Gehen, Reden und Suchen raubte mir die Energie. Ich rieb mir den Bauch. »Holen wir uns was zu essen«, schlug ich vor.

Guido nickte. »Ja. Gehen wir zum Davis Square.«

»Dort gibt's 'ne Menge Möglichkeiten. Restaurants. Und einen Laden mit Essen zum Mitnehmen«, stimmte ich zu.

»Du wirst begeistert sein«, versprach Guido.

»Ach ja?«, gab ich zurück.

»Ganz sicher.«

»Können wir diesmal den Bus oder die U-Bahn nehmen?« Meine pochenden Hüften drängten darauf, öffentliche Verkehrsmittel in Anspruch zu nehmen. Meine Oberschenkel brannten.

»Dann ab zur roten Linie.«

Der Eingang zur U-Bahn lag gerade mal fünf Gehminuten entfernt. Nur eine weitere Person fuhr vor uns auf der Rolltreppe nach unten. Der Zug traf nach etwa zehn Minuten ein. Wind strömte durch den Tunnel unter der Erde. Da sich auf beiden Seiten des Bahnsteigs nur eine Handvoll Menschen aufhielt, breitete sich Unbehagen in mir aus. Ich lehnte mich an die Brust meines Ehemanns, der einen Arm um meinen Rücken schlang. Erst als der Zug einfuhr, lösten wir uns aus diesem friedlichen Moment zwischen uns.

Ich nahm auf einem Sitz der U-Bahn Platz. Meine Füße schmerzten. Zum Pech für meine Füße, aber zum Glück für meinen Bauch dauerte die Fahrt nur eine Station. Seufzend stand ich auf.

»Ist es weit?«

»Nein, nur ein paar Minuten.«

Schweigend führte Guido mich über eine Straße, durch einen Park und über eine weitere Straße, bis er vor einer altmodischen, eisenbahnähnlichen Konstruktion mit schwarzer unterer Hälfte und acht Fenstern oben anhielt. Guido öffnete eine Tür mit zwei nach oben führenden Stufen. Warme Luft mit Kochgerüchen schlug mir entgegen.

Von Hunger getrieben trat ich freudig ein. Geradezu ehrfürchtig wurden meine Augen groß, und meine Zunge leckte über meine Lippen. Die roten Sitze erinnerten mich an den Diner, in dem wir in New York gegessen hatten. Nur wirkte hier alles gehobener – stilvoll und doch gemütlich.

Eine Mittzwanzigerin in schwarzem Oberteil und schwarzen Leggings kam mit Speisekarten in der Hand auf uns zu.

»Wie viele Personen?«, fragte die Tischdame.

»Zwei«, antwortete Guido prompt. Ich war noch dabei, mir die Inneneinrichtung anzusehen. Links säumten Sitzplätze mit gepolsterten Rückenlehnen die Wand. Vor den Bänken standen ungefähr zehn Tische mit einem weiteren Stuhl an der Wand gegenüber. Jeder einzelne Platz erwies sich als besetzt.

Auf der anderen Seite des Restaurants herrschte reger Betrieb an einer beleuchteten Bar mit zwei Barkeepern. Davor drängten sich etwa fünfzehn Hocker aneinander. Soweit ich es sehen konnte, waren auch sie alle besetzt. Mein knurrender Magen brüllte. Mein Mut sank.

»Im Augenblick haben wir nur noch Platz an der Bar. Oder Sie könnten zehn bis fünfzehn Minuten warten.«

»Die Bar ist okay«, erwiderte Guido.

»Ja«, gab ich meinen Senf dazu. Meine Knie knickten ein. Der Essensgeruch ließ die in mir verbliebene Wartekraft schwinden.

Wir folgten der Tischdame. Sie platzierte uns am Ende der Bar direkt an der Wand und legte die Speisekarten vor uns hin.

»Ihre Kellnerin kommt sofort«, kündigte sie an.

35. Woche 🌑 Wo ist die Weihnachtsstimmung?

»Was nimmst du?«, fragte ich.

»Ich kann mich nicht zwischen den Rippchen und dem Pulled Pork entscheiden.« Sein Blick schnellte hin und her.

»Was ist Pulled Pork?«

»Wohl so was wie zerlegtes Schweinefleisch, vermute ich.«

»Ich nehme den Cheeseburger.«

Eine Kellnerin kam. Wir bestellten Wasser und unser Essen. Als es eintraf, verschlang ich es gierig. Mir wurde leichter ums Herz, und die Schmerzen in meinen Beinen ließen nach. Ich stibitzte mir ein paar Brocken von Guidos Pulled Pork. Angenehm überrascht von dem zarten, leicht zitronigen Fleisch mopste ich mir noch einen Happen. Während wir dort aßen, wurde mir klar, dass ich die richtige Entscheidung getroffen hatte. Ich wollte bei meinem Mann sein und diese lebensverändernde Erfahrung mit ihm zusammen machen.

Nur wir beide

29 30 1 2 3 4 5
6 7 8 9 10 11 12
13 14 15 16 17 18 19
20 21 22 23 24 25 26
27 28 29 30 31 1 2

DECEMBER

36. Woche

To Do
· Baby
Bag

20 Monday
spazieren

21 Tuesday
spazieren

22 Wednesday
Arzttermin

23 Thursday
spazieren

24 Friday
Weihnachten ○

25 Saturday
Mama, Papa
Oma
        anrufen

26 Sunday
Ulrike, Marina,
Stefanie
anrufen ○

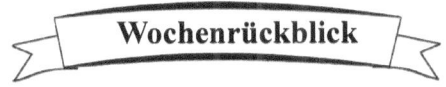

Wochenrückblick

Montag

Ich biss die Zähne zusammen und unterdrückte einen Aufschrei. Ein Wimmern entrang sich meiner Kehle. Ich presste die Hände auf die Wangen.

»Ich kann nicht schlafen, wenn du dich so herumwälzt«, beschwerte sich Guido.

»Mein Zahn tut weh«, jammerte ich.

»Willst du ein Kopfschmerztablette haben?«

Ich schüttelte den Kopf. »Ich weiß nicht, ob ich so was einnehmen darf.«

»Warum nicht?«

»Weil ich nicht weiß, ob es schädlich für das Baby sein könnte«, entfuhr es mir.

»Kann ich sonst irgendwas für dich tun? Vielleicht ein kaltes Handtuch holen oder so?«, hakte Guido nach.

»Nein. Ich weiß nicht.« Mein Herzschlag schoss in die Höhe, als die Schmerzen in meinem Schädel regelrecht explodierten. Statt zu schreien, implodierte ich. Mir liefen Tränen über die Wangen und benetzten den Kissenbezug.

Meine Hände krallten sich in die Ränder unserer Bettdecke. Guidos gleichmäßige Atmung verriet mir, dass er wieder eingeschlafen war. Wie kann er nur? Ich griff nach meinem Handy, um nach einer babyfreundlichen Lösung gegen die Schmerzen zu suchen. Mein Blick überflog die Ergebnisse. In der Hoffnung, irgendeine Information zu finden, die mich von den Qualen erlösen würde, tippte ich auf jeden Link.

In einem der schier endlosen Einträge wurde vorgeschlagen, eine Mischung aus Pfeffer und Wasser auf die betroffene Stelle aufzutragen. Ich verquirlte die Zutaten in der Küche zu einer Paste und schlich mich damit ins Badezimmer. Vor dem Spiegel öffnete ich den Mund und tupfte die graue Masse auf beide Seiten des Zahnhalses. Zu meiner Überraschung verschwanden die Schmerzen tatsächlich. Normalerweise wirkten solche sogenannten Hacks bei mir nicht. Mit Pfefferkörnern im Mund, obwohl ich mir die Paste aus dem Mund ausgespült hatte, kehrte ich ins Bett zurück und schlief kurz darauf ein.

Dienstag

Die Morgensonne schien strahlend in unser Schlafzimmer. Ich schirmte das Gesicht mit dem Kissen gegen sie ab.

»Wie geht's dir?«, fragte Guido, als ich mich rührte.

»Bin mir nicht sicher«, gab ich kläglich zurück.

»Meinst du, es wird wieder gut?«, hakte er besorgt nach.

»Denke schon.«

»Willst du zum Zahnarzt gehen?«, fügte Guido hinzu.

»Vielleicht. Mal sehen. Ich bleibe einfach ein bisschen länger im Bett. Vielleicht kann ich noch mal einschlafen.«

»Ruf an, wenn du irgendwas brauchst.« Guido küsste mich auf die Stirn. Ich schloss die Augen wieder.

Ein stechender Schmerz weckte mich. Vergeblich hielt ich mir die Wange. Ich bereitete erneut die Paste aus Pfeffer und Wasser zu. Wie in der vergangenen Nacht ließ das Unbehagen nach. Trotzdem war mir klar, dass ich zum Zahnarzt musste. Der Gedanke jagte mir Angst ein. Abgesehen davon, dass ich zum ersten Mal schwanger war, handelte es sich auch um meinen ersten Notfall mit den Zähnen.

Zu Hause zählte meine Zahnärztin zu meinen Lieblingsmenschen. So lange ich zurückdenken konnte, war Dr. Knoblauch immer gut zu mir gewesen. Sie erschreckte mich nie mit ihrem Bohrer. Ich hatte nie eine Füllung oder Ähnliches gebraucht. Vielleicht mochte meine Schwester sie deshalb nicht so sehr wie ich. Soweit ich wusste, enthielt jeder zweite ihrer Zähne das eine oder andere Metall.

Die Schmerzen legten sich wieder. Ich hielt mein Smartphone mit beiden Händen, während mein rechtes Bein rastlos wippte. Weil ich nicht recht wusste, was ich tun sollte, rief ich meinen Mann an.

»Du, ich glaube, ich gehe doch zum Zahnarzt, wenn ich einen finde«, verkündete ich ohne Umschweife.

»Ich hab schon nach möglichen Zahnärzten für dich herumgefragt, aber jeder empfiehlt mir, zuerst mit unserer Versicherung zu reden, um herauszufinden, zu welchen Zahnärzten wir gehen können.«

»Was? Das versteh ich nicht. Ich kann nicht einfach zu irgendeinem Arzt gehen?«

»Ich weiß, es ist verwirrend. Und ich bin mir nicht mal sicher, ob wir eine Zusatzversicherung für zahnärztliche Behandlungen haben.«

»Eine Zusatzversicherung? Okay, und wie finden wir das raus?«, fragte ich. Warum konnte nichts einfach sein?

»Ich rede mit Nicole und gebe dir so bald wie möglich Bescheid«, versprach Guido.

Ich konnte nicht glauben, dass er es nicht wusste. Die Schmerzen hatten meine Nerven buchstäblich und im übertragenen Sinn angegriffen.

Ich atmete tief ein und aus. Das war nicht der richtige Moment, um meinen Mann zur Schnecke zu machen. Würde ich es an Guidos Stelle eigentlich wissen? Konnte ich nicht mit Sicherheit behaupten. Ich hatte mich noch nie getraut, im Ausland zu arbeiten. Guido besaß so viel mehr Mut als ich, doch in dem Moment wünschte ich, mehr zu wissen und mehr tun zu können.

Tränen traten mir in die Augen. Ich konnte kaum fassen, was für Orientierungslosigkeit und Verwirrung die Schmerzen in mir auslösten.

Mein gesamter Mund pulsierte. Schweiß stand mir auf der Stirn. Mit zitternden Fingern tippte ich Zahnärzte in meiner Nähe in die Suchleiste des Internetbrowsers ein. Eine Liste mit Praxen erschien am Display. Eine lag nur wenige Gehminuten von uns entfernt.

Kurz vor dem Tippen auf die Wähltaste zögerte ich. Was, wenn wir keine Versicherung hatten und ich bar zahlen musste? Ich hatte keine Ahnung, wie viel ein Zahnarztbesuch kosten würde, nicht mal ansatzweise. Aufgrund der obligatorischen Erhöhung der monatlichen Krankenkassenbeiträge einmal jährlich und der damit verbundenen Diskussionen über die steigenden Gebühren wusste ich, dass Arztbesuche teuer sein mussten. Trotzdem hatte ich mir nie die Mühe gemacht, den tatsächlichen Preis für eine Untersuchung zu recherchieren. Im Augenblick wäre ein ungefährer Anhaltswert unabhängig vom Land ungemein wertvoll gewesen. Allerdings hatte ich gehört, dass es hierzulande nicht ungewöhnlich war, aus eigener Tasche zu zahlen. Eine kurze Recherche bestätigte die Gerüchte. Aus Angst, unsere Ersparnisse aufzubrauchen, hatte ich Guido vor meiner Ankunft gedrängt, die Krankenversicherung für mich zu überprüfen, damit unser Bankkonto in den schwarzen Zahlen blieb. Allerdings wäre mir nie in den Sinn gekommen, dass eine zahnärztliche Versicherung separat sein könnte.

Mein Telefon klingelte. Nur einmal. »Wir sind bei Mass Dental. Ich hab dir die Informationen per E-Mail geschickt«, teilte Guido mir mit.

»Danke«, brachte ich heraus.

Nachdem ich mir Guidos E-Mail angesehen hatte, kehrte ich zur Liste der Zahnarztpraxen zurück. Ich drückte mir das Telefon ans Ohr.

»Dr. Smiley. Wie kann ich Ihnen helfen?«, meldete sich eine tiefe Frauenstimme.

»Hallo. Ich möchte einen Termin vereinbaren. Ich … hab Zahnschmerzen«, stammelte ich.

»Waren Sie schon mal bei uns?«, erkundigte sich die Frau.

»Nein«, presste ich gequält von Schmerzen hervor.

»Können Sie mir bitte die Daten Ihrer Versicherung geben?«, verlangte die Frau am anderen Ende der Leitung.

»Ja.« Ich nannte ihr alle gewünschten Informationen.

»Wir hätten in einer Stunde einen freien Termin«, bot sie mir an. »Möchten Sie herkommen?«

»Gerne«, murmelte ich.

Beim Zahnarzt

Nur wenige Augenblicke, nachdem ich mich bei der Frau an der Rezeption angemeldet hatte, wurde ich aufgerufen. Kurz darauf kam eine Krankenpflegerin. Ich rechnete mit der Ankündigung, dass sie meine Vitalwerte messen würde, doch das tat sie nicht. Stattdessen untersuchte sie meinen Mund, stellte mir einige Fragen und teilte mir anschließend mit: »Die Ärztin kommt gleich.«

Während mich Stille umgab, fragte ich mich, wie schnell sich der Zustand von Zähnen verschlechterte. Hatte sich bereits vor meiner Abreise aus Deutschland etwas entzündet gehabt? Oder hatten sich kurz nach meiner Ankunft schädliche Bakterien festgesetzt?

»Ich bin Dr. Bryan. Wie kann ich Ihnen helfen?«, fragte die Zahnärztin, als sie eintrat.

»Ich hab entsetzliche Zahnschmerzen«, erklärte ich. Mir war

bewusst, dass meine Äußerung nicht sonderlich informativ war, aber mittlerweile musste ich zum vierten Mal angeben, was mich plagte. Das erste Mal beim Anruf. Das zweite Mal bei meiner Ankunft. Das dritte Mal gegenüber der Pflegerin. Und nun noch einmal vor der Ärztin. Sicher, diese Frau war die wohl wichtigste für mich, dennoch flachte mein Ton ab. Und je öfter ich die Geschichte von meinen Schmerzen wiederholte, desto banaler klang sie.

Unbeirrt von meiner wenig aussagekräftigen Erklärung betäubte die Zahnärztin die linke Seite meines Unterkiefers, nachdem sie meine Zähne untersucht hatte. Gleich danach ging sie.

Nach gefühlten Stunden kam die Krankenpflegerin zurück, um ein Röntgenbild anzufertigen. Überrumpelt lag ich auf dem Sitz zurückgelehnt, und es passierte einfach. Hätte sie mich nicht erst fragen sollen? Immerhin war ich schwanger. Andererseits hatte ich an diesem Morgen gedacht, die Zahnschmerzen würden mich umbringen.

Die Krankenpflegerin ging. Irgendwann kam die Zahnärztin zurück. »Sie brauchen eine Wurzelbehandlung«, teilte sie mir mit.

»Was?« Ich flippte aus. Wie konnte das sein? Ich hatte nicht mal eine Füllung von der Größe eines Brotkrümels. Statt vernünftige Fragen zu stellen oder aufzustehen, um zu gehen, brachte ich nur heraus: »Aber ich hab nicht mal eine Füllung.«

»So was kann während einer Schwangerschaft schneller als sonst passieren. Der Körper leitet die Ressourcen zum Baby um.«

Die Zahnärztin bohrte, die Assistentin saugte meinen Speichel ab, der Ärztin bohrte weiter, die Assistentin trocknete das Innere meines Zahns mit einem Tuch ab, die Ärztin goss etwas Flüssigkeit in den Zahn. Danach gingen beide wieder. Verwirrt und mit Tränen in den Augen lag ich unverändert da.

Schließlich kam die Ärztin zurück, füllte meinen Zahn und verschwand. Die Pflegerin tauchte wieder auf, glättete den Zahn und schickte mich fröhlich meiner Wege.

Als ich die Praxis verließ, sah ich auf dem Handy nach, wie spät es war. 13:00 Uhr. Drei Stunden waren vergangen. Saß ich in einer Zeitfalle fest? Offenbar befand ich mich wieder in meiner persönlichen Twilight Zone.

Das Taubheitsgefühl in meiner Backe hielt bis zum Abendessen an. Meine Spiegelbild erinnerte an ein Streifenhörnchen mit schiefem Gesicht. Nur wirkte es nicht niedlich, eher so, als hätte der kleine Nager einen Schlaganfall erlitten.

Zu meinem Glück hatte Guido immer Eiswürfel parat, die er für sein Rum Cola benutzte. Interessanterweise hatte er seit meiner Ankunft auf Alkohol verzichtet. Im Kühlschrank befand sich weder Rum noch Cola.

Als ich ursprünglich von meiner Schwangerschaft erfahren hatte, zog ich Guido eine Weile damit auf, dass er nicht mehr trinken könnte, weil ich es auch nicht durfte. Allerdings hatte Guido mehrere Monate wie ein Strohwitwer allein verbracht, und ich war davon ausgegangen, dass er sich hin und wieder ein Schlückchen gönnen würde. Tatsächlich war ich sehr stolz auf ihn, weil er nicht in sein altes Muster zurückverfiel, sich nach der Arbeit einen Drink zum Entspannen zu genehmigen.

Ich kuschelte mich aufs Sofa und drückte mir die in ein Geschirrtuch gewickelten Eiswürfel an den Unterkiefer. Mit der anderen Hand griff ich nach der Fernbedienung. Ich sah die bunt gemischten Filmvorschläge durch. The Town – Stadt ohne Gnade, Ted, Mystic River, Taffe Mädels, Spotlight, The Social Network, Good Will Hunting und Der perfekte Ex wurden mir angeboten.

Die meisten hatte ich schon gesehen. Ich erweiterte die Vorschläge auf der Suche nach einem Film, den ich noch nicht kannte und der lustig sein würde. Am Ende fiel meine Wahl auf Der perfekte Ex.

Bevor ich den Film startete, erstellte ich eine neue Tabelle für Titel, die ich schon gesehen hatte. Aber dabei beließ ich es nicht. In Erwartung des Films legte ich gleich noch eine Tabelle an: Orte, die ich in Bosten sehen möchte.

Als ich fertig damit war, machte ich es mir auf dem Sofa bequem. Etwas fehlte noch: Erdnussflips. Die leckeren, fluffigen Bohnen aus Erdnussmehl waren mein Standardsnack bei einem Filmabend. Natürlich ging nichts über süßes Popcorn, aber wer könnte zu der erdnussigen Köstlichkeit Nein sagen?

Zum zweiten Mal sah ich mir einen unsynchronisierten Film an. Allerdings schaltete ich die Untertitel ein, die ich im Abschnitt für Hörbeeinträchtigte fand. Die Originalstimmen der Schauspielerinnen und Schauspieler zu hören, fand ich faszinierend, zugleich jedoch seltsam. Ich hatte mich so an ihre deutschen Sprecher gewöhnt. Im Original passten die Mundbewegungen der Personen auf dem Bildschirm perfekt zu den Worten.

Der Film flimmerte an mir vorbei. Ich erkannte etliche Orte und klopfte mir in Gedanken für mein gutes Gedächtnis auf die Schulter. Einige Szenen spielten im North End. Dabei musste ich prompt an das nur knapp vermiedene Pinkel-Debakel denken. Heiße Schamesröte stieg mir ins Gesicht.

Die Liste der Orte, die ich mir unbedingt ansehen wollte, wurde länger und länger, obwohl ich noch keine Ahnung hatte, wie ich sie finden sollte. Gab es vielleicht Touren für Filmschauplätze? Warum eigentlich nicht? Immerhin schien es heutzutage praktisch alles zu geben. Leider hatte ich nie als Erste eine neue Idee. Jedenfalls bisher noch nicht.

Das baldige Paar im Film betrat den Public Garden, nur konnte ich nicht fassen, wie schnell sie von dort nach North End gelangten. Ich griff mir mein Handy und rief die Orte in der Navigations-App auf. Mit dem Auto brauchte man zehn Minuten, zu Fuß etwa fünfundzwanzig Minuten, mit den öffentlichen Verkehrsmitteln eine Stunde.

Nachdem der erste Film geendet hatte, arbeitete ich mich weiter durch die Vorschläge des Streamingdiensts. Mittlerweile ging die Schwellung in meinem Gesicht zurück. Ich schaltete The Town – Stadt ohne Gnade ein. Den hatte ich mir mit meiner Schwester im Kino angesehen. An die Handlung konnte ich mich nur verschwommen erinnern. Das Ende hatte ich seltsam gefunden. Wie konnte man sich der Justiz entziehen, indem man in einem anderen Bundesstaat abtauchte? Musste man nicht zumindest das Land verlassen? Ich freute mich darauf, mir den Film erneut anzusehen. Nicht nur, um auf Orte zu achten, an denen ich schon gewesen war, sondern auch, um neue zu entdecken, die ich noch besuchen wollte. Und vielleicht würde ich diesmal auch das Ende verstehen.

Mein Faulenzertag nach dem Zahnarztbesuch bestand aus vier Filmen: Der perfekte Ex, The Social Network, The Town – Stadt ohne Gnade und dem düstereren Mystic River. Auf die lange Liste der noch zu besuchenden Orte, solange ich in den USA war, kam das Stadion der Red Sox. Vom Krankenhaus aus hatte ich es zwar bereits erspäht, aber nicht wirklich gesehen. Ebenso auf der Liste landete Beacon Hill, woran wir vorbeigekommen waren. Außerdem eine Gegend namens Brighton. Mit dem Namen hatte ich bisher immer eine idyllische Kleinstadt mit Strand in Großbritannien assoziiert.

Mittlerweile füllte die Liste eine gesamte Seite. Zufrieden mit meinen neuen Reisezielen blätterte ich in meinem Tagebuch. Bei den dringenden Dingen für das Baby hielt ich inne. Mein Blick fiel auf Babywanne. Brauchten wir eine? Meine Mutter hielt nichts davon, weil man zu ihrer Zeit Babys im Küchenspülbecken gebadet hatte. Ich schaute zu unserem hinüber. Es würde vielleicht groß genug sein, nur würde es zusätzlich gereinigt werden müssen, damit es hygienisch wäre.

Was genau waren eigentlich die »guten alten Zeiten«? Das wurde nie genauer erklärt, wenn ich jemanden diese Floskel bringen hörte. Dass man von Nachbarn ausspioniert wurde und sich kaum etwas Schickes kaufen konnte? Dass man Kohle vom Bürgersteig in den Keller schaufeln musste, aus seinem Kontingent konservieren musste, so viel man konnte, und sich in eine elendslange Schlange stellen musste, um im Sommer eine Wassermelone zu bekommen?

Wir könnten uns ruhig eine Babywanne besorgen. Andererseits wäre es noch etwas, das wir vor unserer Rückreise loswerden müssten. Vielleicht würden ein paar Tücher und Waschlappen reichen. Allerdings hatten wir nicht mal Waschlappen. Vielleicht gab es welche in der Drogerie.

Mittwoch

Die letzte Etappe brach an. Sie begann mit meinem zweiwöchentlichen Untersuchungstermin. Wie die Male davor wurde mir Gel auf den Bauch geschmiert, und wenig später ging ich wieder mit einem neuen Termin in der Hand.

Statt direkt den Weg nach Hause anzutreten und mich auf dem Sofa in die Decke zu wickeln, stattete ich dem Drogeriemarkt einen Besuch ab. Mit einem Einkaufskorb in der Hand schlenderte ich durch die Gänge. Zu meiner Überraschung stieß ich ausgerechnet in der Reiseabteilung auf eine Viererpackung mit perlweißen Waschlappen. Nichts anderes wurde hinzugefügt.

Stolz auf mich trabte ich nach Hause. Die Sorgen ließ ich alle draußen in der Kälte. Das Gefühl, es fast geschafft zu haben, hob mir eine Last von den Schultern. Langsam, aber sicher stellte sich der Eindruck ein, bereit zu sein.

»Hallo, Schatz«, begrüßte mich Guido.

»Was für eine Überraschung, dass du schon zu Hause bist.« Ich ließ meine Plastiktüte fallen, schlüpfte aus den Schuhen und umarmte meinen Mann. »Wie war dein Tag?«

Guido schlang die Arme um mich. Seine Körperwärme strahlte durch meine Kleidung und erreichte meine Haut.

»Gut. Und ich hab mir gedacht, wir könnten heute Abend ausgehen. Nur wir beide«, schlug Guido vor.

»Nur zu gern. Hast du schon was dafür im Sinn?«

»Ja. Es gibt da ein hervorragendes Restaurant, das dir bestimmt gefällt.« Wir lösten uns aus der Umarmung und sahen uns gegenseitig in die Augen.

»Okay.« Ich nickte, zog meine Jacke wieder an und schlüpfte mit den Füßen zurück in die Stiefel. Gegen ein feines Essen auswärts hatte ich nie etwas einzuwenden.

Obwohl es bereits dunkel wurde und kalt war, begegneten wir zahlreichen anderen Fußgängern.

An der Beacon Street blieben wir vor einer Fußgängerampel stehen. Die Anzeige schaltete um. »Grün«, sagte ich.

»Nein, Weiß«, korrigierte mich Guido.

»Ich kann mich einfach nicht an die andere Farbe gewöhnen«, murmelte ich. Als wir die Straße halb überquert hatten, zählte eine rote Anzeige von zehn herunter.

»Für dich hat dein Leben lang Grün nicht nur für Autos, sondern auch für Fußgänger gegolten.« Guido führte mich die Straße hinunter und bog schließlich links in eine Seitengasse.

»Ich glaube, hier ist schon Cambridge. Bin mir immer noch nicht sicher, wo genau die Grenze verläuft«, erklärte Guido. Wir kamen an dreistöckigen Häusern vorbei. Sie wiesen nicht nur in jedem Stockwerk einen Balkon auf, sondern auch unterschiedliche Farben. Freileitungskabel spannten sich von Haus zu Haus. Nichts deutete auf Stadtgrenze hin.

»Erst heute Nachmittag hab ich mich darüber gewundert, wie vertraut mir alles geworden ist«, plauderte ich, als wir an einer weiteren Ampel in der Cambridge Street anhielten.

»Ich weiß, was du meinst«, erwiderte Guido. »Ist wohl so was wie ein Überlebensmechanismus. Mir hat es beim Einleben geholfen, mich an die Leute um mich herum anzupassen.«

»Hast du manchmal Heimweh?«, hakte ich nach. Mit zügigen Schritten gingen wir weiter.

»Nicht wirklich«, gestand Guido.

Die Spitzen meiner Ohren brannten. In seiner Antwort schwang kein Zögern mit. Ich wartete auf seine Gegenfrage.

Wir überquerten die Broadway Street. Mein Mund öffnete sich, doch ich presste die Lippen wieder zusammen. Hätte er mich gefragt, ob mich Heimweh plagte, hätte ich geantwortet: Ja, ja und noch mal ja. Aber hätte es einen Unterschied gemacht? Wir waren jetzt hier. Und ja, ich gewöhnte mich allmählich an die neue Umgebung, dennoch empfand ich sie nicht als Zuhause. Guido drückte den Knopf der Fußgängerampel in der Harvard Street. Statt mich Guido zu öffnen, hielt ich nur seine Hand fester, um mich zu beruhigen. Emotionale Konfrontationen gehörten nicht zu meinen Stärken. Außerdem würde ich ja in ein paar Monaten wieder zu Hause sein. Bis dahin würde ich einfach meinen vorübergehenden Aufenthalt in einem fremden Land genießen.

»Da wären wir.« Guido hielt die Tür für mich auf. Wir betraten nicht irgendein Lokal, sondern eine Sportbar irgendwo hinter dem Harvard Square.

»Hallo«, begrüßte uns die Dame am Empfang. »Für wie viele Personen?«

»Zwei«, antwortete mein Mann.

Die Frau führte uns zu einem Tisch mit zwei Stühlen. Riesige Flachbildfernseher säumten die Wände des dunkelbraun getäfelten Restaurants. Vor mir flimmerte ein Käfigkampf zweier Männer. Neben mir lief ein Baseballspiel, und hinter Guido wurden abwechselnd zwei verschiedene Football-Spiele eingeblendet. Auf einem anderen Bildschirm kämpften zwei nur mit Shorts bekleidete Männer in einem Käfig gegeneinander.

Eine Kellnerin in schwarzem Shirt und Leggings platzierte zwei große Gläser mit Eiswasser und die Speisekarten vor uns. »Was möchten Sie trinken?« Ihre Aufmerksamkeit wechselte zwischen uns hin und her.

»Für mich nichts«, antwortete ich und zog ein Wasserglas näher zu mir.

»Ich nehme …« Guidos Blick sah an der Bar nach, welches Bier vom Fass es gab. »Cranberrysaft wäre toll«, bestellte er schließlich.

Wir begutachteten die Speisekarte. Offen gestanden klang alles köstlich. Ich bestellte Nachos zu einem Burger mit allem. Guido freute sich auf Mozzarella-Käsebällchen und seltene Filetspitzen.

Nur wenige Minuten später stellte die Kellnerin die Nachos und die Käsebällchen vor uns ab. Beim Anblick der Vorspeise wäre ich beinah vom Stuhl gekippt. Die Schüssel mit Nachos war so groß wie ein Essteller.

Guido machte sich über seine Mozzarella-Bällchen her. Ich starrte auf mein Essen. »Meinst du, wir können den Burger noch abbestellen?«, fragte ich.

Guido zuckte mit den Schultern. »Weiß nicht. Wir können ihn auch einfach mitnehmen«, schlug Guido vor.

»Kalter Bürger zum Frühstück«, stichelte ich.

»Ich weiß, dass du ihn schaffen kannst. Sieh mich an. Ich hab mich an die Portionen gewöhnt.«

Ich nickte. Guido hatte mindestens drei Kilo zugenommen, seit er in den USA lebte.

Würzige rote Tomatensalsa klebte mir vermischt mit cremiger Guacamole um den Mund. Die dicke Flüssigkeit tropfte von den Nachos. Mein Augenmerk galt dem Kampf im Fernsehen. Wie gebannt starrte ich auf die beiden spärlich bekleideten Männer, die aggressiv aufeinander einprügelten. So sehr es mir widerstrebte, ich konnte den Blick nicht davon abwenden. Pralle Adern traten an den Körpern hervor. Blut verschmierte die Haut der Kämpfer.

»Bitte sehr, ein Burger für Sie.« Die junge Frau schob die Nacho-Schüssel zur Seite, damit sie einen Teller mit Brötchen und Burgerfleisch samt Essiggurken, Tomaten, Salat, Käse und Pilzen vor mir abstellen konnte. »Vorsicht, der Teller ist noch heiß«, fügte die Kellnerin zu Guido hinzu. Mir quollen die Augen aus dem Kopf. Die Filetspitzen lagen dampfend in einer Eisenpfanne, in der noch das Öl auf dem heißen schwarzen Metall zischelte.

»Ich bin so was von voll.« Ich leckte den letzten Krümel Fleisch von meiner Gabel und wischte mir das Fett vom Mund ab.

Guido legte mehrere frisch gedruckt aussehende Scheine in die nachtschwarze Rechnungsmappe, die unsere Kellnerin auf dem Tisch gelassen hatte. Ich schlüpfte in meine Jacke und zog den

Reißverschluss zu. Guido tat es mir gleich.

Die Winterluft kühlte unsere warmen Gesichter. Satt und zufrieden von der feinen Mahlzeit entschieden wir uns bei der Rückkehr nach Hause für einen Umweg. Wir überquerten die mittlerweile ruhige Hauptstraße.

»Entschuldigung! Entschuldigung.« Wir drehten uns zu der rufenden Stimme um. Die Straße wirkte gespenstisch. Nur wir befanden uns auf dem Bürgersteig. Die Kellnerin kam auf uns zugerannt.

»Haben wir was vergessen?« Guidos Gedanken spiegelten meine eigenen wider.

Außer Atem und sichtlich frierend näherte sie sich uns. »War irgendetwas nicht in Ordnung?«, stammelte sie.

»Nicht in Ordnung?« Einen Moment lang blieb Guidos Nachfrage unbeantwortet, bis die Frau durchgeatmet hatte.

»Ja. Sie haben kaum Trinkgeld gegeben.«

Guidos Augen wurden groß. Meine Wangen liefen hochrot an. »Wie viel hast du denn gegeben?« Verwirrung breitete sich in mir aus.

»Knapp fünf Dollar, glaube ich.« Klang für mich angemessen. Die Kellnerin hielt uns die Rechnung hin. Mein Blick wanderte über die Zahlen. 48,60 plus 6,25 Prozent Steuer. Guido hatte 55 Dollar auf die Rechnung gelegt. Er hatte aufgerundet. Und?, lag mir auf der Zunge, als ich Guido sagen hörte: »Ich verstehe nicht, worauf Sie hinauswollen?«

Der Körper der jungen Frau versteifte sich. Ihr Blick schnellte zwischen uns hin und her. »Sie haben mir weniger als 15 Prozent Trinkgeld gegeben.«

Hitze schoss durch meinen Körper. Guido holte ungerührt seine Brieftasche heraus. »Bitte sehr.« Er drückte der Kellnerin fünfzehn Dollar in die Hand. Ich rechnete damit, dass Guido hinzufügen würde: Jetzt zufrieden? Stattdessen hängte er sich nur bei mir ein und lenkte mich von der Frau weg.

»Das war jetzt wohl einer der seltsamsten Momente meines Lebens.« Wir erreichten einen kleinen Platz mit Bänken und kahlen Bäumen.

»Das hätte ich wissen müssen.« Guido hielt Ausschau nach den Sternen, die man nicht erkennen konnte, weil das Licht unzähliger Straßenlaternen den Himmel über der Stadt erhellte. »Bei meiner Einführungsveranstaltung hat der Vortragende erwähnt, dass Kellnerinnen und Kellner hierzulande 15 bis 20 Prozent Trinkgeld erwarten.«

Bei der Information weiteten sich meine Augen. »Also, ich werde so bald nicht mehr auswärts essen gehen.«

Guido legte die Hand auf meinen Bauch. »Bald haben wir sowieso einen neuen Grund, zu Hause zu bleiben.« Wir lehnten uns einander zu, bis sich unsere Lippen berührten.

Weihnachten!!!

Ich summte fröhlich vor mich hin, obwohl wir zum ersten Mal Weihnachten allein verbringen würden. Also, zusammen allein. Nur Guido und ich. Keine Familie, keine Freunde, keine Fremden. Nur wir beide in einer Wohnung.

Mein Handy und unsere beiden E-Mail-Konten quollen über vor Weihnachtswünschen von allen möglichen Leuten. Bei einigen davon meldeten wir uns. Unsere Eltern brachten zum Ausdruck, wie sehr wir ihnen fehlten, und Freunde mit Kindern wünschten, sie könnten mit uns tauschen. Als wir nach dem letzten Telefonat auflegten, bot sich die Erschöpfung vom langen Reden während des gesamten Vormittags als Vorwand für ein gepflegtes Nickerchen an. Aber anstatt wieder ins Bett zu gehen, überredete mich Guido zu einem Spaziergang.

Die frische Luft belebte mich, doch irgendetwas fehlte. Meine Familie? Auf jeden Fall. Meine Freunde? Total. Die Weihnachtsgesinnung? Wahrscheinlich. Alles zusammen? Absolut!

Ein Adventskalender bildete unsere einzige Weihnachtsdekoration. Kein Baum – das hatten wir zusammen so entschieden. Sonst hätten wir ihn schmücken müssen. So blieb es ein unspektakuläres Weihnachtsfest. Keine Aufregung, keine Dekoration, keine Geschenke. Nur kuscheln, ein Film und anschließend das Bett.

Meine Gedanken schweiften zu vergangenen Weihnachtsfeiern. Ich fragte mich, ob ich die Abende so angenehm gestalten würde wie früher immer meine Mutter. Auch sie war keine große Dekorateurin, aber es genügten Kleinigkeiten für außergewöhnliche Erfahrungen. Vor allem ihre Weihnachtsteller unter dem Baum. Statt für alle das Gleiche anzurichten, dachte meine Mutter immer daran, was mein Vater, meine Schwester, Guido und ich am liebsten mochten. Auf meinem Teller lagen immer Lebkuchenherzen mit Schokoglasur und Mamas Spezialplätzchen, während sich auf Guidos Teller Marzipan und Spekulatius stapelte und mein Vater mit selbstgemachtem Eierlikör verwöhnt wurde.

Samstag

Statt eine Stunde zu meinen Tanten zu fahren, mich bei ihnen vollzustopfen und Geschenke auszutauschen, aalte ich mich darin, nirgendwohin zu müssen. Ich liebte meine Tante und ihre Familie, aber solche Tage kamen einer anstrengenden Reizüberflutung durch das Wiedersehen mit zahllosen Verwandten und Bekannten gleich, die man nur selten traf.

Die einzige Nebenwirkung der ereignislosen Tage in diesem Jahr war, dass ich zunehmend lethargischer wurde. Ich ließ mich einfach treiben. Müßig kritzelte ich in meinem Tagebuch.

Ich blätterte wahllos von einer Seite zur anderen, sobald ich eine nach meinem Geschmack verschönert hatte. Am Ende der Woche wurde mir klar, dass ich noch gar nichts für das neue Jahr vorbereitet hatte. Natürlich erstellte ich immer eine Jahresübersicht, in der ich wichtige Ereignisse notierte, beispielsweise den Geburtstermin und wann ich zur Arbeit zurückkehren würde.

Allmählich gingen mir die nicht enden wollenden Babyvorbereitungen auf die Nerven. Zwar beruhigte mich der wachsende Stapel, den wir bereits zu Hause hatten, aber mindestens ein weiterer Gegenstand musste noch dringend hinzugefügt werden – ein Autositz.

Zu Hause war mir der Gedanke daran nicht mal gekommen. Doch als ich mir nun welche ansah, wurde mir klar, dass ich nicht wusste, ob wir den einfachsten kaufen sollten oder einen, den wir so lange verwenden könnten, bis das Baby herausgewachsen wäre.

Mein Blick wanderte über unzählige Angebote. Mein Stift kratzte über die Seite meines Tagebuchs. Dann hielt meine Hand inne. Übelkeit brodelte irgendwo in mir.

Ich holte tief Luft. Ich konnte das schaffen.

Nur noch ein letzter Punkt. Noch ein Gegenstand, den wir besorgen mussten. Unbedingt.

Nicht optional. Trotzdem legte sich der Widerstand in mir

nicht.

Guidos Hand drückte sanft auf meine Schulter. »Was machst du gerade?« Er beugte sich vor. »Oh, Autositze. Warum hast du nichts gesagt? Ich hätte gern einen mit dir ausgesucht.«

Ein Lächeln huschte über meine Züge. »Ich wollte mich erst mal orientieren und eine Liste vorbereiten, welche Anforderungen der Autositz meiner Meinung nach erfüllen muss, welche Preisoptionen es gibt und wie viel wir dafür ausgeben sollten oder können.«

Guido sah erst mich an, dann den Bildschirm und wieder zurück. »Machen wir kein großes Ding daraus. Kauf den erstbesten oder billigsten. Spielt keine Rolle.«

»Spielt keine Rolle?«, entfuhr es mir schrill. »Warum spielt es keine Rolle? Wir reden hier von unserem Baby. Unserem Erstgeborenen.«

»Ja, und ich bezweifle, dass irgendeine Firma etwas verkaufen würde, das dem Baby schaden oder sofort auseinanderfallen könnte. Stell dir nur die schlechte Presse und die Gerichtsverfahren vor. Wenn du dir den ersten Produkteintrag ansiehst, findet du bestimmt Tausende Bewertungen. In den Kommentaren werden die Leute Gutes und Schlechtes darüber äußern. Und wenn du den ersten kaufst, den du siehst, kannst du den Autositz von deiner Liste streichen«, meinte Guido mit einem verschmitzten Lächeln.

Entgeistert starrte ich auf meinen Bildschirm. Guido hatte recht. Der erste Autositz wies Tausende Bewertungen und Kommentare auf. Letztere fielen überwiegend positiv aus, und die negativen waren lächerlich. Welche Schuld traf den Hersteller, wenn das Paket an die falsche Adresse geliefert wurde?

Der Druck um meine Brust ließ nach. Ich holte meine Kreditkarte heraus und bestellte den Autositz spontan, ohne irgendetwas aufzuschreiben. Kein Gewichtsvergleich. Kein Vergleich der Nutzungsdauer. Kein Farbvergleich. Kein Preisvergleich. Kein Garantievergleich. Nichts. Würde ich es bereuen? Ich würde es früh genug erfahren. Vorerst hatte ich nur eine Last von den Schultern.

beginning Eine gemütliche Zeit *Happy* NEW YEAR

37 WOCHE

1 2 3 4 5 6 7 8 9 10 11 12 13 14 15 16 17 18 19 20 21 22 23 24 25 26 27 28 29 30 31 1 2

monday

27

tuesday

· spazieren
· das neue Jahr planen

wednesday

spazieren   spazieren
spazieren

thursday

SPAZIEREN
gehen ?

friday

SILVESTER

saturday

happy new year

sunday

self care

PEACE SLEEP CREATE it's simple

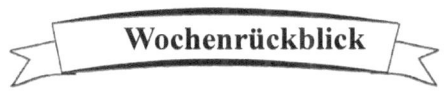

Wochenrückblick

<u>Montag</u>

»Ich kann nicht glauben, dass Silvester in wenigen Tagen ist«, sagte ich mehr zu mir selbst als zu Guido.

Ich blätterte in meinem Tagebuch. Mein Wochenplaner wies noch ein paar leere Seiten auf. Was in der Regel gut war. Es war nicht nötig, während des Jahrs ein zweites Notizbuch anzufangen und meine Kalender und Listen neu zu erstellen. So hatte ich das Jahr kompakt in einem einzigen Buch, nicht über zwei verteilt.

Gleichzeitig stimmte es mich ein bisschen traurig. Etliche Wochen waren leer geblieben. Seit meiner Ankunft in den USA hatten sich die weißen Stellen gemehrt. In den ersten drei Quartalen war ich damit beschäftigt gewesen zu arbeiten, Freunde und die Familie zu treffen, Bücher zu lesen, Pläne zu schmieden, Festivals zu besuchen, in dem Altersheim mitzuhelfen, in dem meine Großmutter lebte, neue Imbisswagen auszuprobieren, Straßenkünstlern zuzusehen und rundum glücklich und zufrieden in meiner kleinen Blase zu sein.

Ich hatte immer das Gefühl, dass sich in meinem Leben nichts Aufregendes ereignete. Bis ich vor Kurzem angefangen hatte, über die letzten Tage und Monate nachzudenken und mit den vergangenen Jahren zu vergleichen. Denkwürdige Ereignisse traten nur selten explosiv auf. Während ich darüber nachdachte, wurde mir klar, dass sich Veränderungen der Umstände normalerweise anbahnten. Vielleicht waren die Anzeichen so unscheinbar gewesen, dass ich sie nicht wahrgenommen hatte.

So ähnlich wie im Augenblick. Es gab derzeit keinerlei Schwung in meinem monotonen Leben, und doch war alles anders. Wenn ich auf die letzten elf Monate zurückblickte, hatte sich so viel getan, das ich mir nie hätte träumen lassen, obwohl die leeren Stellen in meinem Tagebuch etwas anderes andeuteten.

In der Vergangenheit hatten Guido und ich selten über das Thema eigener Kinder gesprochen. Tatsächlich war es nur dann aufgekommen, wenn uns Freunde ihre Babyneuigkeiten mitteilten. Außerdem schienen mehrere Frauen aus meinem Umfeld ungefähr gleichzeitig schwanger geworden zu sein. Das hatte ich meiner

Mutter gegenüber einmal erwähnt.

Sie erwiderte darauf: »Ja, lebensverändernde Ereignisse kommen in Wellen. Zuerst findet jeder einen Partner. Dann wird geheiratet, man bekommt ein Baby und schließlich lässt man sich wieder scheiden.«

»Wie bitte? Willst du mir damit irgendwas über dich und Papa sagen?« Damals schnappte ich nach Luft.

Meine Eltern hatten erst ihre goldene Hochzeit. Obwohl ich schon erwachsen war und kurz davorstand, eine eigene Familie zu gründen, war ich mir nicht sicher, wie ich eine Trennung meiner Eltern verkraften würde. Bevor meine Mutter die Frage beantworten konnte, meldete sich meine Schwester zu Wort. »Deshalb werde ich beides nicht tun.«

»Das wirst du bereuen. Wenn es zu spät ist«, warnte unsere Mutter.

»Mareike schenkt dir doch schon ein Enkelkind«, sagte meine Schwester, und die Aufmerksamkeit meiner Mutter richtete sich wieder auf mich.

Ich vermisste solche Momente, in denen ich mit ihnen reden und mich einfach in meine eigenen vier Wände zurückziehen konnte, wenn mir danach war. Mich mit vertrauten Dingen zu umgeben, hätte mir geholfen, mich viel besser einzuleben. Allerdings hatten wir nie vorgehabt, lang genug zu bleiben, dass es sich gelohnt hätte, unser gesamtes Hab und Gut quer über den Ozean zu transportieren. Ich konnte bereits die Monate, Wochen und Tage zählen, bis ich wieder in meinem eigenen Bett schlafen würde.

Schließlich zückte ich einen Stift, um eine neue Kalenderübersicht zu skizzieren und das nächste Jahr zu planen. Darin könnte ich die Tage bis zur Ankunft des Babys herunterzählen, unsere Rückreisedaten eintragen, meinen ersten Arbeitstag, Geburtstage, Urlaube, Feiertage und alle sonstigen vorhersehbaren Ereignisse.

Auf der Doppelseite hatte ich einen Platz für jeden Monat des Jahrs und fügte mit Hilfe des Kalenders auf meinem Computer die Namen und Daten der Tage für das nächste Jahr hinzu. Mein Blick wanderte zwischen dem elektronischen Gerät und den Wochenblättern in meinem Notizbuch hin und her. Mir war nie aufgefallen, dass der Mittwoch nicht wirklich den Mittelpunkt bildete. Die Woche hatte ja sieben Tage. Dennoch deutete es der Name buchstäblich an.

37. Woche　　　Eine gemütliche Jahreszeit

»Guido, ist dir schon mal aufgefallen, dass der Mittwoch nicht die Mitte der Woche ist?«

Mein Mann zog die Augenbrauen zusammen. Sein Blick erinnerte mich an meine Lehrerin in der ersten Klasse. Obwohl sie damals 36 Kinder unter ihrer Aufsicht hatte, ließ unter ihrem strengen Blick kein einziges einen Pieps vernehmen.

»Tatsächlich hatten wir unlängst eine ähnliche Diskussion im Büro«, erwiderte er.

Ich setzte mich aufrechter hin. »Und?«, hakte ich nach.

»Ich glaube, ich wollte Barret erklären, was Brückentage sind. Dabei hab ich gesagt, dass der Montag der Beginn der Woche ist, weil er nach dem Wochenende folgt. Das hat er abgestritten. Er hat gemeint, die Woche beginnt am Sonntag. Das hat mich verwirrt. Immerhin ist das Wochenende doch eine Einheit, oder?«

»Auf jeden Fall«, stimmte ich ihm zu.

»Barret hat darauf gekontert, dass die eigentlich Woche immer am Sonntag beginnt, aber die Arbeitswoche am Montag.«

»Und was war die Schlussfolgerung?«, bohrte ich nach.

»Nichts, weil ich einen Anruf entgegennehmen musste. Aber durch deine Bemerkung eben musste ich daran denken. Vielleicht liegt er mit seiner Meinung doch nicht so falsch.«

»Aber meine Kalender beginnen alle mit Montag«, sagte ich. »Dein Computer ist von hier, richtig?«, fragte ich.

Er nickte. »Ja.«

»Ruf doch mal deinen Kalender auf und schau nach, mit welchem Tag die Woche beginnt.«

Guidos Finger rasten über die Tastatur. »Was soll ich sagen? Sonntag ist der erste Tag.«

Das faszinierte mich. Ich wusste kaum etwas über die Ursprünge von Daten, Zeit und Kalendern. Im Großen und Ganzen ähnelten sich westliche Kulturen untereinander stark, doch solche kleinen, winzigen Details brachten mich immer wieder aus dem Konzept. Eigentlich stimmte das nicht ganz. Sie weckten eher meine Neugier.

»Vielleicht lautet die Schlussfolgerung schlicht: andere Länder, andere Regeln.« Ich unterstrich meine Aufregung über diese kleine Entdeckung.

»Du meinst andere Länder, andere Sitten«, korrigierte mich

mein Mann.

»Es ist ja nicht nur so, dass die Woche an einem anderen Tag beginnt. Die Temperatur wird in einer anderen Einheit gemessen, Weihnachten wird an anderen Tagen gefeiert, es gelten andere Geschwindigkeitsbegrenzungen für Autos, die Milchverpackungen sind viel größer, man tankt Gallonen statt Liter, und sogar die Fußgängerampeln haben andere Farben«, erklärte ich.

»Das betont nur, was ich meine«, erwiderte Guido.

Zwar erlebte ich nicht den Kulturschock, vor dem man mich gewarnt hatte, aber all die kleinen unerwarteten Abweichungen gestalteten meinen Aufenthalt spannend. Mittlerweile war ich froh, dass ich hergereist war, denn ich hatte so viel gelernt. Nicht nur über die subtilen Unterschiede zwischen verschiedenen Ländern, die ich sonst nie erfahren hätte. Ein Land zu besuchen, war nicht dasselbe, wie in einem zu leben. Ich war gewachsen und hatte mich selbst entdeckt. Mehr und mehr verstand ich meine Schwester und ihre Lust auf Reisen.

Allerdings würde diese Gelegenheit, die Guido mir verschafft hatte, um ein paar Monate in einem anderen Land zu leben, die letzte für die nächsten Monate sein. Vielleicht sogar für Jahre.

Ich rieb mir den Bauch. Guido kam herüber und setzte sich neben mich. Er legte mir den Arm um die Schultern, und ich lehnte mich an ihn. »Meinst du, wir werden gute Eltern sein?«

»Ich hoffe es«, antwortete er seufzend. »Wir kriegen das schon hin. Was braucht so ein Baby schon wirklich? Es wird ja uns haben. Das ist das Allerwichtigste.«

Guidos Herzschlag pochte durch meine Ohren wie der des Babys bei den Untersuchungen. Ich hatte Angst. Vor dem Unbekannten. Mein Mund öffnete sich, doch ich schloss ihn wieder. Ich wollte es ihm nicht sagen, doch ich fürchtete mich davor, nicht bereit zu sein. Ich fühlte mich nicht dafür gewappnet, Mutter zu werden und mich von heute auf morgen wie eine zu verhalten.

Schon während der gesamten Schwangerschaft waren mir ähnliche Gedanken immer wieder mal durch den Kopf geschwirrt. Meist hatte ich sie verdrängt und mich auf die Arbeit oder darauf konzentriert, mich während der Abwesenheit meines Ehemanns allein durchzuschlagen.

Eine monumentale Veränderung meines körperlichen Erscheinungsbilds prägte den neuen Abschnitt meines Lebens. Leider störte mich Guidos Abwesenheit sehr. Immerhin hatte sich meine Gebärmutter nicht von selbst befruchtet und mir Nachwuchs in den Leib gepflanzt. Gelegentlich zweifelte ich an allem. Die Menschen in meinem Leben versicherten mir, diese Unentschlossenheit sei normal und ich sei nicht allein. Aber ich bat nie jemanden um Hilfe. Jeder hatte mit seinem eigenen Leben und seinen eigenen Verpflichtungen zu tun. Und mal ehrlich, was konnte meine Mutter schon tun, wenn mich mitten in der Nacht heftige Übelkeit plagte?

Ulrike hatte angeboten, bei mir einzuziehen, doch ich war alles andere als überzeugt davon, dass sich unsere schwesterliche Beziehung dadurch verbessern würde. Wir hatten zu Hause keinen Platz für Langzeitbesucher, und den hätte sie gebraucht. Obwohl sie bei einem großen Atelier mit allen nötigen Räumen beschäftigt war, zog sie es vor, von zu Hause aus zu arbeiten und laute Musik aufzudrehen, während sie ihre Stoffmuster entwarf. Sie hatte unzählige Proben, Ausdrucke ihrer Designs und eine Büchersammlung in ihrer großen Wohnung, neben der sich meine winzig ausnahm. Der Gedanke, dass sie bei mir einziehen könnte, wenn auch nur vorübergehend, stresste mich. Also hatte ich dankend abgelehnt. Stattdessen hatte ich etwas Platz für das Kind vorbereitet.

»Ich hab geträumt, dass unser Baby zur Welt kommt und wir immer noch nicht alles haben«, sagte ich, statt meinen emotionalen Stress zuzugeben.

An manchen Tagen fühlte ich mich dazu in der Lage, Berge zu erklimmen, jedes Hindernis zu überwinden und jedes Problem zu lösen. Aber in ruhigen Momenten, wenn ich alles nüchtern betrachtete, verschlang ein schwarzes Loch meine positive Einstellung, weil sich die Veränderungen mit Riesenschritten vollzogen. Eigentlich eher mit Babyschritten, aber wer maß das schon? Auch kleine Veränderungen summierten sich zu großen.

Guido tätschelte mir den Rücken. »Wir haben noch Zeit.«

»Wir haben noch nicht mal einen Namen«, meinte ich schulterzuckend.

»Das können wir sofort ändern«, erwiderte mein Mann.

»Jetzt gleich?«, fragte ich.

Er nickte. »Jetzt gleich.«

»Okay. Was hast du auf Lager?«

37. Woche   Eine gemütliche Jahreszeit

»Wie wär's mit Peter Alexander?«, schlug Guido vor.

Ich brach in Gelächter aus. Hemmungslos. Den Namen hatte ich ewig nicht mehr gehört. »Okay, Spaß beiseite. Wir können unsere Liste jeden Tag um einen Namen kürzen, bis nur noch einer übrig ist. Was hältst du davon?«

»Eigentlich hab ich's ernst gemeint«, gestand Guido.

»Oh«, brachte ich heraus.

»Ich dachte mir, Peter für meinen Vater und Alexander für deinen«, erklärte mein Guido.

Verblüfft von seinen Worten musste ich aufpassen, was und wie ich darauf antwortete. »Das ist so lieb von dir. Aber warum willst du einen Doppelnamen?«

»Warum nicht? Und es sind unsere beiden Väter. Ihnen zu Ehren«, betonte Guido.

»Also, mir ist nicht klar, wie man jemanden ehrt, indem man ein Kind nach ihm benennt. Ich finde eher, es geht darum, wie respektvoll man die Person behandelt.«

Guido sah mich mit verkniffenem Blick an.

Rasch fügte ich hinzu: »Außerdem mag ich keine zweiten Vornamen. Ich hab nie verstanden, was die bringen sollen. Wenn es nicht ein Doppelname mit Bindestrich ist wie bei deiner Mutter, benutzt ihn eh niemand. Außer, die Eltern werden sauer. Dann heißt es auf einmal Hanna Marie oder Sofia Carolina.«

Diese Erklärung meiner Gedanken kam nicht gut an. Guido war wesentlich verwurzelter in Traditionen aufgewachsen, während ich sie zusammen mit meiner Schwester in Frage gestellt hatte, seit ich denken konnte.

Obwohl ich Guido nicht als Konformisten betrachtete, schüttelte man manche Dinge offenbar schwer ab.

»Ich hab einen zweiten Vornamen«, sagte Guido, als wollte er damit irgendetwas beweisen.

»Wie oft wirst du damit angesprochen? Und wie oft benutzt du ihn selbst?«, konterte ich herausfordernd.

Ich kannte die Antworten fast genauso gut wie er. Jedes Mal, wenn er ein Formular mit seinem vollständigen Namen ausfüllen musste, bekam er einen kleinen Anfall. Sein zweiter Vorname lautete Wolfgang. Nicht allzu schlimm, aber unnötig. Und das wusste mein Mann nur zu gut. Deshalb überraschte mich, dass er die Idee vorschlug, unabhängig davon, was er sich dabei dachte.

Guidos Kieferpartie verkrampfte sich. »Was schwebt dir dann vor?«

»Ich hätte gern einen einfachen, kurzen Namen. Einen Klassiker«, verkündete ich.

»Einen Klassiker«, wiederholte Guido nachdenklich. »Könnte schwierig werden.«

»Es gibt sehr wohl Namen, die zeitlos sind«, betonte ich.

»Zum Beispiel?«, hakte Guido nach.

»Max, Leo, Lars oder Niko«, schlug ich vor.

»Die meisten davon sind Kurzformen. Wie wär's mit Klassikern wie Walter, Mathias, Hans, Wolfgang, Jens oder Sven?«

»Ich weiß nicht recht«, zweifelte ich. »Davon sind ein paar ziemlich altmodisch und …«

»Die kommen wieder in Mode«, unterbrach mich Guido.

»Glaub ich nicht«, widersprach ich. »Wir brauchen einen Namen, der nicht nur zu unserem Nachnamen passt, sondern auch hänselsicher ist.«

Er bedachte mit einem fassungslosen Blick. »Das kann nicht dein Ernst sein.«

»Doch«, beharrte ich.

»Kinder hänseln nun mal.«

»Stimmt. Und man will es ihnen dabei nicht zu leicht machen, oder? Ich meine, wie kann jemand sein Kind Axel nennen, der mit Nachnamen Schweiß heißt?«

»So heißen wir nicht.«

»Ich weiß. Ich will damit nur was verdeutlichen. Übrigens hat ein Junge eine Klasse über mir an der Schule so geheißen. Keine Ahnung, ob er später einen seiner Namen oder beide geändert hat, aber ich könnte es ihm nicht verdenken. Die Kinder waren brutal zu ihm, ob sie es jetzt so gemeint haben oder nicht.«

»Das ist ganz schön stressig«, klagte Guido.

»Ja, ist es. War viel einfacher, einen Namen für meine Katze zu finden«, gab ich ihm recht.

»Lass uns was aufschreiben. Wir schlafen darüber und vergleichen es nächstes Jahr«, schlug Guido vor.

Ich seufzte. »Gute Idee.«

Ich konnte nicht glauben, dass wir es geschafft hatten, uns wegen des Namens in eine Sackgasse zu manövrieren. Schon wieder. Warum war es so kompliziert? Einen Namen für ein anderes menschliches Wesen zu finden, erwies sich als harte Nuss.

Vielleicht würde es am Ende auf die Worte meines Vaters hinauslaufen. Er meinte, sobald wir das Baby sehen, würden wir wissen, wie wir es nennen wollen. Nur war ich mir nicht sicher, ob ich so lange damit warten könnte. Das fühlte sich so unvorbereitet an, und ich wollte bereit sein. Ich wollte schon vor der Geburt wissen, wie das Baby heißen würde. Und doch stand ich ohne Namen da, unvorbereitet auf die Geburt, entwurzelt aus meiner Heimat.

»Den Autositz hast du bestellt, oder? Wir haben einen Kinderwagen, ein Bettchen, in dem das Baby schlafen kann, und ein paar Klamotten. Was braucht unser Kind noch?«, fragte Guido.

Nachdenklich schürzte ich die Lippen. »Ich bin mir nicht sicher.«

»Wir haben noch über zwei Wochen, um den Rest zu klären und uns vorzubereiten.«

»Zwei Wochen!« Die Worte drangen angespannt aus mir hervor. Zwei Wochen. Vierzehn Tage. Fast an beiden Händen abzählbar. Wir hatten nur noch zwei Wochen von ursprünglich vierzig übrig.

Mein Mund wurde trocken. Ich hatte 35 Wochen vergeudet. Zur Beruhigung saugte ich mir Luft in die Lunge und stieß sie wieder aus. Meine Muskeln entspannten sich.

»Alles, was noch auf deiner Liste fehlt, können wir nach Neujahr zusammensuchen. Dann einigen wir uns auch auf einen Namen«, versprach Guido.

Obwohl seine Worte meinen Verstand beruhigten, breitete sich ein ungutes Gefühl in mir aus. Wie könnte es auch anders sein? Mein Brustkorb zog sich wieder zusammen. Ich hatte gedacht, wir hätten alles unter Kontrolle. Irgendwie hatte ich über die greifbaren Sachen für das Baby die ungreifbaren vergessen. Das Thema der Namensgebung hatte ich völlig aus den Augen verloren.

Ich war fertig damit, schwanger zu sein. Fertig damit, mit meinem Mann Entscheidungen für das zu treffen. Einfach nur fertig.

Einige willkürliche Tage der Woche
In den Zwischentagen verfiel ich immer wieder in drückende

Lethargie. Am irritierendsten fand ich, dass Guido arbeiten musste. »Ich hab nur zehn Urlaubstage im Jahr.«

»Zehn Tage?«, entfuhr es mir. Ich konnte ihm nicht glauben. Das konnte nicht stimmen. Andererseits war Guido kein Lügner. Und ich glaubte ihm. Ich konnte einfach die Information nicht verarbeiten.

»Also, tatsächlich hab ich nur fünf Tage, weil ich nicht das ganze Jahr hier gewesen bin. Aber ich hatte dieses Jahr fünf, und für das nächste bekomme ich noch mal fünf. Die will ich dann nehmen, wenn das Baby kommt.«

Mein Gehirn streikte. Es verweigerte mir jegliche Gedanken, Überlegungen, Fragen und Argumente. Völliger Stillstand. Ich hatte 28 Urlaubstage im Jahr, plus Krankentage und Mutterschaftsurlaub. Genau wie Guido – zu Hause. Und offensichtlich hatte er Anspruch auf Vaterschaftsurlaub. Wie konnte es also sein, dass er nun nur zehn Tage hatte? Doch mit ihm über seine Urlaubssituation zu diskutieren, würde auch nichts daran ändern.

Silvester

Ein weiterer Telefonmarathon. Gleich nach dem Aufwachen rief ich meine Freunde an. In mindestens zehn Nachrichten wurde mir ein frohes neues Jahr gewünscht und die Frage gestellt, was wir unternehmen würden. Und mir wurde kurz mitgeteilt, wo zu Hause alle die Silvesternacht verbringen würden.

»Wie geht's dir?«, erkundigte sich Ulrike.

»Gut, gut. Später gehe ich einkaufen, aber ich muss mir noch überlegen, was ich zum Bleigießen verwenden soll«, dachte ich laut nach.

»Bienenwachs ist dieses Jahr total angesagt. Hab ich überall gesehen«, schlug Ulrike vor.

»Was für eine gute Idee!«

In den letzten zehn Jahren mehrten sich Berichte darüber, dass Blei hochgiftig wäre. Früher legten wir immer ein kleines Stück Blei auf einen Teelöffel und hielten ihn über eine Kerze, um das Metall zu schmelzen. Dann ließen wir die Flüssigkeit in den Schnee fallen und rieten, was das erstarrte Metallobjekt darstellen könnte. Diese Heimversion von Wahrsagen sorgte jedes Jahr für einen Heidenspaß.

37. Woche   Eine gemütliche Jahreszeit

»Bist du später bei Mama und Papa?«, fragte ich meine Schwester.

»Vielleicht. Vielleicht ziehen wir zuerst um die Häuser und schauen danach bei ihnen vorbei. Und du?«

»Wir sind nur zu zweit, kuscheln uns aufs Sofa, plaudern, sehen uns vielleicht einen Film an und snacken dazu«, erwiderte ich.

»Warum? Heute Nacht sollte man Spaß haben und lachen.«

Ausgelassenen Partys hatten Guido und ich abgeschworen, nachdem wir uns damals der Menge am Brandenburger Tor angeschlossen hatten. Noch nie zuvor im Leben hatte ich solche Angst gehabt. Nicht nur, weil praktisch alle betrunken waren, sondern weil die Leute mitten im Menschenmeer wahllos Feuerwerkskörper anzündeten. Ich bettelte unsere Gruppe an, sich zum Rand der Versammlung zurückzuziehen. Ulrike und ihr damaliger fester Freund beschwerten sich darüber. Sie fragten uns, warum wir überhaupt mitgekommen seien, wenn wir uns die verschiedenen Auftritte nicht aus nächster Nähe ansehen wollten. Tatsächlich sah man davon in der Mitte der Menschenmenge nur Gestalten in Legofiguren-Größe. Durch das Gedränge um uns herum wurde uns die Luft aus den Lungenflügeln gepresst. Auf den zahlreichen installierten Großbildschirmen sah man das Geschehen überall entlang der Straße des 17. Juni deutlich näher.

Nachdem wir einmal zu oft beinah zerquetscht worden wären, machten sich alle außer meiner Schwester und ihrem Freund auf den Weg in Richtung des Tiergartens. Wir hatten keinen konkreten Plan, wollten nur weg von der Hauptmasse der Veranstaltung. Am Ende fanden wir eine nicht von Mageninhalten oder sonstigen Körperflüssigkeiten besudelte Bank.

Dort warteten wir darauf, dass die Uhr die magische Zahl erreichte und der Beginn eines neuen Jahrs anbrach, obwohl wir uns dabei den Hintern abfroren.

Am nächsten Morgen kam Ulrike nach Hause und erzählte uns, dass sie die Nacht im Krankenhaus verbracht habe, weil irgendein Typ neben ihr einen anderen geschlagen habe. Darauf hatte ihr Freund den Ritter in glänzender Rüstung heraushängen lassen und seinerseits zugeschlagen. Ein Massenaufruhr brach aus. So viel zur Einstimmung aufs neue Jahr. Kurze Zeit später trennte sie sich von dem Kerl.

37. Woche   Eine gemütliche Jahreszeit

In den Jahren danach organisierten wir gesellige Treffen beim einen oder anderen zu Hause, vergnügten uns mit Gesellschaftsspielen, veranstalteten Filmmarathons, gossen Blei in den Schnee oder in kaltes Wasser, planten das nächste Jahr und schrieben gute Vorsätze auf.

»Keine Ahnung. Ich wollte einfach zu Hause bleiben und mit meinem Mann zusammen sein«, erklärte ich.

»Macht Guido wenigstens Schmalzgebäck?«, erkundigte sich meine Schwester.

»Tatsächlich hab ich mich dafür angeboten. Ich dachte mir, das wäre eine gute Gelegenheit, es zu lernen, weil wir ja nicht so viel brauchen.«

Als ich ein Kind gewesen war, hatten meine Eltern immer den süßen, frittierten Teig gemacht. Neuerdings kümmerte sich bei unseren Treffen Guido darum und um den Glühwein. Dieses Jahr hatte ich mich freiwillig dafür gemeldet.

»Ich hab Mama nach Rezepten gefragt. In einer halben Stunde gehe ich einkaufen, damit ich zurück bin, wenn Guido nach Hause kommt.«

Ulrike zeigte sich überrascht. »Warum arbeitet er heute?«

»Frag mich nicht«, gab ich zurück.

»Was immer ihr macht, ich wünsch dir einen guten Rutsch, eine entspannte Nacht und einen schmerzfreien Start ins neue Jahr!«

»Danke, Ulrike. Wünsche ich dir auch!«

Zwei Stunden später

Im Vergleich zu meinem letzten Besuch bevölkerten doppelt so viele Kunden den Supermarkt. Die Leute liefen im Zickzack von einer Seite der Gänge zur anderen. Obwohl ich ihnen mit dem Einkaufswagen bestmöglich auswich, stieß ich mit etlichen zusammen, bis ich die Tiefkühlpizzen fand.

Als ich gefrorene Fleischtaschen entdeckte, breitete sich ein Grinsen in meinem Gesicht aus. Ich liebte Piroggen und alles damit Verwandte. Mich kümmerte nicht, ob die Füllung aus Gemüse, Fleisch, Shrimps oder einer Mischung bestand, jede Sorte erfreute mein Herz und meinen Magen.

Nachdem ein paar Tüten mit Fertiggerichten in meinem Einkaufswagen gelandet waren, warf ich einen Blick auf die gefrorenen Kuchen und fügte dem Haufen einen Apfelkuchen hinzu. Meine Finger trommelten auf dem Schiebegriff. Ich hatte schon zu viel im Einkaufswagen und noch nicht mal die wichtigsten Sachen geholt. Mit einigen Runden durch die Gänge fand ich mühelos Mehl, Kristall- und Puderzucker, Öl, Teelichter und Kaminstreichhölzer.

Ich kreiste wieder um die Aloe-Blätter, wusste aber nicht, wie man sie verarbeitete. Schnitt man sie einfach auf und aß das Fleisch? Oder trug man es auf die Haut und die Haare auf? Das würde ich unbedingt im nächsten Jahr herausfinden müssen.

Ich setzte den Weg auf der Suche nach Bienenwachs fort. Nach einer Weile entdeckte ich es nicht ganz logisch angeordnet neben den Seifen. Als ich zu den Kassen steuern wollte, erstarrte ich. Mein Mund klappte gefühlt bis zum Boden auf. Ich las die Bezeichnung eines Snacks. Und las sie erneut. Gelächter drohte, aus mir herauszuplatzen, aber ich biss die Zähne zusammen. Die Leute hier würden es nicht verstehen, aber Guido und meine Schwester wären über den Riegel namens Fig Bar genauso belustigt. Ich kaufte den Snack.

Früher Abend

Ich konnte kaum glauben, dass ich in der Küche stand und etwas zubereitete. Zuerst erhitzte ich eine Tasse Wasser in der Mikrowelle und fügte einen Löffel Trockenhefe hinzu. In die weiße Flüssigkeit kam ein Löffel Zucker. Nach kräftigem Verrühren ließ ich die Mischung gemäß der Anleitung von meiner Mutter ruhen.

In unserem Suppentopf vermengte ich Mehl, Zucker und etwas Salz mit dem Schneebesen miteinander. Als sich in dem milchigen Gemisch feine Bläschen bildeten, fügte ich die Flüssigkeit von vorhin zusammen mit einem Ei zu den trockenen Zutaten hinzu. Meine Mutter hatte mir geraten, den Teig mit den Händen zu formen.

Also wusch ich mir gründlich die Hände, putzte mir die Nägel aus und senkte die Fingerspitzen auf den Teig. »Igitt!«, entfuhr es mir. Bei jedem neuen Versuch, den Teig zu formen, zu kneten, zu drücken oder zu rollen, hallte ein weiterer gedämpfter Laut der Abscheu durch die Wohnung. Nach etlichen Anläufen und viel Überwindung ähnelte die Masse endlich dem, was sonst Guido und meine Mutter fabrizierten. Ich legte den Deckel auf den Topf, um den Teig gehen zu lassen.

Während ich wartete, holte ich das Bienenwachs hervor und begann, Stücke davon abzuschaben. Daneben platzierte ich zwei kleine Löffel und eine Schüssel mit Wasser.

»Wirklich?«, entfuhr es Guido, nachdem er mich begrüßt hatte. Mein Blick fiel auf seine Hände. Er hielt den Snack. Sein Lachen steckte mich an.

»Ja«, sagte ich kichernd. »Als ich ihn gesehen habe, wusste ich, dass ich ihn haben muss.« Ich hielt mir den Bauch.

»Das ist zu komisch. Fig Bar. Zum Brüllen.« Guido wischte sich eine Träne aus dem Auge. »Ich mache uns Abendessen. Das ist ein toller Abschluss für das Jahr«, meinte er nach wie vor lachend. Guido schnitt Brot auf und holte Salami, Gurken, Frischkäse, Tomaten und Hummus aus dem Kühlschrank.

Nach dem Essen hatte sich die Größe des Teigs verdoppelt. Nachdem ich den Küchentisch mit Mehl bestäubt hatte, walzte ich den Teig aus, griff mir ein Messer und schnitt horizontal und vertikal im Abstand von vier Zentimetern Linien hinein.

Im Fernseher liefen unzählige Highlights aus dem vergangenen Jahr. Die Zusammenfassungen reichten von Naturkatastrophen rund um den Globus bis hin zu aufsehenerregenden Themen, neu entdeckten Arten und allem dazwischen.

Ich schaltete den Herd ein, um das Pflanzenöl zu erhitzen, und wunderte mich über die Ruhe in der Stadt. Kein Zischen in der Luft, keine schussähnlichen Explosionen. Keinerlei Feuerwerkskörper kündigten das große Ereignis der Nacht an. Nur ein paar Autos brausten vorbei.

Zu Hause in Deutschland besorgte sich praktisch jeder Haushalt ein Repertoire, das von Knallfröschen bis hin zu Raketen reichte. Meine Eltern horteten ihre Vorräte in zwei Plastikbehältern im Keller. Sie brauchten nie auf, was sie kauften. Auch meine Schwester und ich legten an jedem ersten Januar unsere Reste zusammen. Früher hatten wir sie einfach von der Straße eingesammelt.

Als Ulrike und ich klein waren, standen wir am ersten Tag des Jahrs zu unserer eigenen, inoffiziellen Tradition früh auf, während unsere Eltern noch schliefen. Wir suchten die Straßen nach nicht explodierten Knallkörpern ab. Der Nervenkitzel der Schatzsuche ließ es uns länger tun, als wir es hätten sollen. Irgendwann jedoch wuchsen wir aus der Tradition heraus. Interessanterweise wurde es uns nie verboten. Als Erwachsene dankte ich mittlerweile meinem Glücksstern dafür, dass bei dem gefährlichen Unterfangen nie etwas passiert war. Es waren damals wohl einfach andere Zeiten.

Während ich über Silvesterfeiern nachdachte, geriet mir zu Bewusstsein, dass mir nirgendwo der Verkauf von Knallfröschen oder Raketen aufgefallen war. Zu Hause bekam man sie praktisch an jeder Ecke.

Konnte man hier womöglich gar keine kaufen? Hörte ich deshalb nichts? Klang nach einer einleuchtenden Erklärung. Irgendwie gefiel mir die Vorstellung. In Deutschland konnte der Lärmpegel manchmal geradezu beängstigend anschwellen, wenn in der Nachbarschaft wahllos Kracher und Raketen gezündet wurden. Am nächsten Tag vermüllten Pappkartons, Plastikverpackungen und Überreste von Pyrotechnik die Straßen und Bürgersteige. Ich schichtete den zu Quadraten geschnittenen Teig in den Topf. Nach einigen Sekunden fischte ich das aufgegangene Gebäck heraus und bestreute es mit Puderzucker. In der Luft lag kein Rauch. Vom Herd ging kein Brandgeruch aus. Kein geschwärztes Öl verkrustete die Innenseite des Topfs. In Gedanken klopfte ich mir lobend auf die Schulter.

Guido schaltete den Countdown für Mitternacht ein. In fast der Hälfte der Welt war das nächste Jahr bereits angebrochen. Wir machten uns über das Schmalzgebäck her. Eine Drohnenkamera flog über das Meer und zeigte die Strände und Wälder der Linieninseln. Weiter ging es mit Aufnahmen aus Ländern weiter westlich wie Neuseeland, die Mongolei, Tansania und schließlich Deutschland.

Der Aufenthalt in einem fremden Land ließ mich unverhofft erkennen, dass ich unterschiedliche Zeitzonen nie wirklich verstanden hatte. Ich kannte das Konzept. Das hatte ich in der Schule gelernt. Nun jedoch spürte ich die Zeitverschiebung wirklich und begriff sie. Alle, die ich kannte, schliefen bereits tief und fest. Während die Australier schon gefrühstückt hatten, warteten Guido und ich noch immer auf den ersten Tag des neuen Jahrs.

»Sollen wir Wachsgießen?«, schlug Guido vor, nachdem wir uns die Bäuche mit dem frittierten Teig vollgeschlagen hatten.

37. Woche   Eine gemütliche Jahreszeit

»Gern«, bejahte ich. Wir hatten noch vier Stunden bis Mitternacht.

Guido platzierte den Teller mit Bienenwachs zusammen mit Löffeln, Wasser, sechs Zentimeter langen Streichhölzern und zwei Teekerzen auf dem Tisch. Er zündete die Dochte an. Wir schöpften Wachs auf die Löffel und hielten sie über die goldenen Flammen der Kerzen. Die Raspeln schmolzen wunderbar. Guido goss das verflüssigte Wachs ins Wasser und fischte den erstarrten Klumpen wieder heraus. Er legte ihn auf ein Geschirrtuch. Als Nächstes kam ich an die Reihe.

Wir wiederholten es jeweils dreimal, bis wir das gesamte gelbe Wachs aufgebraucht hatten.

Guido begutachtete seine Gebilde. »Und? Was siehst du darin? Ich vielleicht ein Fahrrad und eine Katze oder einen Hund. Bei den anderen beiden bin ich mir nicht sicher. Und du?«

»Ich sehe ein Baby«, zog ich ihn auf.

»Im Ernst?«

»Schon möglich! Und vielleicht einen Baum, kann das sein?« Ich lachte.

»Frag mich nicht«, erwiderte Guido.

»Okay, nehmen wir an, es ist ein Baum, und, hm, ein Reh, ein Schlüssel und womöglich ein Storch.«

»Und was bedeutet das?«

»Bin mir nicht sicher«, gestand ich und griff bereits zu meinem Handy. Guido räumte die benutzten Gegenstände weg. »Also, zum Fahrrad finde ich nichts.«

»Vielleicht bedeutet das, es fällt nächstes Jahr ein neues für mich ab«, tagträumte mein Mann.

»Vielleicht. Hund – du wirst unglaubliche Neuigkeiten erfahren. Baum – du wirst wachsen. Und ein Schlüssel bedeutet, dass man keine Geheimnisse anderer ausplaudern wird.«

Guido schmunzelte. »Ich hatte auf ein neues Haus gehofft.«

»Darüber reden wir vielleicht, wenn wir wieder zu Hause sind.«

Guido schaute auf das Display. »Storch – ein Baby ist im Anmarsch! Oh, und ein Reh steht für Glück.«

»Gefällt mir alles«, kommentierte ich kichernd. Guido reihte die Wachsformen nebeneinander auf. »Was machen wir als Nächstes?«, fragte er.

»Was hältst du von einem Film?«, schlug ich vor.

»Gern«, willigte Guido ein. Unwillkürlich gähnte ich. »Wenn du willst, können wir auch ins Bett gehen«, bot mein Mann mir an.

Ich sah auf die Uhr. »Bis Mitternacht sind es noch zwei Stunden«, murmelte ich.

»Ja. Aber wir scheinen beide müde zu sein. Und warum sollen wir das neue Jahr nicht damit begehen, dass wir uns gründlich ausschlafen?«, argumentierte Guido.

Ich streckte meine Glieder. »Ich denke, du hast recht. Lass uns einfach ins Bett gehen.«

Noch vor 23 Uhr kuschelten wir uns unter die Decke und brachen damit eine zwanzigjährige Tradition. Andererseits hatte das neue Jahr an manchen Orten der Welt ja bereits Einzug gehalten. Mit dem Gedanken verflog der Rest meines Bedauerns. Mir fielen die Lider zu. Guidos Körperwärme zog mich ins Land der Träume.

Neues Jahr
neue Erfahrungen

38. WOCHE

1 2 3 4 5 6 7 8 9 10 11
12 13 **14** 15 16 17 18 19
20 21 22 23 24 25 26
27 28 29 30 31

3 Monday

spazieren,
spazieren, ob
& spazieren

4 Tuesday

Spazieren
gehen

5 Wednesday

Spazieren
gehen

6 Thursday

Spazieren

7 Friday

· Dilchen science
lecture

8 Saturday

regin nicht
spazieren zu
gehen

9 Sunday

nichts machen

Wochenrückblick

Montagnacht

Ein schreckliches Geräusch veranlasste meinen Körper, sich aufzusetzen. Erschüttert schubste ich Guido. »Hast du das gehört?«

»Was?« Mein Mann gähnte.

»Dieses Geräusch«, rief ich.

Das Geräusch ertönte in Intervallen erneut aus Guidos Telefon. Er griff nach dem Gerät. »Das ist eine Sturmwarnung.«

»Eine … eine Sturmwarnung?«, stammelte ich.

»Ein Wetteralarm.«

»Was?« Ich konnte es nicht glauben.

»Eine Warnung vor einem sogenannten Nor'easter«, fügte er hinzu.

»Was?

»Ein Wintersturm. Wahrscheinlich mit viel Schnee«, klärte mein Mann mich auf. Ich zog mir die Decke bis zum Kinn hoch. Eine Sturmwarnung? Wie? Warum? Ich hatte schon von Unwetterwarnungen gehört. Aber nur vereinzelt über mein Leben verteilt. In den Nachrichten. Nie auf dem eigenen Handy. Und nicht während der Nacht.

Guidos Brust hob und senkte sich. Abgesehen von unserer Atmung herrschte Stille im Raum und in der gesamten Wohnung. Mein Blick fiel auf die Zimmerdecke. Meine Ohren lauschten.

Draußen nahm der Wind zu. Wasser prasselte gegen die Fensterscheiben. Mülltonnen kippten um. Der Wind heulte über das Dach. Das Glas des Fensters vibrierte. Ich zog die Decke bis zu den Augen hoch. Irgendwann fiel mein Körper in unruhigen Schlaf.

Dienstag

Mit einem Kaffeebecher in der Hand beobachtete ich das Grau des Winters, das meine Stimmung trübte. Eine weiße Decke aus kristallisiertem Wasser säumte die Straße, die geparkten Autos zeichneten sich als hügelartige Erhebungen unter der Schneeschicht ab. Ein paar winterfeste Seelen hatten Spuren in einem perfekten Winterwunderland hinterlassen. Überall lag Schnee, sogar auf den Oberleitungen, die unter dem Gewicht schwer durchhingen. Ein rumpelndes Geräusch näherte sich. Ein Schneepflug schob schmutzigen Matsch vor sich her. Die Umrisse der Autos verschwanden unter der umverteilten Masse.

Obwohl draußen minus zehn Grad Celsius herrschten und die Niederschläge der vergangenen Nacht die Umgebung in einen Hindernisparcours verwandelt hatten, huschten Eichhörnchen über die Oberleitungen von Haus zu Haus. Kaum jemand kämpfte sich durch das üppige Weiß. Nur gelegentlich fuhr ein Auto vorbei. In der Nähe bauten einige Kinder Schneemänner.

Ich trug noch mMein Arm streckte sich nach dem Paket aus, das oben etwas Klobiges aufwies. Ich zog es zu mir. Und tatsächlich stammte der gelbe Karton von der Deutschen Post. Das Etikett gab den Empfänger in der Handschrift meiner Mutter an.

Als ich die Wohnungstür hinter mir schloss, zitterten meine Muskeln unkontrollierbar. Das Paket von meiner Mutter rutschte mir aus den Händen. Als ich es betrachtete, legte ich ungläubig die Stirn in Falten. Bei der Erhebung an der Oberseite handelte es sich nicht um eine Verformung des Kartons. Ich trug die postalische Überraschung ins Wohnzimmer.

Dort riss ich das Klebeband davon ab. An der Oberseite der Box klebte etwas Süßes. Es handelte sich um eine blaue, halb durchsichtige Tüte mit Schlümpfen. Ich kramte das Handy aus der Tasche, hielt es waagerecht und schoss ein Foto von dem unglaublichen Anblick.

Unter der Tüte von Haribo kam ein Loch in der Schachtel zum Vorschein. Durch den zerbrochenen Karton drückte Weihnachtspapier gegen die Innenseite. Instinktiv schaltete ich mein Telefon auf Videoaufzeichnung um. Ich hielt es über das Paket, bewegte es nach vorn und hin und her, um einen Rundumbeweis dafür zu bekommen, dass jemand das Paket aufgerissen hatte.

Vorsichtig führte ich eine Schere durch das Loch und schnitt das ungleichmäßige Klebeband durch. Als Erstes entdeckte ich ein rechteckiges Geschenk. Darunter folgte zerknülltes deutsches Zeitungspapier, das haufenweise Köstlichkeiten verbarg. Mir wurde warm ums Herz. Meine zittrigen Händen stapelten den Inhalt heraus. Am Ende hatte ich fünf Tüten von Haribo, alle halb gefroren; sechs Tafeln Ritter Sport, die Eiswürfeln glichen; vier Tüten mit steinhartem Lebkuchen; zwei Tüten Russisch Brot, ziemlich zerbröselt; zwei aufgegangene Dosen mit selbstgebackenen, in Krümeln über das Paket verteilten Weihnachtsplätzchen; zwei zerdrückte Schoko-Weihnachtskalender; zwei zerfallene Stollen; drei zerknautschte Tüten Knusperflocken; vier Päckchen zerquetschte Geleebananen; und drei japanische Bücher. Äh …

Ich beherrschte kein Japanisch. Wollte Ulrike mir damit einen Streich spielen?

Ich öffnete eine App, um meiner Schwester zu texten und die Fotos und Videos an die Nachricht anzuhängen.

Danke für das Weihnachtspaket. Ist gerade angekommen. Mit ein paar Überraschungen. Jemand hat es geöffnet. Fehlt etwas? Interessante Lektüre ist auch drin.

Ich betrachtete die mit Schokolade gefüllten Adventskalender und zog einen davon näher. Kurzerhand riss ich die obere Abdeckung davon ab. 24 Schokoladenstücke zeigten mir ihre flache Rückseite. Ich zog das erste aus seiner Plastikform. Die Vorderseite zierte ein Rentiermotiv. In meinem Mund schmolz die Süßigkeit hinter meinen Zähnen. Ich löste die restlichen 23 aus der Plastikform. Der Stapel landete vor mir auf dem Tisch zwischen den anderen Leckereien und dem eingepackten Geschenk.

Piep. Ich öffnete die App am Handy.

Oh mein Gott. Die Bücher hab nicht ich reingetan. Warum sollte ich? Weißt du, wie teuer der Versand war? Warum hätte ich das Paket mit etwas, das nutzlos für dich ist, noch schwerer machen sollen?

Ulrike. Das ist ja witzig. Aber fehlt etwas?, schrieb ich zurück.

Gleich darauf antwortete meine Schwester.

Ich glaub nicht. Ist aber wirklich witzig. Warum sollte jemand ein Paket öffnen und Bücher reinlegen?

Keine Ahnung. Wenigstens fehlt nichts.

Ja. Viel Freude damit, und ruf Mama nach dem Essen an. Sie wird sich freuen zu hören, dass ihre Überraschung angekommen ist.

Mach ich.

Nachdem ich das Handy neben mich gelegt hatte, richtete ich den Blick wieder auf den Schokoladenhaufen, der darauf wartete, genossen zu werden. Plötzlich bewegte sich der Türknauf, und Guido trat ein. Ertappt in einem Zuckerrausch erstarrte ich. Guido stand erstarrt da und sah mich an. »Was machst du?« Seine großen Augen drohten, aus den Höhlen zu quellen. Sein Blick wanderte vom Süßigkeitenberg, der vor mir lag, zu meinem schokoverschmierten Mund.

»Wieso bist du so früh wieder da?« Guido war erst vor zwei Stunden zur Arbeit aufgebrochen.

»Wir hatten einen Stromausfall«, erklärte er.

»Hat wieder ein Eichhörnchen ins Gras gebissen?«

»Nein. Ein Ast ist auf die Leitung gefallen. Aber davor hab ich uns noch für einen Vortrag am Freitag angemeldet. Gehört zu einer Reihe mit dem Titel Küchenwissenschaft.«

»Weil ich so gut darin bin?«, scherzte ich. Meine Kochkünste reichten gerade mal aus, um Skorbut vorzubeugen. Manchmal fragte ich mich, ob Guido mich ohne Worte dazu animieren wollte, mehr in der Küche zu machen.

»Hat einfach interessant geklungen. In dem Vortrag geht's darum, wie wir mit den Augen essen und wie wir schmecken, wenn wir ein Gericht nicht sehen oder identifizieren können. Findet in Harvard statt«, erklärte Guido und setzte sich zu mir aufs Sofa. Er griff nach der Schokolade. Ich warf ihm den zweiten Kalender auf den Schoß, um meinen Stapel zu schützen.

»Du hast einen eigenen.«

»Aber du weißt schon, dass du alles andere teilen musst, oder?«, sagte Guido.

»Ja. Deshalb trete ich ja den zweiten Kalender an dich ab.«

Er lachte. »Wie großzügig von dir. Was ist in dem Geschenkpapier?«

Ich zuckte mit den Schultern. »Keine Ahnung. Willst du das Päckchen aufmachen?«

»Sicher.« Guido zerriss das Papier.

Ich schnappte nach Luft. Mein Ehemann hielt meine Lieblingsbettwäsche in der Hand. Der weiße Baumwollstoff glitt sanft zwischen meinen Fingern hindurch.

Guido las den Zettel, der herausfiel. »Spendet sie einfach, bevor ihr nach Hause kommt. Ich habe noch mehr davon. Und ihr könnt sie sofort aufziehen. Ist gewaschen. Frohe Weihnachten, Mama.«

Meine Mutter hatte immer Ersatzbettwäsche. Sie hatte eine Unmenge als Mitgift bekommen, und beim Tod ihrer Mutter ging eine volle Schrankladung auf ihren Haushalt über. Ulrike widersetzte sich Mama als Einzige, indem sie beim Einzug in ihre Wohnung eigene Bettwäsche gekauft hatte.

Guido faltete den Bezug auseinander. »Sollen wir ihn aufziehen?«

»Sicher.«

Wir gingen in unser Schlafzimmer. Guido fasste in den Bezug, drehte ihn um und hielt die Zipfel fest. Ich reichte ihm die Ecken der Decke. Zusammen streiften wir den Bezug darüber. Wir schüttelten die Bettdecke, aber irgendwie wollte sie nicht recht in den weichen Bezug passen und blieb in der Mitte klumpig. So sehr wir auch daran zogen und zupften, es bauschte sich immer irgendwo. Guido tauchte sogar unter den Bezug und versuchte, die Decke zu glätten, doch auch das blieb erfolglos.

»Versuchen wir mal die Kissen«, schlug ich vor.

Guido hielt den Bezug hoch. Ich steckte das Kissen hinein. Seine ungläubige Miene spiegelte meine Verwirrung wider. Das Kissen erwies sich als halb so breit wie der Bezug, den meine Mutter geschickt hatte. Und ich konnte kaum glauben, dass mir der Unterschied bisher entgangen war. Bei meiner Ankunft hatte ich keinen Gedanken daran verschwendet, dass die Kissen zu Hause quadratisch und wahrscheinlich doppelt so groß waren wie die von Guido. Ich hatte es einfach hingenommen.

»Dann hat vielleicht auch die Decke andere Abmessungen«, überlegte Guido laut.

»Das versteh ich nicht.« Ich verstand es, aber irgendwie wollte ich es nicht glauben.

»Haben wir ein Maßband?« Guido sah mich an, als wüsste ich haargenau, was unser Haushalt alles umfasste. Zugegeben, besonders üppig war unser Inventar nicht, aber nicht ich hatte alles gekauft. Tatsächlich stammte das Wenigste von mir. Und das Gesprächsthema hatten wir schon vor Wochen gehabt.

Ich schüttelte den Kopf. »Willst du den Bezug und die Decke messen?«

»Ja. Aber wir können die Größen auch recherchieren«, schlug mein Mann vor.

Ich holte mein Handy heraus. »Wie groß ist die Decke?«

»Keine Ahnung. Sie war beim Bett dabei.«

Ich ging die Informationen auf dem Display durch. »Okay,

die amerikanischen Standards sind ›Twin Size‹ mit 66 mal 90 Zoll, ›Double‹ mit 80 mal 90, ›Queen‹ mit 90 mal 100 und ›King Size‹ mit 90 mal 108«, las ich vor.

»Zwölf Zoll sind ungefähr 30 Zentimeter. Also sind 90 bis 100 Zoll in etwa zwei Meter 20«, rechnete mein Mann.

»In etwa«, wiederholte ich.

Guidos schaute ungefähr so drein, wie ich mich fühlte – ahnungslos. Wegen des unerschöpflichen Vorrats meiner Mutter konnte ich mich nie erinnern, je selbst Bettzeug gekauft oder mir die Größen angesehen zu haben.

Ich knöpfte den Bezug auf, drehte ihn um und suchte nach irgendeinem Hinweis auf die Abmessungen.

»Was machst du?«

»Ich suche nach dem Etikett.« Und bald fand ich die gewünschte Information. »Also, das kann unabhängig von der Größe der Decke nicht passen. 155 mal 220 Zentimeter.«

»Und machen wir jetzt?«

»Keine Ahnung.« Ich zuckte mit den Schultern. »Wir könnten es bei einem Nickerchen ausprobieren. Ich könnte eines vertragen.«

»Klingt gut.«

Wenn mich die Unebenheiten der Decke im Bezug störten, blieben mir zwei Möglichkeiten. Zum einen könnte ich auf den Bezug verzichten. Immerhin war ich auch die letzten Wochen ohne ausgekommen. Zwar klagte ich immer wieder mal darüber, aber ich würde mich einfach bemühen, meinen Unmut für die restliche Zeit runterzuschlucken.

Die zweite Möglichkeit wäre sinnvoller, nämlich einfach neue Bezüge zu kaufen.

Und wenn ich schon dabei wäre, würde ich auch gleich ein Maßband besorgen. Nur würde ich dabei mit Sicherheit in einen Gewissenskonflikt geraten. Ich konnte ohne passenden Bezug überleben. Immerhin wollten wir für die Rückkehr in die Heimat so wenig Kram wie möglich haben.

Ich ärgerte mich über die eigene Berechenbarkeit und darüber, dass ich mich nicht dazu überwinden konnte, das verdammte Ding einfach sofort zu kaufen.

Schließlich brachten wir den Überzug wieder an und legten uns hin. Nachdem sich mein Mann an mich gekuschelt hatte, fielen mir die Augen trotz der Unebenheiten in der Bettdecke zu.

Freitag

Die letzten drei Nächte waren unruhig. Nicht wegen des unpassenden Bettbezugs, sondern weil mir die Schwangerschaft die Energie aussaugte. Leider fielen meine täglichen Spaziergänge ins Wasser, weil Eis und Schneehaufen die Breite der Bürgersteige beträchtlich verringerten.

Vor Unausgeglichenheit durch den Mangel an körperlicher Betätigung plagte mich mein Rücken, und ich hatte pochende Kopfschmerzen. Trotz der Kälte in der Wohnung hatte ich ständig einen Schweißfilm auf der Haut. Ich wollte mich an meinen Mann schmiegen, fand seine Seite des Betts jedoch bereits verwaist vor. Verwirrt rief ich nach ihm. »Guido?«

»Bin in der Küche«, antwortete er.

»Wie hast du geschlafen?«

»Irgendwann bin ich zum Sofa ausgewandert«, gestand er. Ich konnte es ihm nicht verübeln. Immerhin musste er einigermaßen ausgeruht zur Arbeit. Vaterschaftsurlaub konnte er erst in Anspruch nehmen, wenn er wieder in Deutschland war. Bis dahin musste er sich arbeitend durch die Schwangerschaft kämpfen. Andererseits verkörperte er dabei ja eher einen Zuschauer oder Händchenhalter, der mir die Last nicht wirklich abnehmen konnte. Sein Körper verformte sich nicht. Neben dem wachsenden Bauch und dem strampelnden Baby konnte ich spüren, dass sich meine Organe verschoben hatten. Niemand hätte mich wirklich auf diese körperliche Veränderung vorbereiten können, die mein emotionales Tief zusätzlich verschlimmerte.

»Der Kaffee ist fertig. Wartet in der Küche. Treffen wir uns direkt am Harvard Square, oder soll ich zuerst nach Hause kommen?«

Ich zog die Augenbrauen zusammen, um meinem Gedächtnis auf die Sprünge zu helfen.

»Der Vortrag über Essen in Harvard«, klärte Guido mich auf.

»Richtig, der Vortrag«, wiederholte ich langsam. »Treffen wir uns dort? Um 17:45?«

»Ja. Und danach können wir essen gehen.«

»Klingt gut«, sagte ich und ließ mich zurück ins Bett fallen.

Die Vorfreude darauf, nach draußen und unter neue Menschen

zu kommen, belebte mich ein wenig.

Nach dem Blättern durch mein Tagebuch hatte ich diese Woche ein entsetzliches Tief. Die meisten Wochen waren so leer. Wenn ich mich zu meinen täglichen Spaziergang aufraffte, um den Kreislauf in Gang zu bringen, hob sich meine Stimmung, sobald ich die Wände der Wohnung hinter mir gelassen hatte, die mich in letzter Zeit zu erdrücken drohten.

Nach dem Frühstück zog ich mich an und bereitete mich für die neue Routine vor – einen Spaziergang um den Block auf einem eisfreien, von Guido genehmigten Kurs.

Ich wollte gerade die Tür hinter mir schließen, als es in meinem Bauch rumorte. Nein. Kein Rumoren. Er zog sich eher zusammen. Oder gingen die Schmerzen überhaupt von dort aus? Ich nahm das Stechen eher in der unteren Magengegend wahr. Aber es legte sich abrupt wieder. Ich lehnte mich an die geschlossene Tür. Flache Atemzüge strömten aus meinem Mund. Meine angespannten Schultern lockerten sich.

Ich zog mich am Türrahmen hoch. Mit zaghaften Schritte setzte ich mich in Bewegung. Zittrige Gliedmaßen trugen mich zurück zum Sofa, wo sich die Schmerzen erneut einstellten.

Ein Gefühl einer Vorahnung folgte. Ich atmete durch die Nase ein. Die Luft strömte in meine Lunge. Durch den Mund stieß ich sie wieder aus. Statt mich auszuruhen, lief ich im Wohnzimmer auf und ab. Wieder entfesselte mein Körper die Schmerzen in mein Nervensystem.

Ist es so weit? Krampfhaft bohrte ich die Finger in die Rückenlehne des Sofas. Ich musste mit jemandem reden, musste mir Gewissheit verschaffen.

Also fischte ich das Handy aus der Jackentasche und rief im Krankenhaus an.

»Wie kann ich Ihnen helfen?«, erkundigte sich jemand.

»Hallo, mein Name ist Mareike, und ich bin schwanger. Mir geht's nicht so gut. Bei mir haben gerade Schmerzen eingesetzt, und ich bin mir nicht sicher, was ich tun soll«, erklärte ich.

»Wann ist Ihr Termin?«, wurde ich gefragt.

»Am 14. Januar«, antwortete ich.

»Da es bis dahin noch zehn Tage sind, könnten es lediglich Braxton-Hicks-Kontraktionen sein«, wurde mir erklärt.

»Okay«, murmelte ich.

»Nehmen Sie ein warmes Bad. Das könnte Ihnen helfen, sich zu entspannen«, schlug die weibliche Stimme vor.

»Äh, okay«, gab ich geistlos zurück.

»Rufen Sie morgen früh Ihren Gesundheitsdienstleister an, falls die Symptome nicht verschwinden.«

»Okay, danke.« Ich legte auf. Danach lief ich weiter durch die Wohnung, versuchte, mich hinzusetzen und zu entspannen, lief stattdessen weiter auf und ab, doch die Schmerzen nahmen zu.

Ich umklammerte mein Handy und beschloss irgendwann, Guido anzurufen.

»Du, vielleicht bleiben wir heute Abend lieber zu Hause. Mir geht's nicht so gut.«

»Was soll das heißen? Glaubst du, dass du das Baby kriegst?«

»Ich weiß es nicht.«

»Soll ich nach Hause kommen?«

»Nein. Keine Ahnung. Ich wollte dir nur sagen, dass ich mich nicht so besonders fühle und nicht ausgehen will.«

»Ruf mich wieder an, wenn du willst, dass ich sofort nach Hause komme. Und vielleicht rufst du auch im Krankenhaus an und gibst dort Bescheid, dass du dich nicht gut fühlst«, schlug Guido vor.

»Hab ich schon. Die haben gesagt, es könnten Braxton-Hicks-Kontraktionen sein, weil es noch zehn Tage bis zum Geburtstermin sind.«

»Okay, ich komme so schnell wie möglich nach Hause«, versprach Guido.

Ich duschte im Versuch, die Schmerzen wegzuwaschen, mich zu entspannen und mich abzulenken. Das warme Wasser strömte über meine Haut. Ich beugte mich vor. Das Wasser landete auf meinen Schultern und lief mir über den Rücken.

Zack. Was ist da gerade passiert? Ich drehte die Dusche ab. Meine Hand zitterte. Rasch trocknete ich mich ab, schlüpfte in eine Jogginghose und einen Pullover. Ich schleppte mich zurück ins Wohnzimmer und hielt mir den Bauch.

»Wie geht's dir?«, erkundigte sich Guido, der gerade nach Hause kam.

Meine Gliedmaßen bebten. Meine Stimme zitterte. »Bin mir

nicht sicher. Ich glaub, meine Fruchtblase ist geplatzt.« Eine Gänsehaut breitete sich über meinen Körper aus.

»Willst du noch mal im Krankenhaus anrufen?« In Guidos Stimme schwang Besorgnis mit. Er trat vor und stützte mich an den Oberarmen.

Schmerzen rasten durch meine Muskeln. Allerdings konnte ich sie nicht einordnen. Anflüge von Panik beeinträchtigten mein Denkvermögen. Schließlich nickte ich, nachdem sich ein Angriff von Nadelstichen in meinem Kreuz ein wenig gelegt hatte. Ich wählte die Nummer. Eine Frau ging ran. »Pflegerin Jasmine am Apparat. Wie kann ich Ihnen helfen?«, meldete sich eine neue Stimme.

»Also, ich bin schwanger, hab gerade geduscht, dabei ein Geräusch aus meinem Körper gehört und glaube, dass meine Fruchtblase geplatzt ist.«

»Dabei hört man kein Geräusch.«

»Aber … aber das habe ich«, gab ich verunsichert zurück.

»Wie viel Flüssigkeit ist ausgelaufen?«

»Keine Ahnung. Ich war unter der Dusche«, wiederholte ich.

»Wann ist Ihr Geburtstermin?«

»14. Januar.«

»Haben Sie irgendwelche Schmerzen?«

»Ja.«

»Haben Sie Krämpfe?«

»Vielleicht. Denke schon.«

»In welchen Abständen kommen die Kontraktionen?«

»Alle zehn Minuten, glaube ich.«

»Da Ihr Termin erst in zehn Tagen ist, könnten diese Schmerzen bis zum Ende der Schwangerschaft anhalten.«

»Was?«

»Selbst wenn die Fruchtblase geplatzt ist, glaube ich nicht, dass Sie Ihr Baby sofort bekommen.«

»Warum nicht?«

»Weil Sie noch mit mir reden können«, erklärte die Frau am anderen Ende der Leitung.

»Aha«, brachte ich nur heraus, als ich begriff, was die Frau damit andeuten wollte.

»Kommen Sie morgen früh um sieben vorbei, dann sehen wir uns das an.«

»Äh … Okay.«

»Schönen Abend noch«, wünschte mir die Pflegerin, bevor sie auflegte.

»Was haben die gesagt?«, wollte Guido wissen.

Ich starrte ihn ausdruckslos an. »Dass die Schmerzen für den Rest der Schwangerschaft anhalten könnten und ich morgen zur Untersuchung kommen kann.«

Ich ballte die Hände zu Fäusten und atmete tief ein und aus. Dann stapfte ich zum Fenster. Eine dünne rosa Schliere am Himmel begleitete das letzte Tageslicht. Ich drehte mich um und marschierte zum anderen Ende des Wohnzimmers. Dort spannte ich die Oberarmmuskeln an und beugte mich vor.

Guido stützte mich am Arm. Mit der freien Hand streichelte er meinen Rücken. »Ich denke, ich will jetzt gleich ins Krankenhaus, damit sie mir dort persönlich sagen können, dass ich das Baby noch nicht bekomme.«

Guido richtete sich auf und tastete suchend sein Hemd ab. »Ich rufe Tanner her.«

Von den Straßenlaternen, vorbeifahrenden Autos, Fußgängern, geschwärzten Schneehaufen und Pflügen bekam ich kaum etwas mit. Die wiederkehrenden Schmerzen wurden in immer kürzeren Abständen schlimmer. Ich biss die Zähne zusammen, um Schreie zu unterdrücken. Meine Gesichtsmuskeln spannten sich an. Jedes Mal, wenn eine rote Ampel das Auto an der Weiterfahrt hinderte, quollen mir die Augen aus den Höhlen. Ich atmete ein und aus, ein und aus.

Durch die zunehmenden Schmerzen kam mir die Fahrt stundenlang vor.

»Tut mir leid, dass wir so langsam vorankommen, aber durch die Schneehaufen ist es oft nur einspurig«, merkte Tanner an.

Ich lehnte mich zur Seite. Meine Augen erblickten haufenweise rote Bremslichter. Mit der rechten Hand kniff ich mir den Nasenrücken und versuchte, so die Anspannung in meinem Körper zu kontrollieren. Ich wetzte hin und her, atmete ein und aus, behielt die Schmerzen, die Panik, die Angst in mir.

»Kann ich irgendwas tun?«, bot Guido neben mir an.

»Nein«, stieß ich stöhnend hervor.

Ich wollte nur, dass die Schmerzen aufhörten. Am liebsten wäre ich einfach zusammengebrochen. Tränen kullerten mir aus den Augen. Mittlerweile war es mir egal, ob ich das Baby auf dem Rücksitz des Autos bekommen würde. Ich wollte nur meinen Körper von diesen Schmerzen befreien. Meine Muskeln spannten sich an. Kurze Verschnaufpausen dazwischen verliehen mir die Hoffnung, dass ich es durch den zäh fließenden Verkehr bis ins Krankenhaus schaffen könnte. Meine Haut wurde feucht. Ich bohrte die Finger in den Sitz – und endlich erblickte ich es. Unser Ziel: das Krankenhaus.

»Alles Gute«, rief Tanner, als wir direkt vor dem Krankenhauseingang aus seinem Auto stiegen. Die Schiebetüren öffneten sich. Ich humpelte neben Guido her, der so geistesgegenwärtig gewesen war, die Babytasche mitzunehmen. Ich wäre nur mit den Kleidern am Leib aufgebrochen.

Eine junge Frau hinter einem breiten Pult deutete mit der Hand hinter eine schwangere Frau vor ihr. Als die andere Frau ging, stolperten wir zur Rezeptionistin.

»Ich … ich glaube, ich bekomme gleich mein Baby«, stammelte ich.

»Nehmen Sie den Aufzug zur Entbindungsstation.« Die Frau vor mir hob den Arm und zeigte direkt hinter uns, als wäre es ein völlig gewöhnlicher Freitag für sie. War es wohl auch. Für mich weniger. Für mich war es der erste Freitag dieser Art.

Der Aufzug brachte uns in den fünften Stock. Ich hielt mir den Bauch. Guido führte mich zu einer Reihe von Stühlen.

Eine Pflegerin hinter dem Schalter musterte mich abwägend. »Checken Sie ein?«

»Ja.« Ich brachte das Wort kaum heraus, da eine neue Kontraktion nur wenige Minuten nach der letzten einsetzte.

»Wird kurz dauern. Jemand anders wird gerade untersucht.«

Ich verlagerte auf dem Wartestuhl das Gewicht, um eine bequemere Position zu finden. Die Schmerzen in meinem Unterbauch nahmen zu. Ich stand auf, um mich zu bewegen. Zehn Schritte in die Richtung, zehn Schritte zurück.

»Wie geht's dir?« Guidos Bein wippte rastlos auf und ab. Nur konnte seine Nervosität meiner Panik nicht das Wasser reichen.

38. Woche 🌟 Neues Jahr, neue Erfahrung

»Keine Ahnung. Nicht gut.« Ich sank auf die Knie. Die Schmerzen schienen von überall zu kommen. Guido hielt mich an den Schultern fest. Er atmete ein und aus, um es mir vorzumachen. Ich konnte mich kaum auf etwas anderes konzentrieren als auf meine Qualen.

Nachdem die letzte Welle abgeklungen war, ließ ich mich von meinem Mann hochziehen. Ich lehnte mich an eine kahle Wand, atmete tief ein, entspannte die Oberschenkel und atmete aus. Statt Luft drang Erbrochenes aus meinem Mund. Die Körperflüssigkeit spritzte auf den Boden. Die Pfütze meines ausgespienen Mageninhalts war unidentifizierbar. Ich konnte mich nicht mal erinnern, wann ich zuletzt etwas gegessen hatte. »Tut mir leid«, murmelte ich mit zusammengebissenen Zähnen.

Guido sprang auf. »Schwester. Schwester!« Schnelle Schritte näherten sich.

»Jasmin«, rief die nahende Pflegerin einer anderen zu. »Wir brauchen einen Rollstuhl.«

Dagegen hatte ich keine Einwände.

Ich umklammerte die gepolsterten Armlehnen. Mein Herzschlag beschleunigte sich. Ich verlor völlig die Kontrolle über meinen Körper. Eigentlich hatte ich schon seit der vergangenen Nacht keine mehr über ihn. Vermutlich überstieg die Geburt eines Kinds letztlich die Kraft des Geists. Mein benebeltes Gehirn bemühte sich krampfhaft, schlau aus der Situation zu werden. Doch mittlerweile ließ ich die Dinge einfach mit mir geschehen. Ich konnte nicht mal mehr aus eigener Kraft stehen.

Man brachte mich in einen Untersuchungsraum und forderte mich auf, einen Krankenhauskittel anzuziehen. Was mir nur mit Guidos Hilfe gelang.

Er bettete mich auf eine gepolsterte Krankenhausliege. Schließlich trat eine ältere Frau ein, die ich noch nicht kannte.

»Ich bin Dr. Caine«, stellte sie sich vor. Ich nickte nur. Die Intensität der Wehen gestaltete es schwierig für mich, die Stimmbänder zu benutzen.

Das Gesicht der Ärztin verschwand zwischen meinen Beinen. Durch die Wellen der Qualen hörte ich ihre Worte kaum. Etwas jedoch drang zu mir durch: »Sie bekommen heute Nacht ein Baby.«

Guido drückte meine Hand. Ich erwiderte die Geste, bevor

mich eine Krankenpflegerin mit der Liege hinaus in den Flur und in einen Aufzug schob. In einem anderen Stockwerk wurde ich in einen Entbindungsraum gebracht.

Eine neue Pflegerin kam und versuchte, es mir mit Kissen bequemer zu machen. Ich aber zitterte am ganzen Leib und weinte. »Ich will nur, dass die Schmerzen verschwinden.«

»Tut mir wirklich leid. Man hat mir gesagt, dass es für eine Epiduralanästhesie zu spät bei Ihnen ist.«

»Aber …«, brachte ich irgendwie heraus. Oh, was für eine Ironie! »Ich will, dass die Schmerzen verschwinden!«, wiederholte ich.

Guido löste die Krankenpflegerin an meiner Seite ab.

»Bitte mach, dass es aufhört«, flehte ich ihn mit flachen Atemzügen an.

Er sah mich nur mit blassem Gesicht an. Ich wusste, wie unmöglich meine Forderung war. Aber ich wollte, dass er irgendetwas unternahm. Ich musste diese Schmerzen teilen, konnte sie nicht länger ertragen. Die Höllenqualen kaperten jeden Nerv in meinem Körper. Die Krämpfe verdrängten meine Wahrnehmung der Umgebung. Und dabei war es das noch nicht mal. Ich befand mich erst in der Vorstufe zur eigentlichen Geburt. Nein, nein, nein, nein, nein. Das musste aufhören. Ich schaffte das nicht. Ich wollte das alles nicht mehr. Eine Erkenntnis breitete sich in mir aus. Bereitwillig gestand ich es mir ein. Ich wollte nichts mehr spüren, wollte betäubt sein.

Eine Pflegerin schob mich auf das Bett, die Ärztin ging vor mir in Position, und die Krankenschwester sagte immer wieder: »Einatmen, ausatmen.«

Zu dem Zeitpunkt war mir völlig egal, wer das Baby mit mir zur Welt bringen würde. Ich wollte es nur noch hinter mir haben. Ich wollte, dass die Schmerzen aufhörten.

»Bei der nächsten Wehe pressen Sie so, als müssten Sie die Toilette benutzen.«

»Was?« Die Anweisung verwirrte mich. Ich wusste nicht, wie ich das anstellen sollte. Dafür befand ich mich in der falschen Position. Immerhin lag ich und saß nicht. Ich hatte keine Kontrolle über mich. Trotzdem versuchte ich es. Das musste ich. Immerhin wollte ich, dass es so schnell wie möglich aufhörte. Allerdings gestaltete es sich schwierig, meinem Körper irgendetwas zu befehlen. Meine Energie schwand.

»Weiter pressen«, forderte mich die Ärztin auf. »Ich kann das Köpfchen schon sehen.«

Angespornt von den Worten presste ich. Ich presste jedes Mal, wenn ein Krampf meinen Körper durchschüttelte. Vier, fünf Mal. Und plötzlich tönte ein fremdartiger Schrei durch den Raum.

Tränen der Erschöpfung ließen meine Sicht verschwimmen. Die Krankenpflegerin legte mir das Baby auf den nackten Oberkörper. »Wissen Sie den Namen schon?«

»Ich … ich …«, stammelte ich nur und konnte einfach nicht begreifen, was gerade passiert war. Die Schmerzen waren weg, ersetzt von einem Baby.

»Wir haben uns noch nicht entschieden«, kam von Guido.

»Wir dachten, wir hätten noch Zeit«, brachte ich hervor.

Die Krankenpflegerin nickte. »Dann also Baby Korn, bis Sie es wissen.«

»Mein kleiner B«, murmelte ich in Guidos Umarmung mit unserem Baby in der Mitte.

DAS ENDE

Danke!

Vielen Dank, dass du Und jetzt? gelesen hast.

Von der Idee bis zum fertigen Roman war es ein viel kürzerer Weg als bei meinem ersten Buch Jessie Grean. Ohne Leserinnen und Leser sind Bücher nur ein Haufen unentdeckter Wörter. Bitte hinterlasse eine Rezension, wenn du Und jetzt? kaufst, damit künftige Leserinnen und Leser meine Bücher einfacher entdecken.

Danken möchte ich meinen amerikanischen Lektorinnen Ashley Olivier, Sara Coombes und Sarah Reilley von Mountain Rose Editing.
Ich möchte mich auch bei meiner Korrektorin der deutschen Fassung, Jutta E. Reitbauer, bedanken.

Wenn du über soziale Medien mit mir in Verbindung treten möchtest, findest du mich auf
Instagram @jgfosterauthor
TikTok @jgfosterauthor
Twitter @JGFoster20

Gern kannst du dich auch für meinen Newsletter auf meiner Website https://jgfoster.com/julias-newsletter/ anmelden.

Danke!